역대급 뱀직구로
슈퍼에이스!

율운 현대판타지 장편소설

역대급 뱀직구로 슈퍼에이스! 2

초판 1쇄 발행 2024년 9월 27일

지은이 ㅣ 율운
발행인 ㅣ 최원영
편집장 ㅣ 이호준
편집디자인 ㅣ 박민솔
영업 ㅣ 김민원 조은걸

펴낸곳 ㅣ ㈜ 디앤씨미디어
등록 ㅣ 2002년 4월 25일 제20-260호
주소 ㅣ 서울시 구로구 디지털로32길 30 코오롱디지털타워빌란트 1301-1308호
전화 ㅣ 02-333-2513(대표)
팩시밀리 ㅣ 02-333-2514
E-mail ㅣ papy_dnc@dncmedia.co.kr
블로그 ㅣ blog.naver.com/gnpdl7

ISBN 979-11-364-5595-6 04810
ISBN 979-11-364-5593-2 (SET)

※ 저자와 협의하여 인지는 붙이지 않습니다.
※ 이 책은 ㈜ 디앤씨미디어(파피루스)가 저작권자와의 계약에 따라 발행한 것으로 본사와 저자의 허락 없이는 어떠한 형태나 수단으로도 내용을 이용할 수 없습니다.

역대급 뱀직구로 슈퍼에이스!

율운 스포츠판타지 장편소설 · 2

1장 ······· 7

2장 ······· 85

3장 ······· 163

4장 ······· 231

5장 ······· 305

1장

브레이브스와의 트레이드 당시.
팔콘스 선수들의 주된 관심은…….
역시 원민준에게로 쏠렸다.
특히 야수들의 반응이 아주 좋았다.
"와, 원민준 온다!"
"쓰바, 이제 좀 살겠네!"
유난히 팔콘스에 강한 투수였기 때문.
통산 팔콘스 상대 ERA가 2점 초반대.
작년에는 9경기에서 14이닝을 던졌고.
자책점은 단 2점을 허용했을 정도.
세이버메트릭스적 관점에서는…….
팀 단위의 상대전적은 허상에 가깝다.
하지만 팔콘스 타자들 입장에서는?

마냥 그렇지도 않았다.
원민준을 상대로 타석에 들어설 때마다.
나쁜 기억이 쌓이고, 또 쌓였기 때문.
시원하게 빅이닝을 만들어 극복한다면야…….
천적관계의 해소에 도움이 될 테지만.
보다 확실한 방법은 역시나 영입이었다.
"구강혁이도 같이 왔네."
"어떤 놈이었더라."
그 반면.
구강혁에 대해서는 별 관심들이 없었다.
원체 그저그런 투수였던 데다…….
결코 짧지 않은 공백기를.
그것도 군대에서 보낸 선수였으니까.
하지만 상황은 조금씩 반전되기 시작했다.
먼저 팔콘스 파크에서의 피칭 테스트.
선수단에게 데이터가 공유되지는 않았으나.
당시의 상황이 소문으로 떠돌았던 것.
김재상 코치와 공규석 팀장은 함구했다.
류영준도 마찬가지고.
딱 한 명.
평소에도 투수들과 가깝게 지내는 불펜 포수.
그가 지나가듯…….
"구강혁 선수 포심, 무브먼트가 진짜 좋던데요?"
한마디를 던졌을 뿐.

"그렇게 공이 좋아졌나?"
"에이, 그래 봤자겠지."
"뱀직구가 따로 없었다는데?"
"야이, 뱀직구는 무슨 뱀직구야."
의심과 기대가 공존하던 사이.
류영준이 미니캠프에 구강혁을 초대했다.
마치 화룡점정처럼 그 사실이 전해지고…….
"야, 영후랑 선민이도 빠졌잖아?"
"올해 성적이 좀 별로였어서 그런가."
"진짜 공이 그렇게 좋나?"
"류영준 선배님도 테스트 지켜보셨다던데."
진상이 어떻든.
"와씨, 구태성 위원님까지 가셨네?"
"헉, 설마 구강혁 가르치러?"
"야이, 말도 안 돼!"
팔콘스 선수들의 비시즌은 흘러갔다.
구강혁에 대한 소문을 키워 가면서.
"와, 구강혁 연봉 1억 넘었다네."
"팀에서 기대치가 진짜 높나 본데?"
"에이, 요즘 1억 연봉 흔하잖아."
"최고 연봉 대비 40퍼센트 넘게 올랐다는데?"
한유민의 영입을 기점으로 잠잠해진 측면은 있지만.
외부에서는 알 수 없는 선수들 간의 분위기.
그 안에서 구강혁은 엄청난 기대를 받았다.

"진짜 어떻길래 저래? 미치겠네."
"이러다 진짜 일자리 잃겠는데."
그리고 동시에…….
위치가 불안정한 투수들.
그들에게는 위기감을 조성했고.
그렇게 시작된 스프링캠프.
"강혁이, 확실히 체력이 좋네."
"군대에서 몸 하나는 잘 만든 모양인데?"
"무브먼트도 장난 없어."
"구속도 수술 전보다 꽤 올라왔고."
"최고 145면 빠른 건 아니잖아?"
"더 느린 볼로도 1군에서 잘만 버텼잖아. 의미가 크지."
선수들이 다들 구강혁을 향해…….
알게 모르게 한두 번씩 시선을 던졌다.
5일차에 시작된 라이브 BP.
처음으로 구강혁을 상대로 타석에 선 이는.
얄궂게도 팔콘스의 4번 타자.
노재완이었다.
"스트라이크, 배터 아웃!"
첫 타석에는 루킹 삼진.
선수들이 몰려들었다.
"어떤데? 일부러 지켜본 거지?"
"절대 못 칠 그런 공은 아닌 거 같던데."
"마지막 체인지업은 거의 실투 아냐?"

"그거 체인지업이었어?"

"쓰리 핑거 그립이던데?"

노재완이 고개를 끄덕이며 답했다.

"포심 무브먼트는 진짜 좋은데, 반대로 제구는 예전, 그러니까 브레이브스 때만큼 좋지는 않은 거 같아요. 포심, 슬라이더 다 확 들어오거나, 확 빠져나가거나 하면 만만찮겠는데. 지금은 눈에 좀 익으면 적응할 수 있을 거 같아요. 체인지업은 안 던지던 공이라 그런가 확실히 밋밋하고."

그리고 다시 차례가 돌아왔을 때.

2볼 2스트라이크의 카운트에서.

슈욱!

따아악!

"간다!"

"갔다!"

노재완이 큼지막한 홈런을 때려 냈다.

따아악!

"또 간다!"

"또 갔다!"

뒤이어 페레즈도 시원한 라인드라이브성 홈런.

게다가 노재완은 다음 타석에서도…….

따아아악!

"이건 간다!"

"에이, 안 갔어. 어?"

"갔다니까!"
무려 밀어친 홈런을 만들어 냈다.
라이브 BP를 마친 후.
머쓱한 듯 다가온 구강혁이 말했다.
"역시 홈런왕은 다르네."
그러고는 곧바로 불펜으로 향했다.
그런 뒷모습을 바라보면서.
그라운드에 남은 선수들이 눈치를 살피던 사이.
노재완이 먼저 말했다.
"아직까지는."
"응, 아직은?"
"그렇게 대단한 정도는 아닌 거 같네요. 특히 체인지업 하나만 잘 노리면 웬만한 타자는 다 넘길 수도 있을 듯. 아직 캠프 시점인 걸 감안해야겠지만요."
"그, 그렇지?"
"우리가 너무 기대가 컸나?"
"뭐, 재완이 말처럼 아직 라이브 피칭 단계니까."
"그래도 3피홈런은 좀."
"에이, 재완이가 잘 친 거지! 페레즈랑!"
"그래도 좀……."
실체가 명확하지 않은 소문.
그로 인해 올랐던 구강혁에 대한 기대는…….
다시 빠르게 사그라들었다.
하루, 이틀, 사흘.

그렇게 더 시간이 지나.
청백전 선발 명단이 공개됐을 때.
후보군 야수들이 모여들었다.
"작년 주전이 거의 다 청팀에 들어왔네."
"한유민 선배님도 청팀 3번이네요."
"재완이가 1번인 건 또 신기한데?"
"페레즈도 2번은 안 들어간지 꽤 됐지."
"페레즈야 리드오프로도 괜찮은 타자지만, 재완이가 1번인 건 좀 의미심장하지 않아? 우리 감독님이야 워낙 무슨 생각이신지 알기 어려운 분이시지만."
"그 셋을 어떻게 넘어도 다시 현민이, 연승 선배……. 어우, 백팀이 진짜 빡세겠는데요?"
"선구안 지리는 대훈 선배님도 계시지."
"타선도 타선인데, 청팀 선발은 영준 선배님이야. 막말로 백팀이 이길 만한 밸런스가 아니잖아."
"아오, 난 백팀 9번인데."
"감독님 의중은 모르겠지만, 백팀이 좀 안쓰럽기는 하네. 아무리 야구가 꼴찌 팀이 1등 팀이랑 붙어도 3할 승률은 나오는 스포츠라도……. 이런 라인업으로 붙으면 2할도 어렵지 않을까?"
"그렇지, 뭐. 만년 후보인 내 입으로 할 말은 아니지만, 우리 팔콘스의 가장 큰 약점이 주전 타자들과 후보군 타자들의 역량 차이가 심하다는 거니까."
"그래도 청백전인데 그렇게 빡세게들 할까?"

"야, 작년에 기억 안 나냐? 청백전이라고 설렁설렁 하다가 박살난 애들 있었잖아."
"난 작년에 2군 캠프였어, 새꺄."
"아하."
제각기 떠들다가 잠시 찾아온 침묵.
누군가가 그 침묵을 깨고 말했다.
"그래도 제일 불쌍한 건……."
"강혁이네."
"강혁이야."
"강혁이겠지."
"안 그러냐, 상구야? 영준 선배 따라 오키나와 갔었잖아. 이 정도 라인업에 그 컨디션이면 박살이 나지 않겠어?"
그리고 그 질문에…….
가만히 듣고만 있던 박상구가 대답했다.
"뭐, 그런가?"
"에이, 솔직히 그렇잖아. 이거 라인업이 완전……. 이 정도면 감독님한테 뭐 밉보인 거 아냐? 헉, 설마 구태성 선배님 때문인가."
"왜요, 사이가 안 좋으세요?"
"감독님은 모르겠는데, 구단주님 쪽이랑 좀……."
다시 박상구가 어깨를 으쓱이며 말했다.
"글쎄, 모르겠네. 감독님이 그러실 분 같지는 않은데. 아무튼 나는 다시 훈련하러 갑니다? 나도 백팀이라서."
"그, 그래!"

그리고 선수들 곁을 떠나서는…….
불펜에서 공을 던지는 구강혁에게 찾아갔다.
"야, 다들 너보고 불쌍하단다."
구강혁이 눈을 끔벅이며 되물었다.
"불쌍해? 내가?"
"그래, 불쌍하대. 박살이 날 거라던데. 라인업 못 봤어?"
"하하, 봤지. 아니다. 안 봐도 알지."
"에이씨, 웬 헛소리야. 그리고 체인지업은 왜 갑자기 그 모양이야? 오키나와에서만 해도 좋았잖아. 에이씨, 일단 피칭 플랜부터 좀 짜자. 차라리 투 피치로 가자고. 어?"
구강혁이 글러브를 벗으며 말했다.
"오케이. 그런데 투 피치는 안 돼. 그럴 거면 뭐하러 지금까지 배팅볼이나 다름없는 공을 던져 줬겠어?"
"응?"
"불쌍하다, 그렇게 떠들 정도면 효과가 있었던 거겠지."
"……야, 설마 너?"
그리고…….
씨익 웃으면서 말을 이었다.
"어. 상구야, 형이야. 형은 선발 자리를 위해서라면 동료들까지 낚아 먹을 수 있어. 괜찮잖아? 시즌 도중도 아닌데."
"와, 진짜."
"진짜?"

"미친놈……."

* * *

청백전 당일의 아침이 밝았다.
오전훈련을 마치고, 웜업까지 진행하고서.
선수들이 각자 유니폼을 갖춰 입었다.
청팀이 그레이, 주말 어웨이 유니폼.
백팀이 화이트, 평일 홈 유니폼을.
그리고 첫 청백전이니만큼.
평소 이상으로 깔끔하게 키핑을 마친 마운드.
그곳에 가장 먼저 오른 것은.
바로 구강혁이었다.
'이거, 이렇게 되니까 또…….'
팀 내부 청백전.
7이닝짜리 경기라고는 해도.
야구다운 구조를 갖춘 진짜 경기.
'가슴이 뛰는구만.'
슈욱!
파앙!
슈욱!
파아앙!
연습투구까지 마친 후.
다소 이질적인 라인업에 따라…….

1번 타자.

노재완이 타석에 들어섰다.

구강혁이 흘끗 바라보았다.

노재완을?

아니었다.

'오늘 청백전에서 내게 주어진 이닝은 3이닝, 아웃카운트 9개. 백팀을 맡은 김재상 코치님이 그러셨지. 감독님께서, 아무리 얻어맞아도 내리지 말라고 하셨다고.'

김용문 감독을 바라보았다.

'라인업은 감독님이 정하셨을 테니, 1번부터 3번까지가 팔콘스 최고의 강타자들인 건 3이닝 내에 한 번이라도 더 강타자들을 상대하게 하겠다, 그런 계산이셨겠지.'

멀찍이에서.

그러나 분명하게 눈이 맞은 후.

'그렇게는 안 되겠지만.'

구강혁이 깊은 숨을 내쉬었다.

"후우."

이제는 타자에게 집중할 차례.

'노재완은 팔콘스 최고의 우타 슬러거다. 작년에는 부상 이슈로 1군 합류가 늦어졌는데도 21개의 홈런을 때려냈어. 그 문제만 아니었으면 메이저리그 포스팅도 가능했겠지. 병역도 아시안게임 금메달로 해결했으니.'

노재완.

그는 구강혁이 부상을 입던 23시즌 초반.

'예전에는 제발 범타를 쳐달라는 마인드로 던졌지만.'
구강혁에게서 홈런 하나를 빼앗았고…….
기어코 홈런왕 타이틀을 획득했다.
'지금은 그럴 필요가 없어졌다.'
심판이 소리쳤다.
"플레이볼!"
박상구가 사인을 내지는 않았다.
그대로 몸을 한껏 당겼던 구강혁이…….
초구를 쏘아 냈다.
슈욱!
파앙!
"스트라이크!"
우타자의 바깥쪽으로 빠졌다가 존으로 들어오는.
좌투수의 백도어성 슬라이더와 비슷한 포심.
노재완이 놀란 듯 눈을 크게 떴다.
'라이브 배팅을 생각하고 들어오면 안 되지.'
이제부터 볼 배합은 박상구의 몫.
어제의 길지 않은 회의에서…….
구강혁은 단 두 가지 조건을 달았다.
먼저 첫 번째 조건.
'최대한 공격적으로.'
2구.
슈욱!
딱!

"윽."

몸쪽 낮게 파고드는 포심 패스트볼.

노재완이 어렵게 커트를 해냈다.

'재완이가 좋은 타자이기는 하네. 그 사이에 집중력을 확 끌어올렸다. 헛스윙이 나올 줄 알았는데.'

그러나 카운트는 노 볼 2스트라이크.

그리고 두 번째 조건.

'삼진 결정구는 무조건 체인지업.'

슈욱!

부우웅!

존 중심을 향하다 급격하게 떨어지는 체인지업.

그 무시무시한 낙차에…….

노재완의 배트가 허무하게 공 위를 돌았다.

"스트라이크! 배터 아웃!"

삼구삼진.

노재완이 뭔가 이상하다는 듯…….

고개를 갸웃거리며 물러나고.

2번 타자.

페레즈가 타석에 들어왔다.

'역시 좌타석에 서는군.'

스위치 타자인 페레즈.

우익수 수비마저 불안할 정도지만…….

특유의 타격 능력과 주루 능력을 인정받아.

3년째 재계약을 한 효자 외인이었다.

'타자로서는 뛰어나지. 스위치 타자라는 장점도 있고, 득점권에 강한 면모까지 있어. 하지만……. 반대로 주자가 없을 때는 다소 성급한 면을 보인다. 방금 노재완이 삼진을 당하는 모습도 봤을 테니…….'

박상구가 사인을 냈다.

'상구와는 꽤 마음이 맞네.'

구강혁이 고개를 끄덕였다.

슈욱!

부우웅!

초구.

하이 패스트볼.

어림없는 스윙이었다.

뒤이어…….

슈욱!

손끝의 힘을 더 실어, 낙차를 줄인 체인지업.

틱!

빗맞은 타구가 유격수 방면으로 흘렀다.

중학생 레벨에서도 잡아낼 만한 타구.

"굿!"

1루에서 아웃.

구강혁이 가볍게 글러브를 치며 호응했다.

그리고 3번 타자.

한유민.

'미안하지만…….'

이미 눈썹을 찌푸리고 있었다.

'한유민 선배는 라이브 BP에서도 내 공을 거의 못 쳤지. 재완이나 페레즈가 실투에는 여지없이 반응하던 것과 다르게. 이미 나를 껄끄러운 상대로 여기고 있다는 거야.'

한유민의 입장에서는…….

어쩔 수 없는 상황이기도 했다.

이미 부산에서 포심만으로도 박살이 났는데.

구속이 빨라진 데다, 변화구까지 배합하고 있으니.

슈욱!

딱!

"3루!"

구강혁이 손가락을 위로 쳐들었다.

3구만에…….

3루 방면으로 떠오른 파울플라이.

무리 없이 아웃이었다.

팔콘스 최고의 타자들을 상대로…….

단 8구만으로 삼자범퇴.

야수들이 더그아웃으로 향하는 가운데.

박상구가 다가와서는 말했다.

"그래도 잘 풀렸네."

"잘 풀리도록 만들어 둔 거지."

"하이고, 잘나셨네. 그래도 재완이 상대로는 특히 긴장하자고. 쟤 보기보다 무서운 놈이야. 한 번은 당했어도 두 번은 안 당할 거야."

"괜찮아. 두 번은 없을 거야."

"뭔 소리야? 감독님이 재완이를 교체하시겠어? 한유민 선배야 너무 힘없이 물러났으니 모르겠는데······."

"아까 들었잖아. 오늘은 3이닝만 던진다고."

박상구가 눈을 동그랗게 뜨며 되물었다.

"······퍼펙트로 내려가겠다고?"

구강혁이 입꼬리를 올리며······.

고개를 살짝 한 번 끄덕였다.

* * *

구강혁이 1회초를 깔끔하게 막아 낸 후.

청팀 선발투수로는 류영준이 등판했다.

슈욱!

파아앙!

"스트라이크, 배터 아웃!"

첫 타자를 상대로는 루킹 삼진.

몸쪽 포심 패스트볼이 존에 걸쳐 들어갔다.

"영준 선배는 여전하시네."

"그러게."

"선배님 피칭만 보면 틀린 말 같아."

"뭔 말?"

"구속은 재능이고, 제구는 노력이라는 말."

"아, 하긴. 저 로케이션을 어떻게 배우겠냐. 저게 진짜 재능이지, 절대 못 따라갈 재능."
 청팀의 감독 역은 수석코치 채승용.
 백팀의 감독은 투수코치 김재상이 맡은 상황.
 양쪽 더그아웃 어디에도 들어가지 않은 채.
 홈플레이트 뒤편 관중석에 앉은 김용문.
 선수들의 목소리에 무심코 귀를 기울이던 그가…….
 찬찬히 고개를 끄덕이며 생각했다.
 '구강혁이 초구도 만만찮았지.'
 따아악!
 2아웃 이후.
 류영준의 느린 커브를 받아친 3번 타자가…….
 3유간을 꿰뚫는 타구를 만들어 냈다.
 "나이스!"
 "좋다!"
 백팀 더그아웃에서 환호가 터졌다.
 청백전 첫 안타.
 '영준이가 먼저 맞았다.'
 그 모습을 보며…….
 '구태성이 말이 진짜 맞는 건지도 모르겠어.'
 김용문이 구태성과의 대화를 떠올렸다.
 '구강혁이 에이스가 될 거라는 말.'
 스프링캠프 출국 사흘 전.
 뜬금없는 전화가 왔다.
 ―거, 감독님. 술 한 잔 합시다.

"의사가 술 끊으랬어, 이놈아."

―딱 한 잔만. 한 잔 정도는 약인 거 몰라요? 내가 기가 막히게 좋은 술로 가져갈게요. 엉?

"거 참……."

그렇게 하루 뒤에 찾아와서는…….

검은 봉다리에서 막걸리를 한 병 꺼냈다.

"야, 이 자식아. 그게 좋은 술이냐?"

"이만한 술이 어딨다고요, 흐흐."

너스레를 떨던 구태성.

두 사람의 나이차는 11살.

거의 띠동갑에 가깝다.

일찌감치 지도자 생활을 시작한 김용문이지만.

구태성과는 그다지 연이 없었다.

'선배로서 구태성이의 종횡무진을 즐거운 마음으로 바라보기야 했지. 박살이 난 팔로 일본에 가질 않나, 심지어 메이저리그까지 가질 않나. 은퇴하고는 뜬금없이 호주에서 감독까지. 난놈은 난놈이지.'

실패를 두려워하지 않는 남자, 구태성.

그는 매번 더 큰 무대에 도전해왔다.

심지어 선수생활이 끝난 후로도.

'베이징에서 그나마 가능성이 있었는데. 정도현이가 유난히 리그에서 죽을 쑤고 있었으니……. 하필이면 그때 구태성이도 수술을 받아서. 마음 같아서는 정말로 둘을 바꾸고 싶었는데 말이야.'

베이징 올림픽 직전.

수술의 여파로 예비 엔트리에도 들지 못한 구태성.

그는 빠르게 리그에 복귀해 탑 클래스의 활약을 펼쳤고.

반면 KBO 역사상 최고의 언더핸드 투수인 정도현은?

최악의 난조에 시달리고 있었다.

대표팀의 수장이었던 김용문으로서는…….

둘을 교체하고 싶었던 것도 당연지사.

'예비 명단에 구태성이를 넣어뒀으면 정말 바꿨을 테지. 그런데 또……. 그 정도현이가 결승전에서 그 병살타를 이끌어 냈지. 그날 도현이는 선수들도 살렸지만 나도 살렸어. 영준이에게 완투를 시키겠다는 욕심에 일을 그르칠 뻔 했으니.'

그러나 결과적으로는.

정도현의 활약이 금메달로 이어졌다.

한국야구 최고의 순간으로 꼽히는 바로 그 장면.

'쿠바전'이라는 말만 들어도…….

'뜨브프레이!'가 자동재생되는.

9회, 만루 상황에서의 6, 4, 3 병살타.

'야구란 게 그렇게 알 수가 없다. 아니, 인생이 다 그렇지. 내가 팔콘스의 감독이 될 줄도, 그 잘난 구태성이가 막걸리 한 병 사들고 내 집까지 찾아올 줄도 몰랐으니. 팔콘스에서 같이 팀을 이끌 수 있으면 더 좋았겠지만…….'

샤크스에서 사실상 경질된 후.

긴 야인생활을 마치고 팔콘스의 감독이 되던 당시.

그때는 반대로 김용문이 연락을 했었다.
팔콘스에게 구태성이 어떤 선수였던가.
레전드로서 팀을 규합하기에 충분한 인재인 데다.
태성불패 네 글자를 향한 팬들의 사랑은 뜨거웠으며.
구태성 본인의 로열티도 대단했다.
'본인도 그러고 싶었을 테고.'
오히려 김용문의 선임에 격렬히 반대하면서.
신임 감독 구태성을 부르짖는 팬들도 적지 않았다.
그러나 결과적으로.
구태성은 팔콘스에 오지 않았다.
'아마 오지 못했던 거겠지.'
구단과의 풀지 못한 문제가 있다.
그쯤은 김용문도 알고 있었다.
그렇지 않다면 영구결번이 되지 않을 리 없으니.
'듣던 것보다 더 뿌리깊은 문제겠거니 생각했다.'
인간관계에 그러하듯.
구단과 레전드의 관계에도 나설 생각은 없었다.
그렇게 김용문이 도중에 팀을 맡은 첫 시즌.
성적은…….
5강 경쟁 끝에 아쉽게도 6위로 마무리.
하지만 팬들은 아낌없는 환호를 보냈다.
어수선한 상황 속에서도 팀을 잘 이끈 데다.
신인들의 성장세도 뚜렷했기 때문.
그렇게 맞이한 두 번째 시즌.

'작년은……. 너무도 아쉬웠다. 구단에서도 그랬겠지. 창단 40주년에 새로운 구장까지 개장하는 해였으니.'

팔콘스의 40주년.

네오 팔콘스 파크의 개장.

상징적인 두 이벤트가 겹친 가운데.

개막 후 10경기 8승으로, 두 시즌 연이어 엄청난 초반 기세를 선보이면서.

그 어느 때보다도 큰 기대를 받았던 팔콘스는.

문영후와 황선민의 동반 난조.

그리고 외인의 부상 악재가 겹친 끝에.

끝내 선발진의 붕괴를 극복하지 못하고…….

하락세를 면치 못했다.

'어떻게든 믿고 갈 생각이었지만, 두 녀석에게는 그 신뢰가 오히려 부담이 됐던 게야. 장기적으로는 저 둘이 어떻게든 선발진을 이끌어야 한다는 생각에는 변함이 없지만, 내 대처가 너무 늦었다.'

대체 외인 복권에도 실패하며.

류영준과 도미닉을 제외하면…….

아예 로테이션에 고정된 투수가 없는 수준.

1점 차로 지는 일도.

연이은 빅이닝을 허용하며 대패하는 일도.

점차 많아지기만 했다.

그 결과가 10위.

'사퇴할 각오도 했지만, 구단은 나를 1년 더 믿어주기로 했지. 오히려 더 많은 투자도 해 줬고. 물론 전임자가 그랬듯 언제든 경질될 수는 있겠지만······. 류영준, 도미닉. 두 투수가 건재하다면 최소한 싸워 볼 만은 하다고 여겼다.'

이번 시즌의 새로운 외인, 로건.

그가 최소한의 몫을 해 준다면 3선발까지는 확정.

문제는 남은 두 자리였다.

'자원 자체는 적지 않아. 문영후, 황선민이, 조동엽이, 김의준이······. 옥석을 가리는 게 문제였다. 그렇게 고민하고 있는데, 구태성이가 갑자기 찾아와서는 말했던 거지.'

그렇게 고민하던 차.

구태성이 찾아와서는······.

혼자 신명나게 막걸리를 들이키다가.

"꺼억, 내 선물 하나, 꺽, 준비했습니다."

이렇게 말했던 것이다.

"요번에 트레이드로 온 강혁이란 녀석, 내 영준이 쫓아가서 기가 막히게 다듬고 왔지요. 우리 김 감독이 금메달씩이나 딴 대단한 양반이시지만, 그래도 리그 우승은 못한 반쪽짜리 명장이시지요."

"허허, 이놈이."

"왜, 맞잖수?"

"막걸리 한 잔 마시더니 내가 네 친구냐?"

"그럼 우리가 친구지, 남이요? 으하하!"

김용문에게 리그 우승 경험이 없는 것은 사실.

팔콘스에서의 목표가 우승인 것도 분명했다.

"늙더니 벌써 취했냐, 이놈아. 그래, 공이 기가 막히다고는 들었다. 조금만 더 다듬으면 필승조에서 써먹기 딱 좋아. 어쩌다 트레이드로 왔는지까지는 몰라도 도움이 될 테지."

"아뇨."

단호하게 말을 끊은 구태성.

"그놈은 선발로 쓰셔야지요. 하기야, 아직 그놈이 던지는 공을 보신 건 아닐 테니까. 일단 보면 생각이 달라질 겁니다. 또 내가 체인지업도 기가 막히게 전수했단 말요."

"……"

"제구야 예전부터 좋았던 거 같고……. 구속도 꽤 올랐습니다. 이미 감독님이 아시는 것보다 더 올라왔고, 어쩌면 그보다도 더 올라올 수도 있겠지요. 선발로 안 쓰면 안 될 정도예요. 못 미더운 거 알겠지만 기회쯤은 줘 보십시다."

"이봐, 그렇게 말을 해도."

"4, 5선발을 따질 계제가 아니오. 어쩌면 그놈이야말로 외국인들은 물론이고, 영준이까지 제끼고 올해 팔콘스의 에이스가 될 놈인지도 모릅니다. 아, 그런 표정으로 보실 거 없습니다. 내가 정말 취한 거 같소? 눈을 보십시오, 감독님."

그가 계속해서 말했다.

취기 하나 없는.

맑고 진지한 눈빛으로.

"캠프 가서는……. 강혁이 고놈 눈을 좀 보시고. 감독님, 포수 출신이시니 잘 아실 거 아뇨. 선발씩이나 해먹을 놈들은 눈빛부터가 달라."

파아아앙!

"스트라이크, 배터 아우우웃!"

심판의 경쾌한 삼진 콜.

그 소리에…….

회상에 잠겼던 김용문이 정신을 차렸다.

더 이상의 주루도, 출루도 허용하지 않고.

삼진으로 이닝을 막아 낸 류영준.

그리고 2회초.

다시 구강혁이 마운드에 올라왔다.

'눈빛……. 죄다 잡아먹겠다는 야심이 가득한 것 같기는 하다. 계획대로 일이 풀린다는 만족감도 읽히고.'

김용문이 홀로 고개를 끄덕였다.

'그래, 저 야무진 직구만 생각해도 처음부터 잘 치기는 어렵지. 체인지업이 잘 떨어지지 않는 척 며칠이나 수작을 부린 탓에 라이브 배팅을 생각하고 들어온 타자들은 변화구에 더 쉽게 스윙을 해댈 테고.'

구강혁에게 준 첫 번째 기회.

청백전에서의 3이닝.

그건 두 사람의 승부이기도 했다.

'그래서 나도 빠른 타순에 가장 좋은 타자들을 배치했다.

다른 녀석들이야 어떻든, 이미 리그 최고 수준까지 올라온 노재완이는 다를 테지. 두 번째 타석에서는 설령 범타로 물러나더라도 의미 있는 싸움을 보여 줄 게야.'

그러나.

슈욱!

따악!

"이건 잡았다!"

"이야, 완전 밀렸어! 연승 선배님이!"

4번 타자.

베테랑 채연승.

슈욱!

부우웅!

"스트라이크, 배터 아웃!"

"크, 현민이도 꼼짝없네!"

"야, 네가 그래도 제일 오래 버텼다!"

5번 타자.

24시즌부터 리드오프로 활약한 황현민을…….

각각 외야플라이와 삼진으로 잡아내고는.

슈욱!

파아앙!

'선구안 하나는 팔콘스에서, 아니. 리그에서도 다섯 손가락 안에는 들어가는 최대훈이한테 체인지업을 던져서 루킹 삼진이라. 이거, 꼼짝없이 당했구만. 재완이한테 차례가 안 돌아가겠어.'

6번 타자, 최대훈마저 루킹 삼진으로 잡아냈다.

그 사이 김용문의 곁으로 다가온 김재상이…….

"감독님. 강혁이가 진짜 마음을 단단히 먹은 거 같습니다. 저 혼자 한국시리즈라도 하는 기세예요. 어우, 살벌해."

혀를 내두르며 말했다.

"그러게나 말이다, 이 시건방진 놈."

"예?"

"동료들도 속여 먹더니, 이제는 감독한테도 이겨 먹으려고 들어? 하여간 요즘 젊은 놈들이란, 에잉!"

"감독님, 왜 웃으면서 그런 말씀을 하십니까?"

"됐어, 인마!"

* * *

2회말.

류영준이 삼자범퇴로 이닝을 마무리한 후.

오늘 정해진 마지막 이닝.

마운드에 오르기 전.

구강혁이 박상구에게 말했다.

"체인지업은 충분히 보여 드린 거 같네."

"응?"

"포심으로만 가볼까, 이제."

"뭐야. 결정구는 체인지업이라며?"

"충분한 거 같다니까. 감독님 표정 못 봤어?"
"너는 감독님 표정도 신경 썼냐?"
"흐흐, 아주 사랑에 빠진 눈빛이시던데."
박상구가 고개를 절레절레 저었다.
"나 참. 그 잘난 뱀직구로 해먹고 싶은 마음은 알겠는데, 7번 윤성이는 골든글러브까지 탄 놈이야. 아무리 컨택 능력 하나는 팔콘스 좌타자 가운데 제일이라고. 아무리 그래도 네 투구폼으로는……."
구강혁이 어깨를 으쓱이며 답했다.
"그럼 그거대로 배합을 해 주셔야지."
"하, 알았다, 알았어. 로케이션은?"
"맡길게."
"그래, 나도 재미는 있네."
"그럼 타석에서 하나 해 주든가."
"3이닝만 던지고 내려갈 놈이 승리 찾냐."
"이기면 좋잖아? 불쌍하단 소리도 안 듣고."
"누가 불쌍한 건지 모르겠다, 이 자식아. 원래 이런 캐릭터였냐? 어째 미니캠프에서는 겸손을 온몸으로 뿜어내는 놈 같더니만. 어? 선배님들한테도 아주 깍듯하고."
"선배님들한테야 당연히 겸손해야지. 구태성 선배님 앞이면 말할 것도 없고. 하지만 마운드에서 겸손해서 뭐하냐?"
"……하긴."
박상구가 마스크를 썼다.

3회초.

청팀의 선두 타자는 정윤성.

'정윤성은 좋은 공만 골라서 치는 타자. 하지만 지금은 뭐가 좋은 공인지도 구분이 안 갈 거다.'

슈욱!

파아앙!

초구를 침착하게 골라냈지만…….

파아앙!

파아앙!

연이은 포심 패스트볼에 1볼 2스트라이크.

슈욱!

딱!

"아오!"

4구째, 바깥쪽으로 멀리 빠져나가는 포심을 건드렸다.

3루수 땅볼.

"나이스!"

"오늘 진짜 좋다, 강혁아!"

내야수들의 칭찬세례가 이어졌다.

뒤이어 8번 타자, 베테랑 안태홍을 상대로…….

슈욱!

파아앙!

"스윙, 배터 아우웃!"

2번의 커트에도 불구하고, 6구째에 헛스윙 삼진.

마지막 아웃카운트는 9번 타자.

청팀에서 유일하게, 주전이 아니었던 최윤호.
'그렇게 질린 얼굴로 들어오면 어쩌냐, 윤호야. 투수들은 절대 타자들을 불쌍하게 생각하지 않는데.'
그를 상대로는.
'너는 아직 멀었다.'
파아앙!
파아앙!
파아앙!
'상구도 눈치챘잖아, 이놈아.'
3개의 포심 패스트볼 모두 존 높은 곳으로.
"아우우웃!"
3이닝 무실점.
그리고 5탈삼진.
1루를 허용하지 않은 퍼펙트 피칭.
"나이스!"
"캬, 좋다! 고생했다!"
"와, 이 정도일 줄은 몰랐네!"
"어떻게 된 거야, 체인지업은!"
백팀 동료들의 칭찬세례가 쏟아졌다.
피칭을 마친 투수답게…….
여유롭게 더그아웃으로 향하는 가운데.
김용문이 다가와서.
찰싹!
구강혁의 등짝을 후려쳤다.

"억! 왜 그러십니까, 감독님!"
"이 자식이, 몰라서 그래?"
"무슨 말씀이신지 모르겠습니다! 어우, 아퍼."
"어디서 모른 척이야, 요놈."
퍼억!
다음으로는 엉덩이를 걷어차였다.
물론 두 번 모두 진짜 아프게는 아니었지만.
"으억!"
김용문이 그렇게 사라지고.
어느새 백팀 더그아웃에 자리를 잡고 튜빙 밴드를 당겨 대던 류영준이 쿡쿡 웃으며 말했다.
"네가 마음에 드신 모양인데?"
"사춘기 소년 스타일이십니까, 감독님께서는?"
"예전에는. 저러시는 것도 오랜만이야."
구강혁이 과장스레 엉덩이를 문지르다가…….
류영준의 옆에 앉아 나란히 튜빙을 당겼다.
3회말.
교체된 청팀의 투수는 조동엽.
타석에는 백팀 8번, 박상구.
슈욱!
따아아악!
"와, 갔다!"
"이건 진짜 갔다!"
초구가 시원하게 맞아 나갔다.

소리만 들어도 알 만한 홈런.
다들 홀린 듯 타구를 바라보는 사이.
구강혁만이 자신도 모르게.
자리를 찾아가는 김용문의 뒷모습을 바라봤다.
다른 인원들과 마찬가지로 타구를 쫓는 시선.
그러나 그 옆얼굴은······.
'첫 번째 기회는 성공이구만.'
분명한 미소를 그리고 있었다.

* * *

1차 캠프지인 멜버른에서.
팔콘스는 총 4회의 청백전을 더 진행했다.
구강혁은 그 가운데 2경기에 등판했고······.
각각 1이닝씩을 던졌다.
출루를 허용한 건 단 한 번.
마지막 등판, 2아웃 상황.
노재완에게 단타를 맞았다.
'최대한 배터박스 안쪽에 붙어서 몸쪽 공을 틀어막고, 마운드로도 반 걸음 더 다가왔어. 완전히 존 바깥으로 떨어지는 슬라이더였는데도 무릎을 굽히며 기술적으로 받아쳤다.'
탑 클래스 타자다운 솜씨였다.
후속 타자를 땅볼로 어렵잖게 잡아낸 뒤.

더그아웃으로 돌아온 구강혁에게 류영준이 다가왔다.
"퍼펙트 행진도 끝났구만."
"팀내 청백전인데요, 뭐."
"어쭈. 초연하고도 담백한 반응?"
"흐흐. 오히려 좋습니다."
"좋을 건 또 뭐야?"
"재완이 같은 타자가 같은 팀에 있으니 좋고."
"그리고?"
"그런 탑 클래스 타자들이 제 공을 어떤 식으로 공략하려고 할까, 그걸 조금이라도 더 알게 됐으니까요."
류영준이 만족스레 웃었다.
"그래, 훌륭하다. 그 마인드 그대로. 좀 어색해도 야구 이야기도 종종 하고 그래라. 재완이랑 말이야. 맨날 한유민이랑만 붙지 말고."
"알고 계셨어요?"
"그래. 부탁받은 거지?"
"네."
구강혁이 고개를 끄덕였다.
첫 청백전, 3이닝 퍼펙트 피칭 후.
한유민이 방까지 찾아와서 부탁했었다.
"네 공을 극복하고 싶다거나, 그런 건 아니고."
"그럼요?"
"도움이 될 거 같다. 박해준이 상대로. 오키나와 가면 첫 연습경기도 스타즈랑 하잖아. 그때 던진다는 보장은 없겠지만, 정규시즌에도 도움이 될 거 같거든."
 타석에서 꾸준히 공을 좀 보게 해 달라고.
 지난 시즌 유난히 어려웠던 상대.
 수원 스타즈의 박해준을 대비할 겸.
 라이브 BP 파트너가 되어 달라는 의미.
 '묘하게 감개무량했지.'
 부산에서는 한유민이 구강혁의 훈련을 도우러 왔었다.
 상황이 반대가 된 셈.
 구강혁이 흔쾌히 받아들이고도 며칠.
 여전히 한유민은 구강혁의 공을 어려워했지만…….
 '그래도 청백전에서보다는 훨씬 나아졌어.'
 그래도 조금씩 공을 맞춰나가고 있었다.
 류영준이 말했다.
 "한유민도 좋은 타자지. 그 체구에 은근 장타력도 있고. 저번에도 들었지? 작년에 나한테 홈런을 세 개나 쳤다고. 그거, 두 개는 한 경기에 친 거야. 연타석으로."
 구강혁이 트레이드 후의 통화를 떠올리며 말했다.
 "운이 좋았다던데요? 본인은."
 "립서비스지."
 "에이, 선배님 들으시라고 한 말도 아닌데요."
 "이렇게 듣게 됐잖냐, 네 입으로."
 "헉."
 "뭐가 또 헉이야. 아무튼, 컨디션은 좀 어떠냐?"
 "루틴 말씀이시죠?"

"엉."
구강혁의 목표는 선발 로테이션 진입.
그러나 경험은 너무도 부족했다.
늘 릴리프로 마운드에 올랐던 탓.
때문에 류영준에게 조언을 구했다.
선발 루틴에 대해서.
모든 선발투수가 저마다의 루틴을 가지고 있다.
트레이닝, 스트레칭, 캐치볼 등의 순서는 물론.
심지어 먹는 음식에 이르기까지.
등판일의 컨디션을 끌어올리기 위해서라면?
범위는 얼마든지 넓어질 수 있다.
'김용문 감독님께 내가 얼마나 진심으로 선발을 원하는지 보여 드리는 것도 중요하지만, 로테이션에 들어가 놓고 컨디션 조절에 실패하면 말짱 도루묵이지.'
그렇기에 류영준에게 조언을 구했다.
"선배님 말씀대로 일단 따라가고 있는데, 컨디션은 쭉 괜찮습니다. 김재상 코치님께서 꽤 배려해 주신 덕분에 청백전 등판 일정도 최대한 루틴에 맞출 수 있었고요."
"자상한 분이시지, 김 코치님."
"네. 물론 불펜 피칭이랑 실전을 비교할 수는 없겠지만, 확실히 등판 전후로 마사지를 받고 따뜻한 물에 들어가는 게 큰 도움이 되는 거 같아요."
기본적인 틀은 류영준의 루틴을 따랐다.
등판 당일과 이튿날에는 마사지와 찜질.

이틀 차에는 러닝과 하체 웨이트.
사흘 차에는 상체 웨이트 이후 롱토스, 불펜 피칭.
나흘 차에는 짧은 불펜 피칭까지.
등판 일정이 있을 때는 모두 지킬 수는 없었지만.
기본적인 형식을 따르려고 최선을 다했다.
"다행이네. 하지만 네 말도 맞아. 실전에 들어가면 또 다르겠지. 그래도 일찌감치 의식적으로 루틴을 지키는 게 분명 도움이 될 거다. 정답은 없는 분야니까 네가 요령껏 어레인지도 하고."
선발 루틴의 기본적인 목표는 회복.
보수적으로 5이닝, 80구를 기준으로 잡더라도.
투수의 어깨에 가해지는 데미지는 상당하다.
때문에.
최소 5이닝 운영을 위한 구종과 운영능력은 물론.
평균 이상의 스태미너와 회복력.
또 완급 조절 능력까지 요구되는 포지션이 선발이다.
'80구를 던질 수 있는 컨디션 자체가 페이스가 빨리 올라왔다는 증거다. 회복 속도도 괜찮은 편인 거 같아. 선배님의 루틴이 꽤 잘 맞는 덕분이기도 하겠지만……. 브레이브스에서도 회복은 남들보다 빨랐지.'

* * *

1차 스프링캠프 말미.

호주 국가대표팀과의 평가전이 준비되었다.
장소는 팔콘스의 훈련지, 멜버른 볼 파크.
3월에 예정됐던 WBC 일정이 미뤄졌음에도.
호주가 일찌감치 감독을 선임하고 움직인 것.
사실 호주의 야구열기가 아주 뜨겁지는 않다.
럭비 계열 프로리그가 워낙 대중적인 데다.
야구와 비슷한 면이 있는 크리켓도 인기를 끌기 때문.
축구나 농구도 야구에 비하면 인기가 많다.
물론 리그는 존재하지만.
기간이 짧은 세미프로 리그에 가깝다.
그렇다고 호주가 완전히 야구의 불모지인가?
그렇지는 않다.
2004 올림픽에서는 은메달까지 수확했고.
최근 WBC에서는 대한민국에도 승리를 거두었다.
'확실히 우습게 볼 상대는 아니지.'
당시 이강민호는…….
호주전의 본헤드 플레이를 비롯한 논란들과 함께.
1라운드 탈락으로 대회를 마무리했다.
참사에 가까운 결과였다.
'재작년에는 팔콘스가 이겼다고 해도 말이야.'
24시즌 스프링캠프.
당시에도 팔콘스는 호주 국가대표팀과 평가전을 치렀다.
결과는 2전 전승.
그러나 같은 결과가 나오리라는 보장?

그런 것은 없다.
'최대한 잘 지켜보자고.'
오늘은 1차전.
구강혁은 등판 일정이 없다.
선발은 도미닉.
"깔끔하다, 깔끔해!"
"역시 도미닉이야."
"올해도 2선발까지는 확실하네."
2이닝을 무실점으로 막아 냈다.
다음은 로건.
"커브가 진짜 좋은데?"
"청백전에서도 못 치겠더라."
"그래도 호주 타자들이 힘이 좋네."
2이닝 1실점, 1피홈런.
뒤이어 릴리프 투수들이 1이닝씩을 맡고…….
셋업이 유력한 원민준이 8회.
지난 시즌 마무리였던 주민상이 9회를 막았다.
2회말 일찌감치 5점을 뽑아낸 타선의 힘으로.
1차전의 결과는 3대 8.
팔콘스의 승리였다.
재작년과 마찬가지로 유관중으로 진행된 경기.
적지 않은 수의 교민들이 현장을 찾았다.
"류영준이, 여기 좀 와라!"
"꺄, 문영후! 너무 잘생겼어!"

"대한 오빠, 사진이요! 사진!"
"재완아, 내년에는 빅리그 가는 거지?"
남녀노소, 다양한 모습의 팔콘스 팬들이…….
'호주에서 가장 먼저 팬분들을 뵐 줄이야.'
제각기 좋아하는 선수를 만나고자 줄을 섰다.
아직 팔콘스에서 펼친 활약이 없어서인지.
구강혁을 찾는 팬들은 많지 않았다.
여성팬 몇몇이 사진을 찍자며 달라붙기는 했지만.
그리고 이튿날.
같은 장소에서 벌어진 2차전.
선발로는 황선민이 등판했다.
"선민아, 막을 수 있다!"
"어차피 못 친다고!"
"그렇지, 좋아!"
2회, 제구 난조로 1사 1, 2루의 위기.
유격수 황현민의 좋은 수비로 병살을 완성.
3회에는 조동엽이 올라왔고…….
"괜찮아, 동엽아! 뭘 고개를 숙이냐!"
"형들이 점수 내주면 되지!"
2사 후 2루타에 연이은 적시타를 허용.
1이닝 1실점을 기록하고 내려갔다.
그리고 바로 3회말, 팔콘스의 공격.
누군가가 말했듯.
페레즈가 볼넷을 골라 출루한 후.

따아아악!
"와, 갔다!"
"공 쪼개지겠다, 재완아!"
노재완이 아치를 그렸다.
절정의 타격감을 과시하는 투런.
이후로는 양팀이 득점 없이…….
벌떼 투수전이 벌어지는 가운데.
7회초, 구강혁이 마운드에 올랐다.
"와아아아!"
"꺄아앗!"
관중석에서 뜻모를 환성이 터졌다.
'어제 그분들인가…….'
멋쩍게 투구판의 흙을 치워 내고.
가벼운 템포의 연습투구 후.
구강혁이 홈플레이트로 시선을 던졌다.
포수는 4회 교체되어 들어온 박상구.
'호주 국가대표 타자들. 좋은 피지컬에 비해 약점이 너무 뚜렷해. 재작년 경기도 돌려보고, 어제 경기를 지켜보면서 확실히 알았어. 제대로 떨어지는 변화구에는 속수무책이다.'
초구 사인은 체인지업.
고개를 끄덕인 후.
슈욱!
틱!

물 흐르듯 자연스러운 피칭.
크게 떨어지는 공을 건드린 타자는.
"FUUUUCK!"
단 1구만에 유격수 방면 땅볼로 아웃.
다음 타자 역시 2구째에 체인지업을 건드렸다.
슈욱!
틱!
투수 앞으로 힘없이 흐르는 땅볼.
깔끔하게 2아웃.
"SHIT!"
마지막 타자는…….
'얘는 아예 체인지업을 못 건드리네.'
체인지업에 연이은 헛스윙을 남발한 끝에.
슈욱!
파아앙!
"스트라이크, 배터 아웃!"
3구째, 바깥쪽 높은 존을 뚫는 포심에 루킹 삼진.
"캬, 너무 좋다! 구강혁!"
"그게 뱀직구여, 호주 양반!"
"스네이크, 스네이크!"
즉.
단 6구면 충분했다.
"와, 방금 무브먼트 뭐냐, 저놈!"
"우와! 뱀직구 실화냐!"

"와아아아아! 강혁 오빠!"
호주의 팔콘스 팬들에게…….
'오늘은 나한테도 좀 오시려나?'
구강혁이 제 진가를 선보이기에는.

* * *

멜버른에서의 마지막 날.
"다들 놀 생각 말고 제대로 쉬도록."
김용문의 선언에 따른, 비행 전의 휴식일.
구강혁도 아침에 트레드밀을 뛴 후.
룸에서 달콤한 휴식을 보냈다.
'기대했듯 팬분들이 좋게 봐 주시기는 했지만, 경기를 마치자마자 확인했는데도……. 뱀 문신은 달라지질 않았어.'
접전이었던 2차전.
결과는 1:2로, 역시 팔콘스의 승리였다.
7회 등판했던 구강혁은…….
'처음 공을 던졌을 때, 그리고 처음 타자를 잡아냈을 때. 문신은 이 두 경우에 길어졌지. 혹시 투수로서의 기록이 영향을 주지 않을까 싶었는데, 아예 상관이 없는 건가.'
단 6구로 이닝을 삭제.
깔끔한 홀드를 기록했다.
'아니면 홀드로는 안 되는 건지도 몰라. 그럼 세이브면 되나? 왠지 그것도 아닐 거 같은데. 애초에 지금 나는 선

발 로테이션 진입을 목표로 두고 있고……. 혹시 선발승?'

공항에서부터 김용준이 말했던 두 번째 기회.

오키나와에서의 첫 연습경기, 스타즈전.

구강혁은 5이닝을 던질 예정이다.

호투에 타선의 지원이 겹친다면?

'소거법으로 홀드는 지웠으니, 최대한 승리를 목표로 던져야겠네. 5이닝이 주어진 이상 당연히 그럴 생각이기는 했지만. 어쩐지……. 선발승이 맞는 거 같다. 증거야 있을 리 없지만, 이상하게 그런 느낌이 들어.'

선발승도 가능한 상황.

'선발승이 정답이 맞다면, 지금까지처럼 3킬로만 올라도, 최고 구속은 140킬로 후반대에 도달한다.'

145의 포심과 148의 포심.

익스텐션에서 비롯한 체감 구속까지 감안한다면.

결코 무시할 수 없는 차이다.

"뭔 생각을 그렇게 해?"

"아, 그냥."

누워서 TV를 보던 원민준이 말했다.

스마트폰을 연결해, 하루종일 한국 뉴스채널을 틀어 놓고 침대에서 뒹굴거리고 있었다.

"형이야말로 뉴스는 왜 계속 보는데?"

"그냥 틀어놓으면 소식이 다 들리잖냐."

"소식?"

"그래 인마, 시사적으로다가. 상식이 있어야지. 집 떠나와 호주까지 와서 벌써 한참이나 흘렀는데, 우리나라 돌아가는 분위기는 알아야 할 거 아냐?"

"흐음……."

아주 틀린 말은 아니었다.

뒹굴거리면서 말하니 태가 나지 않을 뿐.

그때였다.

지잉!

구강혁의 스마트폰이 울렸다.

한희주의 메시지였다.

[한희주 부팀장: 저도 내일 바로 합류해요!]

"크흠."

구강혁이 침음했다.

멜버른에서의 첫날.

산책을 하면서 이야기했듯…….

한희주는 사흘 전 한국으로 돌아갔다.

그러면서 구강혁의 번호를 받아 갔고.

'왜 굳이 물어보나 싶었는데. 번호가 필요한 거라면 뭐, 프런트 다른 직원들한테 부탁하면 알 수 있는 거 아닌가.'

그리고 처음으로 온 연락이었다.

'설마?'

구강혁이 침을 꼴깍 삼켰다.

'나한테 관심이라도 있나, 이 사람?'

그러고는 고개를 휘저었다.

'에이, 아니겠지. 그 외모에 인기도 많을 텐데. 괜히 오

해해서 불편하게 만들지는 말자. 그런데 또 뭐라고 답을 드려야 하나.'

다시 원민준이 눈에 들어왔다.

"형, 형수님이랑은 어떻게 만났댔지?"

"갑자기 왜?"

"그냥, 궁금해지네."

"얘기하지 않았어? 고등학교 때 친구가 소개해 줬다고. 고놈도 야구 하던 놈인데, 지금은 대학까지 잘 졸업하고 직장 다녀. 여자친구가 걔 상사였고."

"처음 들어."

정말 처음 듣는지는 확실하지 않았다.

구강혁 본인이 연애에 별 관심이 없었기에…….

남의 연애에도 큰 관심이 없었다.

"흐으음."

"형이 부탁한 거야? 소개팅, 뭐 그런 거?"

"아니. 걔가 나를 소개해 달랬지. 마음에 든다고."

"형이……. 마음에, 들었다고?"

원민준이 눈을 지그시 감았다.

"좋아. 한번 해 보자는 거지, 이 자식. 환골탈퇴했다고 눈에 뵈는 게 없어. 그 도전적인 말투는 뭐야, 엉?"

"환골탈태겠지."

"그게 그거지! 아니, 그래서 왜 갑자기 그런 걸 묻는데. 뭐 관심 가는 여자라도 생겼어? 으음, 흐음. 아, 혹시 한희주 부팀장이냐?"

구강혁이 눈을 동그랗게 떴다.

"뭔 소리야?"

"왜. 그쪽도 너한테 영 관심이 없지는 않더만. 저번에 공항에서도 한참 얘기했잖아?"

"그거야 그냥 일찍 간 김에."

"그리고 인마, 둘이서 나란히 알콩달콩 걷는 걸 봤다는 정보도 입수했어, 내가. 가짜 정보인 줄 알고 일침을 놔 줬더니, 혹시 진짜였냐?"

"아오, 됐어. 때려쳐. 정보는 무슨!"

구강혁이 성질을 냈다.

'더 조심해야겠네. 뭐 그런 게 소문이 나?'

그리고 고개를 저으며…….

[구강혁: 이번 청백전 영상도 잘 봤어요. 고생 많으셨겠어요, 미튜브 담당하시는 분들 모두.]

손 가는 그대로 답장을 보냈다.

그러던 사이.

"오, 이건 또 뭐야?"

원민준이 TV의 볼륨을 높였다.

[……한영그룹 4남과 삼일그룹 3녀의 결혼 소식이 뒤늦게 알려졌습니다. 재계에서는 이전부터 협조적이던 두 그룹이 이번 결혼을 통해 긴밀한 협력의 포석을 마련했다는 평가를 내리고 있습니다. 익명을 요구한 관계자에 따르면, 이미 결혼식은 이틀 전 국내 유명 호텔을 대관해…….]

재벌가 간의 결혼 소식.

'뭐 이런 게 뉴스까지 나와?'

특히 한영그룹은 팔콘스의 모기업.

"햐, 우리 구단주님 막내아드님. 엄친아로 원성이 자자한 남자지. 캬, 신부도 예쁘네. 성남성녀여, 성남성녀!"

구강혁이 한숨을 내쉬며 말했다.

"후우, 선남선녀야."

"아오, 왜 그렇게 까탈스러워?"

"하긴. 진즉에 포기했는데."

"오우, 또 도전적인 말투? 엉?"

그렇게 실랑이를 벌이고 있자니.

[한희주 부팀장: 늘 그런 말씀 고마워요!]

한희주도 답장을 보냈다.

[구강혁: 일은 잘 해결되셨어요?]

[한희주 부팀장: 일이라기보다는 가족 행사였어요. 잘 참석하고 지금은 쉬고 있어요.]

'가족 행사라. 한 부팀장네도 누가 결혼이라도 했나.'

구강혁이 찬찬히 고개를 끄덕이고는 답장했다.

[구강혁: 그럼 내일 뵈어요. 조심해서 오세요.]

[한희주 부팀장: 네!]

마지막에는 인사하는 이모티콘도 함께.

팔콘스의 마스코트 '아리'의 이모티콘이었다.

'이만하면 메시지가 잘 오간 거겠지?'

어쩐지 긴장이 풀리는 기분.

구강혁도 제 침대에 걸터앉았다.

그러고는 다시 물었다.
"형은 결혼 안 해? 꽤 오래 만났잖아."
"올해 말에 FA 계약하면 프러포즈하려고. 팀이 정해져야 집을 구하든 어쩌든 할 거 아냐?"
"이야, 형치고는 너무 건실한 답변인데?"
"흐흐, 그렇지……. 아니, 칭찬 맞냐?"
"그럼."
원민준이 고개를 갸웃거렸다.
'엄마도 캠프 출발할 때 그러셨지, 슬슬 결혼 생각도 해야 하는 거 아니냐고. 뭐, 아직 진지하게 생각할 단계까지는 아니겠지. 남들이 한다고 나도 해야 하는 건 아니니. 좋은 짝이라도 만나면 몰라.'

* * *

멜버른 국제공항에서 인천으로.
다시 별도의 휴식 없이 나하 국제공항까지.
호텔에 도착한 건 늦은 밤이었다.
긴 여정에도 불구하고, 이튿날부터 가벼운 훈련.
다시 이틀, 사흘.
스프링캠프에서의 마지막 청백전까지 마무리한 뒤.
팔콘스 선수단이 수석코치 채승용 앞에 모였다.
비록 연습경기일지라도.
결코 우습게 볼 수 없는 타 팀과의 경기.

스타즈전 라인업이 발표되는 순간이었다.

"1번, 현민이. 숏스탑이고. 2번 윤호가 좌익수. 3번은 유민이가 우익수로 들어간다. 4번은, 캬. 상구네. 캐쳐……."

야수진에는 주전급과 후보군이 섞였다.

결정적으로 노재완이 아예 빠졌다.

'야수들에게도 골고루 기회가 돌아가기는 해야지. 5이닝 선발 입장에서는 아쉬움이 남지만……. 시즌 중에는 얼마든지 변수가 생길 수 있어. 늘 최고 전력으로만 타선이 짜인다는 보장은 없지.'

젊은 야수의 비중이 높은 타선이었다.

9번까지의 타선을 모두 발표한 후.

채승용이 구강혁의 어깨에 손을 얹었다.

"마지막으로 스타팅 피쳐! 강혁이다."

"네!"

"연달아 좋은 기회를 받고 있어. 알지? 지금까지는 솔직히 좋았다고 생각한다. 이번에도 선발다운 피칭을 기대하마."

"알겠습니다, 코치님."

"그리고 다시 야수들. 이미 연락을 받았는데……. 내일 스타즈 선발은 박해준이다."

이어지는 채승용의 말.

한순간에 여기저기서 탄식이 터져 나왔다.

인상을 구기는 타자도 한둘이 아니었다.

특히 내일 선발 라인업에 든 대부분의 우타자들.

KBO에서 박해준보다 나은 선발?

애초에 극히 드물다.

'리그를 대표하는 우승사자인 박해준 선배가 선발인데, 우리 라인업의 좌타자는 윤호랑 유민 선배 두 명. 김용문 감독님도 당연히 박해준이 선발로 나온다는 것쯤을 알고 계셨을 텐데.'

특히 우타자를 상대로는.

작년 피안타율이 1할대에 불과했다.

'이것도 감독님의 시험이라고 생각해야겠군.'

첫 매치업으로는?

이보다 끔찍하기도 어렵다.

특히 뱀 문신의 성장.

아직 불명확한 그 조건 달성을 위해……

승리가 절실한 구강혁에게는 더더욱.

흔하지만 너무도 까다로운 선발승의 조건.

특히 타선의 득점 지원이 필수적인 점을 감안한다면.

빈말로도 좋다고는 할 수 없는 상황.

'그나마 상구와 유민 선배가 있으니 다행이야. 특히 지난 시즌부터 박해준 선배를 상대로 이를 갈아온 한유민 선배에게 기대해 보자고.'

* * *

정규시즌을 코앞에 둔 2차 스프링캠프.

KBO의 많은 팀이 오키나와에 자리를 잡는다.

1월에도 훈련에 무리가 없는 따뜻한 기후.

야구에 진심인 나라다운 탁월한 경기장

인천에서 그리 멀지 않은 거리까지.

장점이 가득하기 때문.

물론 이 점은 NPB의 팀들에도 마찬가지.

올해도 KBO에서 3팀.

팔콘스, 스타즈, 타이탄스.

NPB에서도 3팀.

호크스, 마린스, 라이온즈.

도합 6팀이 오키나와를 캠프지로 택했다.

이 정도도 평년에 비해 적은 수준이다.

한일 양국 리그의 팀들이 가까이 모인다는 특성에 따라.

이미 20여년 전부터 자연스럽게.

오키나와의 2월은 리그 간의 교류전이 열리는 시기였다.

정규시즌이 길고, 시즌 중에는 거의 매일 경기가 벌어지는 프로야구의 특성에 따라, 국제 교류전이 쉽지 않기 때문에.

시간이 갈수록 이 교류전에 대한 팬들의 관심은 커졌다.

실제로 공식 단기 리그화 의견이 나왔을 정도.

물론 양국의 유서 깊은 라이벌 의식에 따라, 지나치게 경기가 과열 양상으로 흐를 수 있다는 점.

또 별도의 리그에서 벌어진 일들이 가장 중요한 정규시즌에 영향을 끼칠 수 있고, 훈련 자율성을 해칠 수 있다는 점 등을 이유로 실행에 다다르지는 못한 의견이지만.

비록 실제 리그화가 되지는 않았을지라도.

이 한일 양국의 교류전.

또 같은 리그 간의 연습경기를 모두 더해.

'오키나와 리그'라는 별칭이 붙었을 정도다.

"크, 이번 오키나와 리그도 전 경기 중계야?"

"그런 분위기더라. 팬들이 좋아하시잖아."

"고친다 구장이 중계에 적합하지는 않은데……. 묘하게 이번에는 카메라가 작년보다 많네. 전광판 찍는 카메라까지 따로 있는 거 같고. 전문 해설위원분들까지. 호주 국가대표랑 경기에서는 고참 선배들이 돌아가면서 해설했잖아?"

"그랬지. 대충 들어보니까 홍보팀에서 이번에 엄청 진심이래. 호주전은 기껏해야 미튜브 자체중계에, 송출환경이 뭐 어떻다면서 영상도 계속 끊겼다는데. 그래도 시청자가 만 명 단위였다잖냐."

"그렇게 많이 봤어? 한일전도 아니었는데. 흐흐, 이제 2월이니까……. 야구가 그리워질 시점이기는 하지."

스타즈전을 앞두고.

고친다 구장을 홈처럼 쓰는 팔콘스 선수단이 메인구장을 점유하고 웜업을 진행하는 가운데.

젊은 야수들이 삼삼오오 모여 이야기를 나누었다.

구강혁도 그리 멀지 않은 곳에서 스트레칭을 했다.

'어제 잠깐 마주친 한희주 부팀장도 그랬지. 멜버른에

서랑은 다르게 확실히 준비했으니 팬들께 눈도장 단단히 찍을 준비를 하라고. 이미 호주에서도 팔콘스 팬들을 뵈었지만, 실제로는 오늘이 팬들께 내 달라진 모습을 선보일 첫 기회인 셈이야.'

얼마 지나지 않아.

웜업을 마친 선수단이 나란히 도열했다.

'스타즈는 생각 이상으로 주전 비율이 높다.'

수원 스타즈.

작년에는 정규시즌 2위를 달성한 강팀.

비록 플레이오프에서 한 수 위라는 평가에도 불구하고 업셋을 허용, 최종적으로는 3위로 시즌을 마감했으나.

투수들이 기묘한 제구 난조에 시달리던 당시에도, 박해준만큼은 유감없이 에이스의 면모를 뽐냈다.

난타전을 이끌었던 타선도 만만찮았다.

팔콘스에서 트레이드로 한유민을 영입했다면.

스타즈는 FA 자격을 취득한 프랜차이즈 좌타자, 송윤상을 눌러앉혔다.

팔콘스의 효자 외인이 페레즈라면.

스타즈의 우타 외인 매드슨 또한 그에 못지않은 활약으로 일찌감치 150만 달러 규모의 재계약에 성공했고.

마지막으로 팔콘스에 노재완이 있다면?

스타즈에는 '바람의 손자' 이정우 이후 최고라고 불리는 재능, '천재타자' 강대호가 있다.

'이쪽은 재완이도 페레즈도 빠진 데다, 다른 주전급 선

수들도 더그아웃에서 대기하는데. 저쪽은 주전 클린업이 그대로 나왔다.'

구강혁이 스타즈 선수단을 바라보며 쓴웃음을 지었다.

경기 준비가 끝난 후.

양팀 선수단이 제각기 더그아웃으로 돌아가고…….

구강혁이 마운드에 올랐다.

[안녕하십니까! KBO 개막을 손꼽아 기다리시는 수많은 팔콘스, 그리고 스타즈 팬 여러분. 야구에 목마른 여러분을 달래드릴 오키나와 리그, 팔콘스와 스타즈의 경기가 준비를 마쳤습니다.]

[오늘 양팀 라인업이 상당히 흥미롭습니다. 스타즈는 사실상 주전 라인업을 가동한 데 반해, 팔콘스에서는 이번에 현금성 트레이드로 영입한, 주전 우익수가 유력한 한유민. 이 선수를 제외하면 대부분 후보 선수들이 출전했죠?]

[잘 따지면 유틸리티로 활약이 좋은 황현민 선수도 주전이라고 볼 수 있겠지만, 전반적으로는 그렇습니다. 이날 팔콘즈에서는 마찬가지로 트레이드를 통해 영입한 구강혁 선수를 선발투수로 내세웠는데요. 스타즈에서는 부동의 에이스죠? 박해준 선수를 먼저 내보냅니다.]

[양팀 감독의 스타일 차이다. 그렇게 보셔도 될 것 같아요. 스타즈 이문철 감독이 개막 전까지 최대한 주전 선수들의 폼을 끌어올리겠다는 선택을 했다면, 반대로 팔콘스 김용문 감독은 조금 더 후보 선수들에게 기회를 줄

심산이죠. 정답은 없습니다.]

[공교롭게도 대한민국 국가대표팀을 지휘한 경험이 있는 양팀 사령탑의 결전이기도 한 오늘 경기입니다. 전역하고 얼마 되지 않은 구강혁 선수로서는 여러모로 쉽지 않은 경기가 아닐까 싶은데요.]

[그래도 구강혁 선수, 지금 컨디션이 대단히 좋다는 팔콘스 내외부 인사들의 평가가 있어요. 지난 호주 국가대표와의 경기에서도 겨우 공 6개로 1이닝을 지웠는데, 마지막에 가볍게 던진 포심의 기록이 무려 143까지 나왔다고 합니다.]

[그렇군요. 팔꿈치 뼛조각 제거 수술 전까지 구강혁은 지금보다 느린 구속에도 불구하고 타자를 두려워하지 않는 피칭으로 마당쇠 역할을 톡톡히 했습니다. 아, 말씀드리는 순간. 스타즈의 선두 타자 김영환, 타석에 들어섭니다.]

연습투구를 마치고, 김영환이 타석에 들어왔다.

구강혁이 아랫입술을 깨물었다.

고개를 돌려 주변을 둘러봐도.

'한유민 선배야 은근한 복수심으로 무장한 표정일 테고, 홈플레이트에 앉은 상구도 첫 연습경기를 안방마님으로서 이끌어 갈 생각에 조금 긴장했다고 쳐도.'

표정이 좋은 타자가 없다.

'다른 6명의 야수들 죄다 이미 자신감을 잃은 얼굴들이야. 우타자들은 더 울상이고. 심지어 현민이까지 늘 보여

주던 투쟁심을 잃은 것만 같다. 이미 어제부터……. 박해준이 상대라는 사실에 거의 전의를 상실한 거겠지.'

강팀의 에이스를 상대한다는 두려움.

혹은 체념.

'한심하기 그지없다. 한유민 선배가 후배인 나에게 개인적으로 찾아와서 피칭을 부탁했던 점까지 생각하면, 진짜 프로가 맞나 싶을 정도야.'

프로다운 기세가 없었다.

'팔콘스의 주전과 후보군의 실력 격차가 유난히 심한 건 저런 패배 의식 때문이겠지. 그 실력 격차가 팔콘스의 하락세에 큰 영향을 끼치기도 했고.'

김영환이 위협적으로 배트를 휘둘러댔다.

'야구는 투타가 조화를 이루어야 하는 스포츠라지만……. 투수인 나로서는 저런 후보군 야수들에게 영향을 끼칠 방법이 없어. 그나마 선발인 내가 박해준 선배에 뒤지지 않는 투수임을 보여 줄 수 있다면 달라질 수도 있을지도 몰라.'

구강혁이 숨을 들이켰다.

"플레이볼!"

플레이 사인.

초구는 무척 빠르게 쏘아졌다.

슈욱!

파앙!

"스트라이크!"

우타자인 김영환.

그 몸쪽 높은 코스를 정확히 뚫어 내는 포심.

[초구, 루킹 스트라이크! 제가 지금 본 게 맞나요? 카메라의 각도 때문인지는 모르겠습니다만, 구강혁 선수의 초구 무브먼트가 정말 대단했습니다.]

[이야, 이거 팔콘스에서 구강혁을 높이 평가하는 이유가 있는데요? 저도 아주 놀랐어요. 정확한 수치는 분석이 필요하겠지만 지금 본 바로는 최소한 14인치는 꺾인 게 아닌가 싶습니다. 타석에서 직접 보고 싶을 정도예요.]

[김영환도 상당히 놀란 눈치입니다.]

[그럴 수밖에요. 사실 싱커성 무브먼트로 리그에서 가장 유명한 투수가 바로 오늘 스타즈의 선발인 박해준 투수거든요? 지금 박해준이 던진 공인가, 그런 착각도 했을 것 같습니다.]

[하하. 중계 환경이 정규시즌만큼 좋지 않은 것도 사실입니다. 박해준 선수의 피칭을 보면 비교가 가능하겠네요. 1스트라이크 상황에서, 다시 2구.]

2구.

마찬가지로 몸쪽.

그러나 이번에는 낮은 코스.

슈욱!

틱!

[타격! 유격수 방면으로 구릅니다!]

[이야, 이건······.]

그리고.

포구 자세를 취하던 황현민이.

[아, 공 더듬습니다!]

[살았어요! 김영환은 아주 발이 빨라요.]

[뒤늦게 1루로 송구! 세잎! 이건 아쉬운데요. 구강혁이 2구만에 까다로운 타자를 상대로 땅볼 타구를 만들어 냈지만, 황현민의 실책으로 1루가 채워지고 맙니다.]

실책을 범하고 말았다.

[선발에게는 1회가 가장 어렵다는 이야기는 아주 흔합니다. 그런데 지금처럼 야수의 실책으로 1루가 채워진 상황이라면 더 그럴 수밖에 없죠. 1루에 살아 나간 김영환은 지난 시즌 24개의 도루를 성공한 바 있습니다.]

타구의 질과는 무관한······.

실책에 의한, 무사 1루 상황.

[구강혁 선수의 견제 능력은 뛰어난 편입니다만, 그에 반해 포수 박상구는 도루 저지율 측면에서 아쉬운 모습을 계속해서 보여 주고 있습니다.]

[굉장히 까다로운 주자가 1회부터 나갔어요. 실책을 저지른 황현민 선수, 표정이 정말 좋지 않습니다. 지난 시즌의 높은 수비율을 생각하면 정말 아쉬운 장면이었습니다.]

구강혁이 뒤를 돌아보았다.

그러고는 얼굴을 일그러뜨린 황현민에게.

괜찮다는 제스처를 취해 보였다.

'실책은 언제나 나올 수 있다. 실책을 생각하면서 던지는 투수는 드물겠지만. 직전의 실책에 영향을 받는 투수는 한계가 뚜렷해. 브레이브스 시절에도 나는 그런 투수는 아니었어.'

황현민이 미안한 듯 고개를 끄덕였다.

'하지만 내가 어떻든 야수진의 사기는 더 떨어졌을 거다. 견제로 1루 주자를 잡아내는 건 요행에 가깝고……. 2루를 이대로 내줘야 하나. 선제점 자체가 경기에 엄청난 영향을 줄 텐데.'

실책으로 시작된 위기.

'위기를 기회로 만들 방법…….'

열심히 머리를 굴리던 도중.

문득 구강혁이 구태성의 말을 떠올렸다.

"다른 건 몰라도 담력을 어떻게 가르치냐. 심장은 키우려야 키울 수가 없어."

담력.

'그거다.'

에이스에게는, 어쩌면.

그 어떤 구종보다 중요할 능력.

[아, 구강혁 선수. 흔들리나요? 김영환을 내보낸 후 갑자기 제구가 되지 않고 있습니다. 볼 세 개가 연달아 존을 벗어납니다.]

[실책에 의한 영향, 물론 있을 수 있죠. 팔콘스 팬들이

가장 싫어하는 모습이기도 하고요. 구강혁 선수, 2구까지는 굉장히 좋았거든요.]

[김영환 선수가 이미 리드폭을 줄였습니다. 어차피 제구가 흔들리는데 도루사의 위험을 감수하지 않겠다는 의미로 풀이할 수 있지 않을까 싶은데요.]

[그렇죠. 3번 매드슨에서 시작되는 클린업 트리오가 건재한데 괜한 위험을 감수할 필요가 없습니다.]

[말씀드리는 순간, 4구도 크게 벗어납니다.]

구강혁이…….

스프링캠프에 돌입한 후.

첫 볼넷을 기록했다.

"야, 쟤 괜찮냐?"

"안 돼! 멘탈 잡아!"

"강혁아! 그거 아니야!"

더그아웃에서 팀원들이 소리쳤다.

그러나.

[아, 정말 안 좋은데요. 다시 4구! 매드슨, 아. 완전히 타석에서 벗어납니다. 또 한 번의 볼넷으로 만루가 채워집니다.]

[이건 좀……. 이상하군요.]

[어떤 점이 말씀이십니까, 위원님?]

[그게. 연달아 볼넷이기는 한데……. 뭐라고 할까. 8구 연속 볼이 전부 굉장히 일정한 지점으로 꽂혔거든요. 그럴 리는 없겠지만, 묘하게 고의로 만루를 만든 게 아닐까

싶은, 그런 느낌까지 듭니다.]

[음……. 일부러 볼넷을 주는 투수도 있습니까?]

[물론 요즘은 없죠. 하지만 예전에, 지금은 SBC 해설위원으로 활동하고 계시는 구태성 위원. 그 분이 종종 일부러 그러는 것처럼 만루를 채우고 실점 없이 이닝을 마무리 짓는 그런 모습을 보여 준 적이 몇 번이나 있죠.]

[아, 태성놀이 말씀이시군요. 요즘 젊은 팬분들께서는 잘 모르시겠지만, 팔콘스의 레전드 투수이신 구태성 위원께서는 다양한 기행으로 팬들을 즐겁게 해 주신 바 있습니다.]

[뭐, 구강혁 선수가 그런 의도는 아니겠지만요.]

[하하, 역시 그렇죠. 그래도 얼른 제구를 잡기를 바랍니다. 아, 김재상 투수코치가 마운드로 올라옵니다.]

도저히 안 되겠다는 것인지.

투수코치 김재상이 마운드에 방문했다.

"강혁이, 요즘 잘하다가 왜 그래? 1아웃만 잡고 바꿔야겠어? 감독님이 바라지 않으시지만, 정 안 되겠으면 우리도 어쩔 수가 없어."

하나둘 마운드로 모여드는 내야수들을…….

손짓 한 번으로 제지하고서.

구강혁이 말했다.

"코치님. 믿고 가 주십시오."

"인마, 그럼 제구를 제대로 잡아야지. 청백전에서는 볼넷 한번 내준 적 없는 놈이 어째……."

"그럼 딱 이번 타자까지만 봐 주십시오."
"4번이 강대호야. 천재타자. 진짜 괜찮겠어?"
"네."
구강혁이 진지하게 고개를 끄덕였다.
"무실점으로 막겠습니다."

* * *

팬들은 언제나 부르짖는다.
제발 볼넷을 내줄 바에야 안타를 맞으라고.
차라리 홈런을 맞아도 볼넷보다는 낫다고.
오늘도 마찬가지였다.
홍보팀이 작정하고 준비한 중계.
그 효과가 있었던 것인지······.
호주전과 달리 깔끔한, 수준급의 영상에.
수만 명의 시청자가 몰려든 미튜브 라이브.
→ 시발 갑자기 왜 저럼?
→ 실책 한 번에 멘탈 나간 거 아님?
→ 구강혁 원래 볼넷 잘 안 주기로 유명했는데
→ 그건 팔꼴스 오기 전 얘기고요
→ 칙적화 완료됐다네요ㅋㅋㅋㅋㅋ
→ 진짜 개열받네 8구 연속 볼이 말이냐
→ 안 내려? 연습경기도 제대로 해야지 ___
마운드를 방문했던 김재상이 돌아가는 가운데.

팔콘스 팬들이 울분을 토해 내고…….
타 팀 팬들은 조롱을 일삼았다.
물론 그 반면.
→ 강대호 적시타 드가자!
→ 1회부터 빅이닝 확정 너무 맛있고ㅋㅋ
→ 우리 강대호 작년에 그랜드슬램 두 개!
→ 딱 봐도 또 볼넷임ㅋㅋㅋㅋ 멘탈 나감
스타즈 팬들은 기대감을 숨기지 않았다.
선수단 역시 마찬가지였다.
필드에서든, 더그아웃에서든.
팔콘스 선수들은 불안함을 드러냈고…….
'아우, 진짜 어떡하지?'
'호주에서는 볼넷 하나 안 내주더니.'
'쓰바, 청백전에서 동료들만 줘패냐고!'
스타즈 선수들은 기세가 올랐다.
"아휴, 막 전역한 애한테 이래도 되나?"
"흔들릴 만도 하지. 그나마 오늘 선발 라인업에 믿을 만한 내야수가 황현민 정도 아냐. 나 같아도 멘탈 나간다."
"무브먼트가 좋아진 건 맞는데, 실책 한 번에 제구가 저렇게 흔들려서야 오히려 예전이 낫겠는데."
무사 만루.
타석에는 스타즈의 가장 빛나는 별.
4번 타자 강대호.
[강대호 타자, 타석에 들어섭니다. 작년에는 본인의 커

리어 하이인 21시즌과 비견될 만한 뛰어난 활약을 보였어요. 24개의 홈런과 wRC+ 150을 달성했죠?]

[그렇습니다. 특히 만루 상황에는 4할에 육박하는 타율로 무척 강한 모습을 보였고, 만루홈런도 2개나 쳐냈을 정도죠.]

[팔콘스 입장에서는 최악이라고밖에 할 수 없는 상황. 특히 3루에 자리한 김영환은 굉장히 기민한 주자입니다. 어지간히 꽉 막힌 타구가 아니면 홈 승부는 어렵습니다.]

[컨택 자체가 불편하죠. 막말로 강대호가 병살타를 쳐도 3루 주자는 들어올 가능성이 높아요. 안 그래도 부담이 되는데, 지금 삼진을 잡아내기에는 구강혁 선수의 제구가 너무 흔들리고 있죠.]

김용문이 김재상에게 물었다.

"뭐라더냐."

"무실점으로 막겠다고는 합니다. 거기까지는 바라지 않아도 볼넷만 아니면 좋겠는데……. 한 템포 끊기는 했지만 얼마나 컨트롤을 잡을까 모르겠습니다."

김재상의 말이 길어졌다.

제발 볼넷만은 아니길.

모두가 그렇게만 바라는 상황.

'이놈 이거, 며칠 배우지도 않아 놓고…….'

그럼에도 불구하고.

김용문은 오히려 미소를 지었다.

'자기가 구태성이 제자라 이건가.'

야구계의 원로 라인에 접어든 그다.
젊은 시절 구태성이 보였던 기행들.
특히 '태성놀이'라 불리는…….
고의만루 이후의 전력투구.
당연히 모르는 바가 아니었다.
"뭐, 본인이 그러겠다는데 지켜보자고."
"괜찮으시겠습니까? 지금이라도……."
김재상이 말을 흐렸다.
많은 의미가 담긴 말이었다.
스프링캠프지에서의 연습경기.
정규시즌과 중요성을 비교할 수는 없겠지만.
NPB와의 교류전도 아니고, KBO 팀간의 경기다.
아무리 후보급 라인업을 내세웠어도.
첫 경기를 패배한다면.
그것도 1회부터 빅이닝을 내주며 무력하게 진다면?
영향을 무시할 수 없을 터.
특히나 위닝 멘탈리티가 부족한 팔콘스가 아닌가.
"됐다. 아직 1회야. 급하게 애들 달굴 거 없어."
"알겠습니다……."
김재상이 고개를 늘어뜨렸다.
한편.
투수코치의 방문에 맞춰 마운드로 다가왔던 박상구.
그 또한 마른침을 삼켰다.
다른 야수들을 물리고서…….

구강혁이 오직 박상구에게만 전한 말.

"알겠지만 쉬운 상황은 아니야. 강대호는 리그 최고의 타자나 다름없지. 최고의 공을 던져야겠어. 전력투구를 가정한 볼 배합을 부탁한다."

구강혁이 가진 최고의 공.

류영준의 조언으로 무브먼트를 늘린 슬라이더?

구태성에게 전수받은 팜볼성 체인지업?

그 둘도 물론 훌륭하지만…….

'포심 패스트볼.'

최고의 공이라면 두말할 것 없다.

바로 뱀직구.

'강혁이의 뱀직구라면, 어쩌면.'

내야 전진 시프트는 없다.

강대호의 장타력을 감안해 외야수들이 조금씩 뒤로 물러나고, 전반적으로 좌타자의 당겨 친 타구를 감안한 상식적인 시프트가 이루어졌을 뿐.

박상구가 사인을 냈다.

초구.

바깥쪽 포심 패스트볼 사인.

고개를 끄덕인 구강혁이…….

슬쩍 뒤를 돌아보았다.

'어째 자기들이 나보다 더 긴장한 거 같구만. 하지만 위기 뒤에 기회가 오는 게 야구다. 서로 믿어 보자고.'

그리고.

슈욱!

전력으로 공을 던졌다.

부우웅!

[초구! 바깥쪽 높은 공에 헛스윙! 이야, 지금 포심 패스트볼의 무브먼트가 첫 타자였던 김영환을 상대할 때보다 더 좋아진 것 같은데요. 지금 전광판이 화면에 잡히죠. 구속도 무려 145킬로대를 마크합니다. 오늘 가장 빠른 구속!]

[짧게 끊어 주고 간 게 좋았나요? 심기일전을 한 건지, 소위 뱀직구처럼 포구 순간에 확 꺾이기는 했지만 존을 아슬아슬하게 지나친 공으로 보였습니다. 아마 스윙을 하지 않았어도 스트라이크가 되지 않았을까 싶네요.]

[강대호 선수, 초구부터 작정한 듯 굉장히 파워풀한 스윙을 가져갔는데요. 배트가 볼 아래를 가르고 맙니다.]

1구.

헛스윙 스트라이크.

'대기타석에서 보던 거랑은 다를 거다.'

그리고 2구.

[2구, 이번에도 바깥쪽, 그러나 낮은 코스! 와, 무브먼트가 정말 대답합니다. 스트라이크 선언이 나옵니다. 노 볼 투 스트라이크 상황!]

[하나 지켜볼 생각이었죠? 구강혁으로서는 위기를 탈출할 수 있는 좋은 카운트를 가져왔습니다. 제구는 확실히 돌아왔다는 생각이 들어요. 그렇다면 여기서는 이제

하나 뺄 수가 있죠.]

[호주전에서 보여 준 체인지업 말씀이시죠. 구태성 위원께서 조언을 주셨다는 후문이 있는데, 아마 투수와 타자 모두 그 공을 염두에 두고 있지 않을까 싶습니다.]

3구.

짧은 틈을 사이에 두고 나온…….

박상구의 체인지업 사인.

구강혁이 고개를 저었다.

'아니, 지금은 포심으로 쭉 간다.'

슈웅!

파아앙!

[3구, 강대호 몸을 뺍니다!]

"스트으으라이크! 배터 아웃!"

[아, 그러나 들어왔어요! 루킹 삼진! 구강혁이 삼구삼진을 뽑아내며, 자초한 위기로부터 한 걸음 멀어집니다!]

[이야, 지금 공은 정말 알고도 못 치는 그런 공이에요. 구강혁의 투구폼을 감안하면 저만큼 보더라인 제구가 이루어지는 포심은 위력이 엄청날 수밖에 없죠.]

삼구삼진.

그것도 한유민이 처음에 그랬듯…….

타자로서는 사구를 예상했을 정도의 궤적.

[강대호 타자, 고개를 저으며 물러납니다.]

[변화구를 예상한 거 같은데요. 구강혁이 허를 찔렀죠. 이야, 저부터가 완전히 속아 넘어갔습니다. 변화구가 나

올 줄 알았어요. 고개도 한 번 저었거든요. 강대호 타자도 머릿속이 복잡해질 수밖에 없었죠. 빠른 승부가 아주 주효했습니다.]

구강혁이 주먹을 불끈 쥐었다.

[난조를 보이던 구강혁이 컨트롤을 되찾으며 강대호를 잡아냈습니다. 아웃카운트 하나 이상의 의미가 있는 승부가 아니었나, 그런 생각이 드는데요.]

[그렇죠. 3루에는 김영환이라는 좋은 주자가 있습니다만 무사 만루와 1사 만루는 하늘과 땅처럼 다르거든요. 만루 상황 이후로 포심만으로 승부를 벌이고 있지만, 써드 피치로 체인지업을 갈고닦았다고 하거든요.]

[땅볼 하나에 좋은 수비가 엮이면 이닝이 끝날 수도 있는 상황. 팔콘스 내야수들의 표정도 조금 나아진 거 같은 느낌이 듭니다. 스타즈의 5번 타자로는 송윤상이 들어옵니다. 연이어 좌타자예요.]

[팔콘스도 안심할 만한 상황은 아니죠. 송윤상 선수, 이번에 좋은 규모의 FA 계약으로 스타즈에서 선수생활을 이어 가게 됐죠?]

[그렇습니다. 같은 좌타자에 외야를 맡고 있다는 점에서 트레이드로 팔콘스에 합류한 한유민과도 종종 비교가 되죠. 강한 타자 강대호를 비교적 빠르게 처리하기는 했습니다만, 꽉 들어찬 주자들은 여전히 홈을 노리고 있습니다.]

5번 타자.

'송윤상 선배.'

스타즈의 또 한 명의 프랜차이즈.

'FA까지 버텼다는 것부터가 좋은 타자라는 증거다. 하지만 지금은 누가 타석에 서든 내 공에 대한 경험치가 부족해. 스타즈도 캠프 내내 청백전을 치렀을 테고, 다른 사이드암과는 차원이 다른 박해준 선배의 공도 꽤 쳐 봤겠지만……'

장타력을 갖춘 좌타자.

'내 공은 더 다르다.'

송윤상이 타석에 들어섰다.

그리고.

투수에게는 생소함이 가장 강력한 무기.

[송윤상 타자. 지금 4구째도 파울 타구를 만들어 냈습니다만, 구강혁 투수의 볼이 계속해서 존 안으로 들어오고 있는데도 정타를 만들어 내지 못하고 있습니다. 구속도 구속입니다만, 예전과 확연히 다른 무브먼트가 엄청난 효과를 발휘하고 있다. 그렇게 보입니다. 정말 대단한데요.]

[정말 그렇습니다. 이쯤 되면 앞선 볼넷들이 정말 구태성 위원을 향한 헌사처럼 느껴지네요. 아무리 그래도 고의로 만루를 채우지는 않았겠습니다만……. 오늘, 경기 끝나고 인터뷰도 있습니까? 직접 물어보고 싶을 정도예요.]

[하하. 말씀드리는 순간, 구강혁이 고개를 끄덕입니다. 연속 스트라이크에 두 번의 파울, 여전히 타자에게는 너

무도 불리한 카운트. 5구!]

 집중력을 발휘하며 버티던 송윤상이.

 끝내 헛스윙으로 돌아서고 말았다.

 [헛스윙 삼진! 두 타자 연속 삼진! 무사 1, 2루 상황에서 리그에서 손꼽히는 클린업이죠? 매드슨, 강대호, 송윤상을 상대하면서……. 비록 매드슨에게 볼넷을 내주기는 했지만, 이후로는 실점 하나 없이 잘 끌고 왔습니다.]

 [스타즈 입장에서는 정말 좋지 않습니다. 무사 만루 찬스를 해결해 내지 못하면 아무리 강팀인 스타즈라도 분위기가 꺾일 수밖에 없어요. 유재민 선수가 해결을 해 줘야 할 텐데요. 투수가 지금 완전히 자기 페이스를 되찾았어요.]

 뒤이어 스타즈의 6번 타자.

 [유재민 타자, 정말 어깨가 무겁습니다. 따지고 보면 지금 만루 찬스가 계속되고 있지만, 스타즈 타선이 안타를 뽑아내서 만들어진 상황은 아니거든요.]

 [비장한 표정. 지금 유재민 타자 입장에서도 굉장히 골치가 아플 것 같습니다. 앞선 두 타자를 상대하면서 구강혁이 완전히 포심 패스트볼로만 승부를 했거든요.]

 우타자 유재민의 차례.

 [구강혁의 투구폼과 무브먼트를 감안하면 안 봐도 비디오라고 할까요. 우타자 입장에서는 정말 까다로운 상대일 수밖에 없어요. 아무리 포심만 던지고 있어도 변화구 생각을 안 할 수가 없거든요.]

[위원님이 현역 시절이라면 어떻게 대응하셨을까요. 마침 우타자셨지 않습니까?]

[참 어려운 질문을 하셨는데, 그래도 포심 하나만 정해 놓고 치지 않을까 싶습니다. 이쯤 되니 제구가 흔들렸던 건지, 아니면 정말 일부러 공을 뺐던 건지 헷갈릴 지경입니다만. 지금은 구강혁이 포심으로만 제구가 된다, 그 가능성에 걸고 스윙하는 게 어떨까 싶습니다.]

초구.

슈욱!

몸쪽으로 강하게 휘어지는 하이 패스트볼.

틱!

빗맞은 타구가…….

내야 높은 곳으로 솟구쳤다.

[초구부터 스윙! 말씀하셨듯 유재민 타자, 초구부터 공략에 들어갔습니다만. 빗맞은 타구 내야로 떠오르고 맙니다. 주자 전원 달립니다만, 유격수 황현민이 일찌감치 콜을 외치고……. 이번에는 실수 없이 잡아냅니다. 잔루 만루!]

[아, 타자의 승부수도 아주 나쁘지는 않았는데. 구강혁의 공이 지금 너무 좋습니다. 타순이 돌고 난 후에도 정타를 만들어 낸다는 보장이 없겠어요.]

만루 이후의.

삼진, 삼진, 내야플라이.

손가락을 하늘로 치켜세웠던 구강혁이…….

"흐아아아! 나이스!"
마치 들으라는 듯한.
평소와는 결이 다른 포효를 내질렀다.
"미쳤다, 구강혁!"
"이거거든! 바로 이거라고!"
"나는 의심 안 했다, 강혁아!"
팔콘스 선수단이 환호를 쏟아 냈다.
하이파이브를 나누며…….
더그아웃으로 돌아온 가운데.
김용문이 슬쩍 다가왔다.
"어떻더냐?"
구강혁이 눈을 끔벅였다.
그러고는 답했다.
"좀 아쉽습니다."
"허허, 아쉬워? 실점 없이 들어왔는데?"
"김 코치님이 올라오셨을 때 약속드렸으니까요. 믿어 주셔서 감사합니다, 감독님. 그래도 역시 스타즈 타선이 쉽지 않은 것 같습니다. 세 타자 모두 삼진으로 돌려세울 생각이었는데, 아직 멀었습니다."
"어이고, 왜. 구태성이처럼 못 해서 아쉽냐?"
이번에는 구강혁이 씨익 웃었다.
"음, 무슨 말씀이신지 모르겠습니다."
"건방진 건지. 아니면 대담한 건지."
"대담한 걸로 하겠습니다. 그리고……. 2차 캠프 초반부터 실책을 기록한 현민이도 그렇고, 다른 야수들에게도 좋은 자극이 되지 않았겠습니까."

"쯧, 건방진 거야, 건방진 거."

"흐흐, 죄송합니다. 그래도."

"그래도?"

"승리를 위해서라면 얼마든지 더 건방지게 굴겠습니다. 감독님. 저는 오늘 꼭 이기고 싶습니다. 아니, 앞으로도 늘 이기고 싶습니다. 강팀인 스타즈가 상대여서 더 그런지, 선발로 던지는 게 너무도 즐겁습니다."

"……그래."

김용문이 찬찬히 고개를 끄덕였다.

"그래야지, 선발이라면."

그리고 곧.

슈욱!

틱!

선두 타자로 나선 황현민.

1회부터 실책을 저질렀던 그가…….

[3구째, 박해준의 낮은 공을 받아칩니다! 정타는 아니지만 타구가 깊은데요! 유격수 어렵게 잡아냈습니다만 전력질주하는 황현민!]

[승부가 되겠는데요!]

"세이프!"

[세잎! 1회초 만루 위기의 단초를 제공했던 황현민이 스타즈의 에이스 박해준을 상대로 내야안타를 뽑아냅니다!]

1장 〈81〉

내야안타로 1루에 살아 나갔다.
"좋다, 좋아!"
구강혁이 누구보다 먼저 소리쳤다.
뒤이어 2번 타자, 최윤호.
[1루 주자 스타트, 동시에 타격! 이번에는 2루수 방면으로 흐르는 타구! 아, 이미 주자를 잡을 수 없다고 판단했어요. 타자 주자만 아웃!]
[황현민 선수, 평소보다 더 빠른데요? 2루수가 승부를 포기하기는 했지만 방금 슬라이딩도 굉장히 깔끔했죠.]
[하하. 정말 그런 것 같습니다. 아무래도 1회 실책이 머릿속에 남아 있는 걸까요.]
[아예 영향이 없지는 않다, 그렇게 봐야겠죠?]
병살타 코스였음에도……
황현민의 빠른 발로 1사 2루.
'한유민 선배 차례로군.'
팔콘스의 첫 득점권에서 3번 타자.
한유민이 타석에 들어섰다.
'1점.'
구강혁이 눈을 부릅떴다.
'단 1점이면 된다.'
황현민을 홈으로 불러들일 적시타 한 방.
'그만하면 승리투수 요건을 갖추고 내려가는 것까지는 자신이 있다. 1회 피칭으로 확실히 깨달았어. 포심 패스트볼 하나도 제대로 컨택할 선수가 없다. 2회부터는…….

변화구도 본격적으로 던질 생각이고.'

그것만을 기대하면서.

그리고.

따아아악!

[아, 타구 큽니다! 너무도 깨끗하게 잡아당긴 타구! 우익수 뒤로! 우익수 뒤로! 담자아아앙!]

타석에서 아름다운 타격음이 터졌다.

구강혁에게 라이브 BP 파트너를 부탁했던.

박해준에게 너무도 약했던 타자 한유민이.

"……와우."

천적의 5구째.

존 안으로 들어오는 변화구를 놓치지 않았다.

"간다!"

"진짜진짜, 진짜로 갔다!"

"말했제! 위기 뒤에 기회 온다고!"

[넘어갑니다! 지난 시즌 박해준을 상대로 1할대의 타율에 그쳤던 한유민이! 너무도 아름다운 아치를 그려 냅니다!]

2점 홈런.

'2점이면 더 좋고.'

팔콘스가 스타즈를 상대로…….

앞서 나가기 시작했다.

2장

잔루 만루로 구강혁이 1회초를 막아 냈을 때.
뒤이어 한유민의 선제 투런포가 터졌을 때.
팔콘스의 우위로 1회가 마무리되던…….
그때까지만 해도.
많은 이는 생각했다.
그래도 오늘의 승리는 스타즈의 몫이리라고.
→ 한유민이 박해준 상대로 죽 쑤더만 잘 쳤네
→ 박해준도 아직 폼이 다 올라오지는 않았겠지
→ 그래도 1회 2점 차면 따라잡고도 남는다ㅋㅋ
→ 구강혁 공이 좋기는 좋은데?
→ 인정 그래도 2이닝 3이닝 던지고 내려가겠지
그럴 만도 했다.
KBO의 정규시즌은 팀당 144경기.

가을야구를 치르기 위해서는…….

하위 5팀과의 경기 또한 무척이나 중요하다.

상대적 약팀들과 치르는 총 80경기에서, 얼마나 안정적으로 경쟁에 필요한 승수를 확보하느냐.

이 싸움의 결과가 포스트시즌의 시작 지점에도 큰 영향을 끼치기 때문이다.

→ 스타즈가 호구들은 기가 막히게 잡어

→ ㄹㅇㅋㅋ그래서 작년에도 마지막에 2등했지

→ 고춧가루 면역팀들 후반기에 무섭긴 해

그런 면에서 작년의 스타즈는…….

약팀들에게는 공포의 대상이나 다름없었다.

지난 시즌에만 하위 5팀을 상대로 6할 중반대에 이르는 압도적인 승률을 기록했으니까.

1위 가디언스와 비교해도 무려 6승을 더 확보했다.

특히 팔콘스와의 상대전적은 11승 5패.

호구를 잡았다는 표현이 들어맞을 정도였다.

그뿐인가?

→ 팔) 구강혁이 기대 이상으로 잘 던지는 건 인정인데 라인업 무게감이 너무 차이남 스타즈는 선발 포함 다 주전급이고 우리는 한유민 황현민만 빼면 아예 주전 타자가 선발로 안 나옴

→ 스) 팔꼴스에도 야잘알이 있네ㅋㅋ 팀세탁 하실?

오늘의 선발 라인업의 무게감.

그 차이도 무시무시했다.

실제로 한유민에게 선제 홈런을 맞은 후.

박해준은 마치 각성이라도 한 것처럼…….

본인의 정규시즌 최고 구속에 가까운, 최고 147km/h의 포심을 뿌리기 시작했다.

그 결과.

홈런 이후로는 3회까지 퍼펙트 피칭.

→ 박해준 개빡친듯?

→ ㅋㅋㅋㅋㅋ시원하다

→ 선발 둘이 공이 더러우니 보는 맛이 좋네

→ 스) 에이 아무리 홈런 맞았어도 저 둘을 비교해?

에이스다운 면모를 되찾고 마운드를 내려갔다.

하지만.

구강혁은 오히려…….

2회는 물론, 3회에도.

[또 한 번 루킹 삼진! 1회와는 다릅니다. 완전히 컨트롤을 되찾은 구강혁이 144킬로미터짜리 포심 패스트볼로 또 한 번의 삼진을 뽑아냅니다! 오늘 경기 벌써 3개째 삼진!]

슈욱!

파아앙!

[헛스윙! 슬라이더가 너무나도 멀어집니다! 전광판에 기록된 숫자는 125! 삼진으로 이닝을 마무리하는 구강혁의 공은 똑바로 가는 법을 모릅니다!]

→ 아니 쟤는 안 내려가냐

→ ㅅㅂ좀 쳐봐 뭐하냐
→ 스) 연습경기잖아 좀 내려라 돌용문 ㅡㅡ
→ 팔) 우리는 좋은데 왜ㅋㅋㅋㅋㅋ
그리고 4회를 넘어…….
[5구, 루킹 스트라이크! 또다시 삼진! 선두타자로 나선 강대호가 행운의 안타로 출루했지만, 구강혁은 2루조차 내줄 생각이 없습니다! 이닝 끝, 잔루 1루!]
5회까지.
[김영환의 헛스윙! K, K, K! 구강혁이 세 타자 연속 삼진을 뽑아내며 완벽한 이닝을 만들어냅니다! 정규시즌을 방불케 하는 뜨거운 피칭으로 선발승 요건을 갖춘 채 내려갑니다!]
5이닝 무실점.
4회 강대호가 유격수 뒤로 떨어지는 안타를 쳐 낸 것을 제외하면, 단 한 번의 안타는커녕 출루조차 허용하지 않고.
무려 8삼진을 뽑아냈다.
→ 아니 그 구강혁 맞음? 브레이브스 마당쇠?
→ 브) 제구 하나는 원래 좋았는데 하 착잡하네
→ 스) 애들 1차캠프 대충했냐 상태 왜이래
→ 스타즈 타자들 잘못이 아닌 거 같은데
→ 팔) 연습경기 5이닝 뭐임 ㅡㅡ
⟶ 이새끼 팔콘스팬 아님ㅋㅋ
2점 차로 앞서는 상황에서…….

5이닝을 채우고 내려온 것.
"진짜로 미쳤다, 구강혁!"
"이 놈 이거 도라이였네!"
"스타즈 놈들 죄다 쪽을 못 쓰더라!"
더그아웃 동료들의 칭찬세례가 쏟아졌다.
마침 5회가 끝난 후의 클리닝 타임.
그라운드가 정비되는 가운데.
김용문이 코치들과 이야기를 마치기를 기다린 후.
구강혁이 다가갔다.
그 모습을 발견한 김용문이 말했다.
"고생했다."
짧지만 굵은 한마디.
'나는 주어진 기회 안에 최선을 다했다.'
청백전에서의 3이닝 퍼펙트 피칭.
그리고 오늘의 5이닝 8탈삼진 피칭까지.
김용문이 공항에서 말했던 두 번의 기회는 물론.
그 사이의 호주전 1이닝을 포함해도…….
실점 하나 없는 좋은 결과였다.
'이제 감독님의 선택을 기다릴 뿐.'
구강혁이 허리를 숙여 답했다.
"감사합니다, 감독님."
"뭐가 감사해?"
"그냥 다 감사합니다."
"됐다, 인마."

김용문이 손을 내저었다.

그 모습을 지켜보던 류영준이 다가왔다.

그러고는 생글거리며 속삭였다.

"1회 마지막 아웃카운트에는 거의 뛰어나갈 기세셨어."

"흐흐, 그러셨습니까?"

"이제 마음을 정하실 거 같은데."

"선발……. 기대가 안 된다면 거짓말이겠지만, 이제 제 손은 떠난 것 같습니다. 그냥 착실하게 기다리려고요. 아직 선발 등판 루틴에도 더 적응해야 하고, 캠프에서 할 일이 많이 남았으니까요."

"그래. 이제 시즌도 코앞이다. 오늘 잘 봤다. 좀 배웠어."

"에이, 선배님. 무슨 말씀이십니까. 말도 안 됩니다."

"겸손은? 크. 태성 선배님이 네가 1회에 벌인 짓을 라이브로 보셨어야 하는데. 끝나고 한번 여쭤봐야겠어."

구강혁이 고개를 끄덕였다.

"저는 선배님께도, 구태성 선배님께도 정말 감사한 마음뿐입니다. 두 분이 아니셨으면 아직도 한참 헤매고만 있었을 거 같아요."

"태성 선배님께서 안 그러셨어?"

"뭐라고요?"

"선배들한테 배웠으면 팬들께 갚으라고."

"……말씀하셨습니다. 명심하겠습니다."

"너무 딱딱하게 굴지 말고, 잘하라 이거지."

"흐흐, 알겠습니다."

"그럼 지켜보자고. 연습경기라고는 해도, 구강혁이의 팔콘스에서 첫 승을 우리 릴리프들이 지켜 줄 수 있을지."

"네. 기대되네요."

짧은 클리닝 타임이 끝난 후.

'선발승 요건은 완성했다. 내게 주어진 건 5이닝. 마음 같아서는 뱀 문신이 달라지는지를 확인하기 위해서라면 아예 9이닝을 채우고도 싶었지만…… 이 시점에 5이닝을 던진 걸로도 만족해야지. 이제 선배님 말씀대로 지켜볼 수밖에.'

경기의 후반부가 시작되었다.

'그래도 설레는 마음을 감추기가 어렵다. 지금의 구속으로도 스타즈 타자들을 상대하기가 생각 이상으로 수월했는데, 정말 선발승으로 뱀 문신이 길어지기만 한다면…….'

플레이오프에서의 난조가 무색하게…….

스타즈 투수들도 연이은 호투를 펼쳤으나.

팔콘스의 투수진도 오늘만큼은 만만찮았다.

7회까지를 무실점으로 막아 낸 것.

그리고 8회초.

팔콘스의 셋업맨인 박창현의 등판에 맞서…….

[매드슨의 타구, 우중간을 완전히 가릅니다! 담장까지 흐르는 타구! 타자 주자 2루로, 2루로! 서서 들어갑니다! 스타즈의 3번, 매드슨의 2루타!]

3번 타자 매드슨의 장타.

[박창현, 연이은 볼 선언으로 불리한 카운트 싸움을 벌입니다. 3구, 강대호의 밀어친 타구! 내야를 빠져나갑니다! 매드슨은 이미 3루 돌아 홈으로! 홈! 홈 승부 포기하는 팔콘스, 스타즈가 1점을 만회합니다! 강대호의 멀티히트!]

그리고 강대호의 적시타로…….

'으악, 제발!'

스타즈가 기어코 1점을 따라붙기는 했지만.

[유격수 황현민, 안정적인 포구! 1루로 송구! 아웃됩니다! 주민상이 삼진 2개를 엮어, 1점 차 승부를 팔콘스의 승리로 지켜냅니다!]

추격은 거기까지였다.

황현민의 깔끔한 송구로 마지막 아웃카운트가 채워지며.

1:2.

팔콘스의 승리.

"으아아! 나이쓰으으으!"

구강혁이 가장 크게 소리쳤다.

비록 시즌에는 영향이 없는 연습경기지만.

팔콘스를 승리로 이끌었음은 물론.

고대하던 첫 선발승을 달성했기 때문.

→ 팔) 와 기대도 안 했는데 감동이다

→ 트레이드로 온 둘이 캐리했네

→→ 한유민은 비싼데 구강혁은 진짜ㅋㅋ

─→ 브) 어 그래도 우리가 이득이야
─→ 얘는 6회부터 경기 봤네
그리고 같은 시각.
라이브 중계를 지켜보던 팬들 또한.
다양한 반응을 쏟아냈다.
→ 스) 연습경기 져줬다고 설레는 팔꼴스팬 없제
─→ 얘는 아까 팔콘스 팬이라던 놈임
→ 선발 한 자리 추가로 정해졌네 오늘로
─→ 진짜 오늘만큼만 던져줘라 제발
─→ 진짜 올해는 선발야구 좀 해 보자ㅠㅠ

특히 구강혁에 대한 호평과 기대를.
물론 구강혁 본인은……
그런 반응을 당장은 알 수도 없었고.
알려고 할 겨를도 없었다.
경기가 끝나고, 스타즈 선수단과 인사를 마친 후.
누구보다 빠르게.
경기장 건물 내부로 향해.
"강혁이, 뭐가 그렇게 급하냐!"
"화장실 가는 거 아니야?"
"금방 다녀오겠습니다!"
선배들의 말대로 화장실까지 들어가서.
홀로 웃통을 벗고…….
오른팔의 문신을 확인해야 했으니까.

"!"
그리고.
그 다급한 발걸음에…….
보답하기라도 하듯.
'역시 선발승이었다!'
뱀 문신은 분명히 길어져 있었다.
"캬!"
구강혁이 쾌재를 내질렀다.
이번에도 손가락 두 마디가량.
이제는 문신의 끝이 팔꿈치에도 가까워졌다.
'여전히 머리는 안 생겼네. 머리가 생길 때까지는 성장이 멈추지 않는다, 그렇게 기대해도 되려나? 다음 성장은 어떤 조건을 달성하면 이루어지는 거지? 아, 여러모로 미치겠다!'

* * *

당장 구속을 확인하고 싶은 욕구.
그것이 구강혁의 머리끝까지 차올랐지만.
그럼에도 구강혁은 기다렸다.
'우선순위를 헷갈리면 안 돼. 스타즈전의 투구수가 아주 많지는 않았지만 다른 등판에 비해 이닝 소화가 많았고, 전력투구 비중도 높았어. 당장 확인하고 싶은 마음은 굴뚝같지만……. 루틴을 지키면서 팔의 회복을 기다리는

게 먼저다.'

 류영준에게 배운 루틴을 따르기 위해.

 등판 당일과 이튿날의 마사지와 찜질.

 그 다음날의 러닝과 하체 웨이트.

 그리고 대망의 불펜 피칭이 있는 날.

 오전의 상체 웨이트를 거쳐……

 오후에는 롱토스.

 슈욱!

 파아앙!

 '사실 팔의 컨디션 자체는 이쯤 되면 거의 돌아왔어. 그만큼 루틴의 효율이 좋은 거겠지. 웨이트에도 조금씩 요령이 더 붙는 것 같고.'

 파트너인 박상구가 소리쳤다.

 "오늘 컨디션이 어째 더 좋다!"

 구강혁이 엄지를 들어 답했다.

 '구속은 물론 측정해 볼 필요가 있겠지만……. 이미 어느 정도는 느낌이 온다. 공에 붙는 힘 자체가 더 나아졌어.'

 그리고 마침내 손꼽아 기다리던 시간.

 구강혁과 박상구가 불펜으로 향하는 가운데.

 스트레칭을 하던 한유민이 합류했다.

 "불펜?"

 "네, 10개 정도만 던지려고요."

 "그래도 회복이 빠른 편이네. 아, 불펜 말고 그라운드에서 하지? 마침 저기 마운드에 애들 끝난 거 같네."

"그래야겠네요. 뒤에 스피드건도 세팅돼 있고."
"구속까지 체크해? 아, 내가 타석 들어갈까?"
"배팅까지 하시기는 어려우실 수도……."
"아이, 됐어. 타자가 서 있는 게 낫잖아."
"저는 그렇기는 한데요."
그간의 라이브 BP와 같은 형태는 아니어도.
최대한 실전 같은 환경을 보조해 준다는 이야기.
구강혁이 결국 고개를 끄덕였다.
"그럼 부탁드리겠습니다, 선배님."
"오케이. 배트 들고 올게."
한유민이 배트를 가지러 간 사이.
"오, 좋고! 암 스윙이 가벼운데!"
구강혁이 감을 잡기 위한 첫 공을 던졌다.
슈욱!
퍼어엉!
아주 가볍게.
그러나 구속은…….
[143.8]
이미 꽤 높은 수치가 나왔다.
'힘을 덜 들였는데도……. 143은 나오네.'
돌아온 한유민이 얼른 타석에 들어섰다.
그리고 조금 더 힘을 실은 2구.
슈욱!
퍼어어엉!

[145.9]
"엥? 구속이……."
박상구가 고개를 갸웃거렸다.
'역시! 이미 기존의 최고 구속은 넘었다.'
공을 되돌려받고서…….
다시 3구.
슈욱!
퍼어어엉!
[146.6]
이번에는 146km/h를 돌파.
박상구가 아예 일어나면서 물었다.
"야, 야, 구! 지금 뭐야? 뭔데? 스피드건 문제야?"
한유민도 놀란 표정으로 말했다.
"아니야, 오히려 숫자보다 더 빠른 느낌이다."
손짓만으로 박상구를 다시 앉힌 뒤.
"후우……."
심호흡을 하고서.
'딱 이번만 전력투구로 간다.'
4구째.
전력을 다해 공을 뿌린.
슈욱!
퍼어어어엉!
바로 그 다음 순간.
"미친."

"진짜 미친."
스피드건이.
아니.
[148.2]
뱀직구가…….
구강혁에게 응답했다.

* * *

시간을 조금 거슬러.
스타즈전 당일 저녁.
대전 팔콘스가 승리를 거둔 이날.
적지 않은 수의 기사가 쏟아져나왔다.
[구강혁 막고, 한유민 때리고…… 트레이드 선수 대활약]
[팔콘스 활발했던 스토브리그, 벌써부터 합격점?]
[올해 팔콘스에 천적은 없다, 스타즈 상대로 1점 차 신승!]
거기에 자정 무렵에는…….
화룡점정으로 미튜브 인터뷰 영상까지.
[오키나와 리그 첫 승을! 신고합니다!]
—……1회 이야기를 안 할 수가 없습니다. 실책부터 시작된 만루 위기가 있었죠. 해설진에서도 그렇고, 라이브 시청하신 팬분들께서도 SBC 구태성 위원님의 일화를 많

이 떠올리시더라고요.

—으음, 상황이 비슷하기는 했어요. 저야 구태성 선배님과 비교된다는 것만으로도 너무 감사한 일이고요. 예기치 못한 위기 상황이기는 했지만, 김재상 코치님이 잘 다독여 주신 덕분에 무사히 1회를 막아 낸 것 같습니다.

—그렇군요! 야수진도 만루 위기를 벗어난 후 안정적인 수비를 보였죠. 한유민 선수의 결승 홈런도 인상적이었지만, 황현민 선수가 실책을 기록한 후 호수비를 많이 보여 줬어요. 혹시 1회 실책이 야속하지는 않으셨나요!

—현민이는 워낙 다재다능한 선수예요. 상대가 지난 시즌 워낙 팔콘스에 강했던 스타즈여서 그런지 긴장이 좀 됐을 수 있다고 생각합니다. 연습경기이기도 했고요.

—아, 야속하지는 않았다?

—그럼요. 전혀 야속하게 생각하지 않았습니다. 실책이야 언제든 나올 수 있는 거고요. 앞으로도 수비율이나 실책 개수를 생각하지 말고, 꾸준히 도전적인 수비를 보여 주면 좋겠습니다.

—카메라에는 안 잡힐 텐데, 멀리서 황현민 선수가 양팔로 하트를 그려 보이고 있습니다. 그럼 아직 이른 시점인데도 5이닝을 던지셨는데, 컨디션은 어떠세요?

—몸 상태는 여전히 좋습니다. 등판 직후 바로 팔을 잘 풀어 주기도 했고, 트레이너님들이 항상 잘 챙겨 주십니다. 몸 관리에 대해서는 류영준 선배님께 조언을 구했는데, 그게 특히 큰 도움이 되고 있습니다. 감사합니다, 선

배님.

―여러 팔콘스 구성원들의 도움이 오늘의 호투에 좋은 영향을 줬다, 그런 말씀이시네요. 트레이드 영상 이후로 인터뷰는 처음인데, 하실 말씀이 있으실까요?

―으음. 캠프 내내 선수단 모두 치열하게 준비했으니, 올 시즌은 좀 더 큰 기대로 응원해 주시기 바랍니다. 그렇게 말씀드리고 싶습니다.

―개인적인 각오가 있다면요?

―으음, 제가 오늘 그럭저럭 잘 던졌죠?

―그럼요!

―정규시즌에는 더 잘 던지겠습니다. 감사합니다.

반응은 뜨거웠다.

라이브 중계와 인터뷰 영상이 모두 올라간 팔콘스티비 채널에는, 특히나 팔콘스 팬들이 엄청난 양의 댓글을 달았고.

→ 사랑해 구강혁

→ 점마 1회 얘기할때 웃네 진짜 태성놀이 한거임ㅋㅋ

→ 올해는 영준이랑 너 보는 맛에 야구장 갈란다

→ 와줘서 고맙다! 진짜다!

그 반면…….

시간이 지날수록.

→ 브) 미치겠네 진짜

→ 브) 아까워 죽겠다…….

→ 에이 아직 몰라 트레이드는 시간 지나고 나서 평가

해야지 시즌 시작도 안했는데 벌써부터 뭔
 └→ 니는 경기 보고도 모름?ㅋㅋ
 브레이브스 팬들은 볼멘소리를 냈다.
 대체 왜 구강혁을 팔콘스로 보냈느냐며.
 기자들이 이런 상황을 놓칠 리 없었고…….
 이에 대한 기사 또한 하나둘 나오기 시작했다.
 [이미 승자가 보인다? 구강혁, 원민준 트레이드로 보낸 브레이브스. 이미 악평 가득한 스토브리그]
 [KBO의 여러 팀이 2차 스프링캠프를 시작한 지금, 대전 팔콘스 구강혁의 활약이 돋보인다. 반면 트레이드 당시 구강혁의 상대 선수로 지목되었던 서울 브레이브스의 황성대가 스프링캠프 명단에도 오르지 못한 점이 도마에 오르며…….
 …….익명을 요구한 관계자의 제보에 따르면, 브레이브스 프런트는 송용민 감독과 코치진의 반대에도 불구하고 해당 트레이드를 강행했다…….
 …….구강혁은 전역 직전의 간소한 피칭 테스트를 제외하면 제대로 된 몸 상태 체크 없이 트레이드의 대상이 되었던 것. 트레이드의 승패를 속단할 만한 단계는 아니지만, 절차 자체가 안일했다는 점에서 브레이브스가 논란을 피할 길은 없을 것으로 보인다.]
 → 지금 프런트 씹창났다는 찌라시 돌던데, 저번에 정유성 은퇴 건도 프런트 때문이라는 소문 있었음 본인이 나중에 아니라고 하기는 했어도

2장 〈103〉

→ 정유성 성격 생각하면 맞아도 아니라고 했겠지

→ 브) 나 야구 본지 얼마 안 되기는 했는데 프런트에서 맘대로 선수 트레이드하고 그러는 게 말이 됨?

⟶ ○○ 프런트 특: 진짜 말 안 되는 짓들 했다고 찌라시 돌면 죄다 사실로 밝혀짐

⟶ ㄹㅇ재규어스 24시즌ㅋㅋ

⟶ 재) ㅋㅋ웃기냐?

그렇게 며칠이 지난 현재.

기대와 논란의 중심에 선 구강혁은…….

피칭을 마친 뒤.

한유민과 대화를 나누고 있었다.

"나는 못 치겠다, 쓰바."

"에이, 박해준 선배한테도 홈런 때리셨으면서."

"굳이 말해야 알겠냐? 구속이 더 안 올라왔다고 쳐도 무브먼트는 네가 낫고, 솔직히 박해준 공은 이제 칠 수 있겠다는 생각이 확실히 들어. 그런데 너는 다르다고."

구강혁이 넌지시 물었다.

"으음, 그럼 선배님. 선배님 9명이 타순을 다 채워서 저를 상대한다면 어떻게 하시겠습니까?"

"내가 9명? 다 내 말을 들으면……. 아니지, 나니까 다 생각이 같겠구나. 최대한 커트하고 보면서 볼 개수를 늘리려고 하겠지. 힘 빠지기 전에는 승부가 안 되니까. 까다로운 선발 상대로는 가장 정석적인 방법이기도 하고."

"에이, 선배님이 9명이면 저도 9명까지는 아니어도, 3

명은 돼야 하지 않겠습니까? 7회까지는 제가, 8회는 구강혁 2호기가, 9회에는 마무리 구강혁…….”
"어…….”
한유민이 한순간 울상을 지었다.
"선배님, 농담입니다! 농담!”
호텔로 돌아가자마자.
구강혁이 김재상 투수코치의 방을 찾았다.
똑똑!
"코치님, 강혁입니다. 잠시 괜찮으세요?”
김재상이 대답하고는…….
"어! 그래!”
직접 문을 열어주었다.
"웬일이냐, 내 방까지?”
"드릴 말씀이 있습니다.”
"무슨 말? 혁, 혹시 어디 아파?”
"아닙니다. 그……. 구속이 좀 올랐습니다.”
김재상이 눈을 동그랗게 떴다.
"응? 구속이?”
"네. 오늘 148까지 나왔어요.”
"으으응?”
그러고는 후다닥 어디론가 달려가더니.
"가자!”
다시 돌아와 구강혁을 이끌었다.
‘감독님 방인가?’

목적지는 김용문의 방.

'선수들 쓰는 방이랑 별로 다르지도 않구나.'

캠프지에서 감독의 개인실에 들어오는 건 선수생활을 모두 통틀어도 처음 있는 일.

구강혁이 고개를 숙였다.

"왔습니다, 감독님."

"구속이 올랐다고?"

"네. 길게 피칭한 게 도움이 됐는지……. 스피드건에 148이 찍혔고, 한유민 선배가 보기에도 이전보다 확연히 올라온 게 느껴졌다고 했습니다."

"한유민이가 헛소리를 할 놈은 아닌데. 보자, 등판하고 며칠째지? 실전에서 확인을 하는 게 좋겠다만."

구강혁이 얼른 대답했다.

"모레가 딱 맞습니다."

김용문의 의도를 짐작한 것.

'또 선발로 던질 수 있는 건가! 게다가 모레 경기는 NPB와의 교류전이야. 상대는 퍼시픽리그 강호로 손꼽히는 후쿠오카 호크스!'

하지만 김용문은 고개를 저었다.

"선발로 던질 필요까지는 없어."

"아, 그게……."

김재상이 씨익 웃었다.

"눈치 빠른 놈인 줄 알았는데, 모른 척이냐?"

"네?"

김용문도 가볍게 미소를 지었다.

"잊은 게냐? 공항에서 내가 했던 말. 두 번의 기회를 잡으라고 했고, 너는 잡았다. 그러니…… 4선발로 시작하는 건 너다."

짧은 침묵을 지나.

구강혁이 냉큼 허리를 숙였다.

"감사합니다, 감독님!"

"됐다, 인마. 지금까지처럼 계속 잘해야 지킬 수 있는 자리라는 건 모르지 않을 테지. 이미 알고 있겠지만 팔콘스에 선발 자원이 적지는 않아."

작년의 4, 5선발인 문영후와 황선민.

캠프에서 꾸준히 기회를 받은 조동엽.

거기에 미니캠프 동료였던 김의준까지.

"몸들은 다 잘 만들어왔다. 또 민선규. 요놈도 절치부심을 제대로 했는지 아주 투지가 대단해. 좌완이기도 하니 상황에 따라서는 선발을 못 할 이유도 없지."

구강혁이 고개를 끄덕였다.

'선발진의 밸런스는……. 에이스 영준 선배가 좌투, 도미닉이 우투, 로건이 좌투. 그리고 내가 4선발로 들어가니 좌우좌우의 순서가 지켜진다. 빈자리에는 누가 들어와도 크게 이상할 건 없어.'

그리고 다시 말했다.

"더 열심히 하겠습니다."

"다치지 않는 게 먼저다. 걱정도 된다. 선발 경험이 없으니까. 그간 지켜본 바로는 팔은 튼튼한 것 같다만, 부상 경력이 없는 것도 아니니."

"네. 항상 조심하고, 조금만 이상이 있어도 지체하지 않고 바로 코치님들이나 감독님께 보고드리겠습니다. 그럼 감독님, 모레 호크스전에는……."

"중간에 1이닝을 던지자고. 때마침 저쪽에서도 중계를 거부했으니 잘 됐다."

김용문이 의미심장한 표정으로 말했다.

"등판하더라도 루틴은 꾸준히 따르고. 재상이."

"예, 감독님."

"우리가 가서 하는 경기니까. 상대팀에 부탁해서 우리 투수들 피칭 데이터 확실히 받고."

"네. 한 번 더 확인하겠습니다."

* * *

팔콘스와 호크스의 매치.

팀명의 연관성 탓인지…….

은근한 관심이 쏟아지는 매치업.

그러나 라이브 중계는 없었다.

팔콘스티비에 그 사실이 공개되자…….

→ 강혁이 선발로 나오는 날 아냐?

→ 5일 지키면 그런데 아니래 선발 로건임

→ 아ㅋㅋ 그럼 좀 기분이 낫고

팬들이 또다시 반응을 쏟아냈다.

구강혁에 대한 기대가 크다는 방증인 셈.

→ 스타즈는 이겼어도 일본놈들은 어려워

⟶ 솔직히 이 말 맞음ㅋㅋ

⟶ 호크스가 그렇게 강팀임?

⟶ ㅇㅇ;

작년 리그 최하위였던 팔콘스.

그에 반해 퍼시픽리그에서 정규시즌 1위를 기록한 후, 파이널 스테이지에서도 압도적인 전력을 보여 준 호크스.

일본시리즈에서 도쿄 스왈로즈에 석패하며 눈물을 삼키기는 했으나, 일본의 양대 리그를 통틀어 수위를 다투는 강팀임은 틀림없었다.

인정하고 싶지 않아도……

인정해야 하는 전력의 차이.

"으, 역시 매섭네."

"스윙이 어쩌면 저렇게들 빠른지 모르겠다."

"배워야 돼, 저런 건."

선발로 등판해 3이닝을 던질 예정이었던 로건은, 3회에 등판하자마자 연이은 볼넷으로 무사 1, 2루 위기를 자초.

싹쓸이 적시타를 맞고 강판되었다.

바뀐 투수인 베테랑 이대한이 3회를 더 이상의 실점 없이 막아 내기는 했지만…….

5회부터 등판한, 마찬가지로 베테랑인 장재승이 6회

등판 직후 초구부터 벼락 같은 홈런을 맞고 또 강판.

마운드에 오른 고졸신인 임현섭은, 그간 신인치고 크게 무너지는 모습을 보여 주지 않았음에도…….

무려 5실점의 빅 이닝을 허용.

"일본시리즈는 진짜 아무 팀이나 가는 게 아니네."

"그러니까. 저놈들 진짜 무섭기는 하네."

"투타 양면에서 쉽지 않으니……."

타선 역시 7회까지 단발성 안타로만 틀어막히며 무실점.

스코어는 8점 차까지 벌어졌다.

루틴에 따르는 등판일에 맞춰 6회부터 불펜에서 꽤 많은 공을 던진 구강혁 또한…….

'집중력이 정말 대단하고, 공이 어디로 오든 자기 스윙을 가져갈 줄 아는 타자들이야. 저변의 차이가 존재하고 특히 작년에는 일본시리즈까지 갔던 강팀이라지만……. 확실히 살벌한 선수들이다.'

그 모습을 모두 지켜보고 있었다.

'하지만 구속도 올라온 마당에 여기서 무너질 수는 없다. 오히려 NPB가 아니라 더 큰 무대를 목표로 둬야지.'

8회.

구강혁의 등판.

호크스의 타순은 4번부터.

섬세함과 파워를 고루 갖춘…….

작년 호크스의 활약의 선봉장들이나 다름없는.

무시무시한 강타자들이었으나.
슈욱!
퍼어어엉!
"스트라일, 배터 아우우웃!"
슈욱!
퍼어어엉!
"스윙, 배터 아우우웃!"
슈욱!
퍼어어엉!
"스, 스트라이이일! 배터 아웃!"
또 한 번.
뱀 문신의 성장을 경험한 구강혁에게는……
단 14구면 잡아내기에 충분한 상대였다.
순식간에 3K.
"캬아, 강혁아! 너밖에 없다!"
"뱀직구 보유국이야, 짜식들아! 엉? 스네끼!"
"헤비 포심, 헤비 포심! 어?"
"응? 무겁다고? 무겁기는 한데."
"뱀이 일본어로 헤비야, 인마!"
팔콘스 선수들이 격한 환호를 쏟아 내고.
구강혁이 일본어에는 문외한이나 다름없는데도…….
호크스 선수들은 수근거렸다.
"저 녀석, 다른 놈들이랑 다른데?"
"그래. 거의 폭력배 수준의 공이로군."

"야마모토, 어땠어? 직접 봤잖아."

"흐음. 148이 찍히던데, 그 정도가 아니야. 150을 던지는 쿠죠 이상으로 치기 힘들어. 몇 번을 만나도 정타를 때릴 수 있다는 자신이 없군."

"이야, 그 정도면 퍼시픽리그에서도 통하겠는데. 호크스로 와 주지 않을까? 마침 같은 매 아냐. 파루콘, 호크."

들었어도 콧방귀를 뀔 말이었지만.

어쨌든 경기 자체는 호크스의 대승으로 끝이 났다.

팔콘스는 노재완의 솔로포로 1점을 겨우 따라붙었을 뿐.

8:1의 스코어.

경기결과가 공개되자…….

→ 팔) 야 이 한심한 놈들아

→ 동해 헤엄쳐서 와 팔꼴스 새기들아

→ 아오 시발 쪽팔려 죽겠네

비난으로 폭주하던 댓글창도.

→ 아, 강혁이 등판했었댄다!

→ 3삼진이래! 3K! 쓰바, 일본 놈들 겨우 6삼진만 당했는데 절반이 강혁이가 잡은 거여!

→ 8회 영상 좀 공개해 줘! 돈 주고 볼게!

상세한 내용에는 어느 정도 수긍했다.

그리고 경기가 끝난 후.

구강혁이 다시 김용문의 방으로 향했다.

"네가 상대한 타자들, 다 한가닥씩 하는 놈들인데, 그 정도 움직임에 그 정도까지 구속이 올라오니 속수무책이더구나."

"네. 전력으로 던졌습니다."

"잘 던졌다."

"다음 등판도 준비할까요? 제가 알기로는⋯⋯."

김용문이 고개를 저었다.

"아니, 다음 등판은 없다."

"네?"

"캠프가 끝날 때까지 실전 등판은 없다. 그만하면 충분해. 이제 컨디션 조절에 집중해라. 웬만하면 상구를 전담 포수로 붙일 테니 더 착 붙어서 호흡도 잘 맞추고."

"어⋯⋯. 그러겠습니다. 시범경기는⋯⋯."

"시범경기도 없다."

"감독님, 그래도⋯⋯."

구강혁이 고개를 갸웃거렸다.

'캠프야 이제 며칠 안 남기는 했지만, 시범경기에서는 던져봐야 할 것 같은데. 특히 수술 전이랑 지금 달라진 부분이 한둘이 아니니까⋯⋯.'

한국에서 펼쳐지는 시범경기.

거기에는 또다른 의미가 있기 때문.

"ABS나 피치컴은 제 공백기 전에 리그에 적용된 물건들이라 적응할 시간이 필요할 거 같습니다. 선발까지는 아니어도 한두 경기 정도는⋯⋯."

"후후, 걱정 말거라. 피치컴이야 수신호로도 소통이 가능한 수준이면 괜찮을 테고, ABS는 이미 실제 리그에서 사용되는 것과 99퍼센트 이상 일치하는 수준의 시스템을 준비했으니까."

구강혁이 눈을 끔벅였다.

"그럼 연습 피칭으로도 ABS 적응훈련을 할 수 있다, 그런 말씀이십니까?"

"그래. 네 말대로 ABS 적응은 중요하니까. 그리고 WBC 일정 변경에 맞춰 개막도 앞당겨졌고, 시범경기 수 자체가 적은데 거기서 네 피칭을 보여 주고 싶지가 않구나."

"아."

구강혁이 부산에서의 일을 떠올렸다.

'감독님 입장에서는 다를 수 있겠구나.'

한유민의 도움을 받아도 괜찮겠냐는 조영준의 질문에, 공 한두 개쯤 보여 주는 건 무섭지 않다고 답했던 기억을.

"알겠습니다. 말씀대로 하겠습니다."

"그래. 홈 개막전 두 번째 경기가 네 몫이다."

"······!"

하위 5팀에 속했던 팔콘스는······.

원정 경기로 개막 시리즈 2경기를 치른다.

'감독님이 나를 믿고 전략적인 승부수를 던지시는 거다. 개막 4경기는 다른 경기보다 중요해. 홈 개막전에서는 에이스인 영준 선배가 승리를 이끄시고······.'

홈 개막전은 3경기째.

'뒤이어 내가 또 한 번 잘 던진다면, 최소한 5할 승률로 시즌을 시작할 수 있다. 원정 2경기의 앞선 결과에 따라서는 더 좋은 시작일 수도 있고!'

구강혁이 말했다.

"알겠습니다!"

"맞춰서 준비할 수 있겠지?"

"물론입니다. 최고의 컨디션으로 준비하겠습니다."

구강혁의 첫 정규시즌 선발.

홈 개막 시리즈 등판이 확정되는 순간이었다.

* * *

3월 초.

KBO 전 구단의 스프링캠프가 종료되었다.

팔콘스 선수단은 캠프 종료일 오전 나하에서 인천으로 이동, 이튿날까지를 휴식일로 삼고 대전에 집합하는 일정.

구강혁도 수원에서 휴식을 보냈다.

"으아, 이걸 다 어떻게 먹어요?"

아침 일찍 천변을 달리고 돌아오자…….

당연한 듯 과도한 진수성찬이 차려졌다.

아들의 말은 한 귀로 흘린 뒤.

구강혁의 어머니가 스마트폰을 내밀었다.

"또 기사 나왔네!"

[대전 팔콘스, 스프링캠프 성공리에 종료]

[……신인 가운데 유일하게 캠프에 참가한 임현섭도 등판 시 다소의 부침은 있었으나, 투구폼 미세 조정을 비롯해 유의미한 성장을 보였다는 평가다.

…….멜버른에서 호주 국가대표팀을 상대로 좋은 출발을 보였던 팔콘스는 소위 '오키나와 리그'에서는 총 7경기 2승 5패로 다소 아쉬운 모습을 보였다.

…….한편 트레이드로 영입한 세 선수, 원민준, 구강혁, 한유민의 활약이 눈에 띄는 가운데 특히 구강혁은 구속과 무브먼트 양 측면에서 빼어난 성장세를 보였다. 다만 호크스를 상대로 1이닝 등판 이후 연습경기 등판이 없어 관심을 모은다.

…….팔콘스 김용문 감독은 이에 대해 "구강혁이 부상을 입은 것은 아니며, 김재상 투수코치와 트레이너들의 각별한 지도로 개인적인 훈련에 집중했다"며 구강혁의 선발 로테이션진입 여부에 대해서는 "긍정적인 면이 있으나 시범경기를 포함한 남은 기간의 컨디션을 보고 결정할 계획"이라고 밝혔다.

…….구강혁은 선수단과 코치진의 기명 투표에 따라 투수조 MVP로 선정되며, 야수조 MVP인 한유민과 함께 소정의 금일봉을 받은 것으로 알려졌다.]

아버지가 말했다.

"그래서, 선발로 가는 겨?"

"으흐음, 글쎄요."

"에이, 뭐 워뗘. 친구도 별로 없는디."
"단골들이랑 야구 얘기만 하시면서?"
"싫으면 말어. 안 알려 줘도 알겠어."
"아부지께서 그러시다면야."
"그려, 아부지는 하나도 섭섭하지가 않어. 조만간 말 잘 듣는 아들 하나 더 생산하면 되지 뭘."

찰싹!

아버지의 등에서 시원한 파열음이 났다.

"이 양반이 진짜, 뭘 자꾸 말을 하래요? 나 같은 사람도 안 봐도 알겠는데. 그리고 아들은 무슨 아들이야?"

팬들의 반응도 크게 다르지는 않았다.

→ ㅋㅋㅋㅋ누가 봐도 선발인데
→ ㄹㅇ근데 강혁이 다친 거 아니지?
→ ㅁㄹ소식이 없긴 함
→ 조기귀국한것도 아닌데 괜찮겠지
→ 시범경기에서 던지겠지?
→→ 그럴듯?
→→ 딴놈들 쥐터지는거 답답해 죽는줄

2승 5패로 마무리된 오키나와 리그.

타선에야 사이클이 있다지만.

투수진은 안정성이 부족했다.

→ 류 도미닉 구 빼면 선발진 좀 그렇지 로건 애도 불안해 해외 스카우트팀 이미 바쁠 거임ㅋㅋ
→ 강혁이 선발이면 남은 한 자리는 누구?

→ 영후?

→ 선민이 좀만 폼 올라오면 6선발도 괜찮지 않나? 강혁이 진짜 선발 들어가면 확실한 선발이 한 명 더 있는 건데 작년에도 류영준 자리에 의준이 이런 애들 몇 번 들어갔잖아

→→ NPB처럼 선수풀이 넓지도 않고 우리가 가디언스처럼 진짜 좋은 투수 많은 것도 아니고 6선발은 오바지

→→ ㅇㅇ뭐 김용문도 생각은 많을듯

→→ 다 강혁이 잘 사와서 가능한 상상이지 뭐

→→ ㄹㅇ단장 이번에는 인정해 줘야함

등을 비비던 아버지가 말했다.

"아무튼 아직도 모르겠어. 군에서 무슨 훈련을 해야 공이 그렇게 좋아지는지 말여. 어디 진지공사하러 갔다가 산신령이라도 만난 겨?"

구강혁이 눈을 끔벅였다.

'생각해 보면 비슷한 상황이기는 하지. 정말 관련이 있는 건지 없는 건지는 몰라도, 유지완이 잡아 온 뱀을 풀어 준 뒤로 모든 일이 시작됐으니까.'

옆 생활관 후임인 유지완.

그가 어디선가 잡아 왔던 뱀.

'대규랑 지완이는 동기였지. 이제 전역까지 얼마 안 남았겠네. 말년휴가는 나갔나? 연락 한번 해 봐야지.'

작고 귀여운 뱀돌이를 풀어 주고, 그날 밤 뜬금없이 커다란 뱀이 오른쪽 어깨로 들어오는 기묘한 꿈을 꾼 뒤

로…….

문신이 생기고 공이 달라졌다.

"비슷한 거 같기도……."

"으이?"

"농담이에요, 농담."

* * *

다음날 새벽.

구강혁이 KTX를 타고 대전으로 향했다.

지난밤 늦게 김윤철과 통화를 했는데, 굳이 직접 데려다준다는 걸 말렸더니…….

―그럼 표라도 끊어 드리겠습니다.

"에이, 아니에요. 제가 끊어도 되는데요. 이게 전날 자정에만 열심히 새로고침하면……."

―안 그러셔도 됩니다. 이미 끊어 놨습니다.

표를 끊어 주었다.

"……고맙습니다."

캠프에서 워낙 바쁘게 하루하루를 보낸 탓인지.

김윤철과도 할 이야기가 적지는 않았다.

―후후. 집도 며칠 전에 계약을 마쳤습니다. 사진으로 보셨겠지만 투룸 오피스텔이에요. 구장에서 걸어서도 다닐 만한 거리에, 기본적인 옵션은 있습니다만 필요한 물건은 말씀만 하시면 구비해 두도록 하죠.

"고맙습니다. 사진으로만 봐도 괜찮더라고요. 고생 많으셨습니다. 아, 며칠 기사를 좀 봤는데. 브레이브스 관련 기사 여론이 굉장히 안 좋더라고요. 혹시나 해서 여쭤보는데……."

―혹시나 하면 역시나죠. 제 쪽에서도 수를 좀 썼습니다. 저쪽에서 하는 엉성한 언론플레이보다는 좀 낫게요. 저희야 뭐, 언론플레이라기보다는 불쏘시개를 조금씩 넣어 주는 거지만요.

양홍철 문제는…….

김윤철이 키를 잡은 상황.

"역시 그랬군요. 브레이브스 선수들에게는 최대한 피해가 안 가면 좋겠습니다. 제가 이렇게 말해도 될까 모르겠습니다만, 잘라 낼 가지만 잘라 내면 되는 게 아닐까 싶어서요."

―물론이죠. 알아볼수록 가지치고는 너무 두꺼워서 문제지만요. 아니, 더 정확히는 엮인 가지가 많다고 할까요? 아마 제대로 도화선에 불이 붙고 나면 잘려 나갈 게 한두 사람은 아닐 겁니다. 양홍철에 안재석 단장은 물론이고…….

"으음."

―이미 브레이브스 내부에 도움이 될 만한 인원들을 확보했고……. 음, 이건 좀 조심스러운데요. 구강혁 선수 동료였던 조영준 전 선수에 대한 이야기도 들었습니다.

"아, 영준이 형. 일이 있었죠. 꽤 예전이지만요."

―네. 인터뷰 한 건이면 일이 확실히 수월해질 거 같은데, 익명으로 나간다고 해도 특정될 게 뻔하니 제가 직접 컨택하기가 어렵네요.

"본인은 많이 괜찮아졌다고는 했는데, 일단 저도 물어는 볼게요. 많이 기대는 하지 마시고요."

―알겠습니다. 조만간 직접 뵙고 이야기를 나누도록 하죠. 늘 부상 조심하시고, 아. 당연히 오피스텔 계약기간은 1년입니다. 후후, 저도 이번 시즌은 구강혁 선수의 에이전트이자 팬으로서 포스팅 전의 활약을 지켜볼 생각에 설레네요.

시즌 후의 이야기도 빼놓지 않았다.

"그래요. 열심히 한번 해 봐야죠."

구장에는 집합시간보다 조금 이르게 도착했다.

이미 선수들이 꽤 모여서 제각기 몸을 풀고 있었다.

라커룸으로 향하던 중.

공규석 운영팀장과 마주쳤다.

"아, 구강혁 선수. 마침 전화를 드릴까 하던 참이었습니다. 꽤 빨리 오셨네요?"

"네. 잘 지내셨죠? 김 대표님 덕분에 빨리 왔네요."

공규석이 미소를 지었다.

"늘 유능하신 분이죠. 연봉협상에서는 아주 얄미우셨습니다만……. 후후, 이제 상황이 좀 달라졌죠. 아, 김재상 코치님께 대강 시즌 전까지 어떻게 훈련하실지는 들었습니다."

"ABS 말씀이시죠?"
"네. 그래서 구 선수를 찾았던 겁니다. 이쪽으로 오시죠."
김용문 감독이 언급했던 ABS 훈련.
'99퍼센트 일치한다고 하셨는데.'
아예 구장을 빠져나가서는…….
공규석의 차까지 타고 움직였다.
"거리가 혹시 먼가요?"
"하하, 아닙니다. 그냥 처음이라 이렇게 가는 겁니다. 구 팔콘스 파크에 세팅을 해 뒀습니다. 불펜에 세팅하는 게 제일 나은데, 곧 시범경기 일정이 시작되니까요. 이미 관리자들께는 양해를 구했습니다."
목적지는 구 팔콘스 파크.
네오 팔콘스 파크의 건설에 앞서서도…….
철거냐, 존치냐의 논란이 많았지만.
현재까지는 아마추어 야구장으로 사용되면서, 때에 따라서는 공연장으로도 활용되는 등.
나름의 쓰임을 다하고 있는 공간이었다.
"기존의 홈 불펜에 시스템을 세팅해 뒀습니다. 감독님의 강력한 요청으로 어떻게든 일정을 앞당겼어요."
"아. 고생 많으셨겠네요."
"저보다는 분석팀 직원들이 힘을 썼죠. 외부 업체 기술자 분들도 그렇고요. 기존의 피칭 데이터를 역으로 추적해서 로직을 만들고, 그를 기반으로 시스템을 구축했다, 그 정도로만 이해하시면 될 것 같습니다."

"……쉽게 설명해 주신 거죠?"

"으음, 네."

구강혁이 머쓱한 듯 뒷머리를 긁었다.

"저야 뭐, 적응에만 도움이 되면 좋습니다."

"분명 도움이 될 겁니다."

차에서 내려 팔콘스 파크로 향했다.

'다시 올 일은 없을 줄 알았는데.'

브레이브스 시절 원정으로 방문했던…….

팔콘스의 옛 구장.

불펜으로 향하자…….

총 4대의 카메라와 2개의 태블릿 PC.

소형 전광판까지 마련되어 있었다.

공도 몇 박스나 쌓였고, 공용 배트도 놓였다.

"아무래도 실제 ABS처럼 타자가 배터박스에 들어온다고 해서 존이 바로 설정되지는 않지만, 태블릿을 조작해서 직접 입력하면 됩니다. 선수명을 이렇게 적으면……."

공규석이 태블릿에 '노재'를 입력했다.

"아, 재완이."

"네. 보시면 아시겠지만 간략한 프로필이나 존의 상하좌우 정보가 모두 입력됩니다. 물론 이런 숫자보다는 직접 던지면서 확인하시는 게 낫겠죠?"

"그렇겠네요. 그래도 도움이 될 겁니다."

"분석팀에서 기뻐하겠네요. 아, 다른 태블릿 하나는 기존의 랩소도를 사용하듯 사용하면 됩니다. 그리고 사실……."

공규석이 잠시 뜸을 들이고는 입을 열었다.

"아시다시피 기존의 구장 트래킹 시스템은 저희가 자유롭게 사용할 수 있지만, 시범경기 일정 중에도 구강혁 선수가 ABS에 최대한 적응하실 수 있도록 위에서 신경을 많이 써 주셨습니다. 특히……."

"특히요?"

"구단주님께서요. 저희도 이런 카피 시스템이 필요하다는 점은 일찍부터 인지하고 있었지만, 실제 구축까지는 꽤 난관이 있었는데."

공규석이 엄지와 검지로 동그라미를 만들어 보였다.

"이걸로 시기를 확실히 앞당긴 거죠."

"아."

구강혁이 고개를 끄덕였다.

"감사한 일이네요."

"그만큼 구강혁 선수에 대한 기대가 크시다는 거겠죠. 워낙 야구를 좋아하는 분이시니까요."

"영광이라고 해야 할지……."

"부담보다는 동기부여가 되는 게 더 좋겠죠. 필요하시면 불펜 포수를 붙여 드리겠습니다. 코치 분들 말씀으로는 당분간은 박상구 선수가 붙는 게 어떻겠냐고들 하셨습니다만."

"네. 대강 이야기는 해 뒀어요. 시범경기 출전에 지장이 가지 않는 선에서는 도와줄 겁니다."

설명을 들은 후.

팔콘스 파크로 돌아왔다.

수석코치 채승용이 지켜보는 가운데…….

단체 스트레칭과 웜업을 진행한 후.

캐치볼까지 마치고서.

구강혁과 박상구, 한유민이 함께.

구 팔콘스 파크로 향했다.

'이게 또 은근히 설레는데.'

ABS.

자동 투구 판정 시스템.

도입 초기에는 졸속 논란이 있었다.

그 류영준도 불만을 표시했을 정도.

'도입 첫 해에는 심판들이 판정을 잘못 적용했다가, 자기들끼리 이렇게 숨기자, 저렇게 숨기자며 이야기한 내용이 하필 중계에 그대로 잡히는 대참사도 났었지.'

운용도 완벽하지는 않았다.

그러나 2시즌을 치른 지금은…….

안정화 단계에 들어섰다.

물론 여전히 불만은 존재한다.

그럼에도 불구하고.

ABS가 판정의 일정성을 확보하기 위해서는 무척이나 효율적인 방법인 것도 사실.

야구의 숙명과도 같은 볼 판정 시비가 원천적으로 차단되는 상황이니, 경기의 흐름이 끊길 일이 적어졌다.

팬들로서는 반길 만한 변화였다.

'나도 브레이브스에서의 볼 판정에는 할 말이 없지는 않아. 어떻게든 존 구석구석을 찔러야 살아남을 만한 구속이기도 했고……. 애초에 볼 판정에 늘 만족할 수 있는 투수도, 타자도 없겠지.'

구강혁도 취지 자체는 반겼다.

'일정한 볼 판정은 나로서는 반가운 일이야. 문제는 호불호와 적응은 완전히 다른 문제라는 거고.'

불펜에 들어온 후.

제각기 장비를 챙겼다.

구강혁이 태블릿에 '한유민'을 입력하자…….

한유민의 정보가 주루룩 나열되었다.

당사자도 그 모습을 보며 감탄했다.

"이야, 꽤 그럴 듯한데? 다 맞는 정보야."

박상구도 고개를 끄덕였다.

"그러게요. 얼핏 좀 걸릴 거라고 들었는데."

"팔콘스 프런트가 일을 참 잘하네. 우리 팀……. 이제 우리 팀 아니지. 울브스에서도 비슷한 걸 만들 생각은 있었던 거 같은데, 뭐가 잘 안 된다면서 포기했었거든. 그냥 실제 홈 마운드에서 던지면 되는 거 아니냐더라."

"마운드는 하나뿐인데 말이죠."

두 사람이 이야기하는 사이.

구강혁은 반대편에 자리를 잡았다.

그리고 글러브 끝으로 공을 하나 집어 들었다.

"일단 가보죠?"
"오케이."
"나는 그냥 서 있으면 되지?"
"네, 몇 구만 부탁드려요! 저녁 쏘겠습다!"
그리고 가볍게 피칭.
슈욱!
팡!
[STRIKE!]
슈욱!
팡!
전광판에 곧바로 결과가 표시되었다.
[STRIKE!]
2개의 스트라이크.
한유민이 연이은 감탄을 뱉었다.
"햐, 진짜 바로바로 나오네?"
"그러게요. 이제 제대로 던지겠습니다!"
뒤이어 본격적인 피칭.
슈욱!
"으햐!"
퍼어어엉!
[146.1]
[STRIKE!]
몸쪽을 찌르는 포심.
한유민이 얼른 엉덩이를 뺐다.

'이건 볼.'
공을 돌려받고서, 다시 피칭.
슈욱!
퍼어어엉!
[145.9]
이번에는 살짝 덜 들어가는 포심.
[STRIKE!]
'이 정도도 스트라이크다.'
구강혁이 고개를 끄덕였다.
'보더라인을 가정하고 던져 보자.'
슈욱!
퍼어어엉!
[145.8]
[STRIKE!]
이번에도 스트라이크.
한유민이 황당한 듯 말했다.
"야이씨, 이게 스트라이크야?"
또 한 번 엉덩이를 뺐기 때문.
"볼 같으십니까?"
"아이씨, 이걸 어떻게 쳐!"
"원래……. 아닙니다!"
"너 원래 못 친다고 하려고 했지!"
"아닙니다! 진짭니다!"
"야이씨, 상구야. 방금 네가 보기에도 스트라이크 맞

아? 방금은 아예 멀리 서서 시작하는 거 아니면 정타가 나올 수가 없는 공이었다고."

박상구가 고개를 끄덕였다.

"경기였어도 잡아 줬을 겁니다. 지난 시즌에도 저는 선배님 치시는 거 몇 번이나 봤잖아요."

"하……."

한유민이 혀를 내둘렀다.

'좌타자 몸쪽 존은 벌써 느낌이 온다. 포심은 걱정했던 것보다 잘 잡아 준다. 선배 말대로 어지간히 배트를 짧게 잡지 않거나 박스 멀리에서 치는 게 아니면 정타가 나올 수가 없는데, 그게 스트라이크야.'

구강혁이 고개를 끄덕였다.

'어지간한 타자라면 배터박스에서 위치를 조정할 수밖에 없겠지만, 그렇다면…….'

이번에는 한유민이 살짝 물러났다.

슈욱!

퍼어엉!

[130.5]

[STRIKE!]

다시 스트라이크.

바깥쪽으로 떨어지는 백도어성 슬라이더.

"이런 씨……."

한유민이 멈칫하며 거의 욕을 했다.

'기존의 존과 괴리감을 최대한 줄이기 위해 도입 시기

부터 좌우를 조금씩 늘렸다고는 들었어. 그게 이 정도면 써먹기가 너무 좋겠는데? 시즌 전까지 제대로 적응만 할 수 있다면, 무브먼트를 감안했을 때…….'

구강혁이 만족스레 입꼬리를 올렸다.

'내가 ABS의 가장 큰 수혜자가 된다.'

* * *

팔콘스 선수단이 대전에서 훈련을 진행하고도 며칠.

시범경기의 막이 올랐다.

[2026 KBO, 시범경기 레이스 시작!]

[팀당 고작 8경기 편성…… 평년보다 적어]

[시범경기 성적은 정규시즌과는 무관? 그럼에도 팬들 관심 막을 수 없다]

WBC 일정 변경에 맞춰…….

KBO의 정규시즌 개막이 앞당겨진 영향으로.

팀당 8경기씩이 편성된 26시즌 시범경기.

스프링캠프에서의 연습경기와 마찬가지로.

시범경기는 정규시즌과 무관한 경기다.

경기 수의 한계로 모든 팀을 상대하지도 않는다.

모든 팀이 2경기씩 4팀을 상대하는 게 전부.

그뿐인가?

9회를 다 치른다는 보장도 없다.

아직 시기는 3월.

언제든 꽃샘추위가 찾아올 수 있는 계절에, 비나 미세먼지 따위의 기상악화로 경기가 취소되기도 한다.

이미 시작된 경기도, 양팀 감독의 합의에 따라서 5회, 7회를 마치고 종료되는 경우도 있고.

정규 경기가 아니기에 제약이 적은 것.

물론 다른 한편으로는……

출전 제한이 존재하지 않아, 2군 선수들이 기회를 얻는 경우도 부지기수에.

감독의 성향에 따라서는 아예 작전 지시를 내리지 않거나, 오히려 평소에는 절대 내리지 않은 과감한 작전으로 상대를 흔드는 등.

팬들의 입장에서는 정규시즌에 보기 어려운 다채로운 장면을 볼 수 있다는 장점도 존재한다.

실제 경기를 관람할 수도 있고.

→ 올해 시범경기 홈에서 6경기래!

→→ 오 좋다 작년에는 거의 원정이었는데

→→ 주말은 예매 은근 치열할 듯ㅋㅋ

인기 구단으로 꼽히는 팔콘스.

지난 시즌 기록한 10위라는 성적에도 불구.

시범경기 예매의 열기는 적지 않았다.

평일 경기도 절반 이상의 관중이 들어찼고…….

특히 토요일에 편성된 재규어스와의 2차전은, 에이스 류영준이 선발로 등판한다는 사실이 알려진 즉시.

2만여 석의 좌석이 몽땅 동이 났을 정도.

그리고.

그 뜨거운 반응 속에서.

[대전 팔콘스, 광주 재규어스 상대로 2연패]

[시범경기 1승 후 4연패, 팔콘스 타선 침묵 어쩌나]

[연패 끊기는 했지만…… 팔콘스, 2승 6패로 시범경기 마감]

오키나와 리그에 이어.

팔콘스는 시범경기에서도.

그리 좋지 않은 결과를 받아 들었다.

2승 6패.

2승 1무 5패를 기록한 울브스에도 밀린 10위.

다시 팬들의 입장에서는.

계속 지는 모습을 보는 게 즐거울 리도 만무.

→ 너무 처지지 말자! 시범경기잖아!

→ ㅅㅂ경기여 ㅅㅂ경기

→ 우리 타자들은 왜 다 허수아비임?

→ ㄹㅇㅋㅋ

→ 내가 서도 삼구삼진은 쌉가능인데 ㅡㅡ

팬 커뮤니티에도 여러 반응이 쏟아졌다.

또.

→ 구강혁은 왜 안 나옴?

→ 울) 니네는 만날천날 구강혁만 찾음?

→ 드) ㄹㅇㅋㅋ대전 잉꼬즈임 똑같은 말만 함

→ 잉꼬는 일본말이다 빠가야 패럿즈겠지

┌→ 드) 헉 스미마셍

시범경기 내내 등판이 없던 구강혁.

그에 대한 관심도 점차 커졌다.

→ 그러게 등판 한 번도 없었네 왜 몰랐지

→ 구강혁 부상이래요ㅋㅋ

┌→ ?????

┌→ 어디서 나온 정보임

┌→ 에이 아니야 더그아웃에는 보이던데

┌→ 원정 때는 없었잖아

출처가 불분명한 정보도 퍼져 나갔고.

어쩔 수 없는 일이었다.

시범경기가 진행되는 내내.

구강혁은 구 팔콘스 파크 불펜에서…….

ABS에 대한 적응에 열과 성을 다했으니까.

원정 당시에도 선수단에 합류하지 않고, 대전에서 불펜 포수의 도움을 받아 같은 훈련을 반복했을 정도.

'등판을 못 하는 게 아쉽기는 하지만, 시범경기는 시범 경기일 뿐이야. 그래도 프런트에서 시스템을 마련해 준 덕분에, 또 여러 동료들이 돌아가면서 도와준 덕분에……. ABS에 대한 적응도는 완벽으로 수렴해 가고 있어.'

개막 4경기째의 등판.

그에 맞춘 루틴을 지키는 선에서는.

거의 매일 적응을 위해 시간을 보냈다.

첫날에는 한유민의 도움을 받았듯.

이후로도 다양한 동료들이 도우미를 자처했다.

처음에는 어린 후배들 위주로, 이틀 차에는 우타자인 노재완과 허인재가 시간을 내주었고…….

점차 동년배의 선수들은 물론.

요 며칠은 선배들까지 타석에 들어와 주었다.

'오늘은 주장인 채연승 선배님까지 도와주셨으니. 이거 첫 승이라도 하면 한 턱 정말 단단히 내야겠어. 물론……. 가장 큰 도움을 준 건 두말할 것 없이 상구지만.'

전담 포수나 마찬가지인 박상구 역시…….

아쉬운 말 하나 없이 꾸준히 도와주었고.

'이제 ABS에 대해서는 걱정하지 않는다. 팔콘스 파크에서도 던져봤지만, 프런트에서 카피 시스템을 얼마나 잘 갖췄는지 별 차이가 안 느껴졌으니.'

구강혁 본인의 만족도는 아주 높았다.

물론 그러던 사이.

김용문이 구태여 공표하지 않았음에도.

웜업과 스트레칭, 수비훈련 등 이후로는…….

구강혁이 어딘가로 사라지는 모습을 보며.

또, 점차 많은 타자가 그를 뒤따르고.

특별 ABS 적응훈련을 진행한다는 이야기가 퍼지며.

다른 선발 후보들 또한…….

구강혁이 이미 4선발임을 깨닫게 되었다.

마음속에는 아쉬움도 있었겠지만.

어쩌겠는가?

자신들의 눈으로 피칭을 봐도.
연습경기 등판에서의 퍼포먼스를 봐도.
너무도 압도적인 투수가 구강혁이었는데.
어쨌든 캠프를 마치고 보낸 시간들은…….
구강혁에게는 짧지만 많은 일을 해낸 시간이었다.
'오피스텔도 슬슬 내 집 같다는 느낌이 들고, 잠자리도 엄청 편하고. 김 대표님이 평소답지 않게 해외에서 어렵게 공수한 고급 매트리스라고 강조를 하시더니, 좋기는 좋아. 어떻게 잘 부탁드리면 집에도 놔 주시려나?'
새로운 집에도 적응했고.
휴식일에는 박상구와 원준민, 한유민을 초대해서 비록 배달해 온 음식이라도 대접하기도 했다.
프런트와 치른 일도 꽤 있었다.
유니폼 판매량이 신입 선수치고는 이례적으로 늘어나며, 팀 내에서 류영준, 문영후, 노재완에 이은 4위를 기록.
이에 따라 공규석에게 붙들려, 주말 홈, 원정 유니폼만 찍었던 프로필에 평일 홈, 원정 유니폼은 물론 밀리터리 스페셜 유니폼을 추가하기 위한 촬영을 진행했고…….
'등장곡은 또 듣고 싶네. 영상을 계속 보기도 좀 그렇고. 아직 음원은 발표가 안 됐다는데, 따로 달라고 하면 줄까?'
등장곡도 정해졌다.
야수들에게 응원곡이 그러하듯.
투수들에게는 등장곡이 그를 상징하는 음악이 아닌가.

당연히 주전급에게만 주어지는 혜택.
이 또한 이례적인 일이었다.
팔콘스티비 제작진이 촬영하는 가운데.
4곡의 후보곡 가운데 추려서 정했다는…….
등장곡을 듣는 영상까지 찍었다.
"부팀장님, 다른 후보는 뭐였어요?"
"3, 4등도 느낌은 비슷했는데, 2등은 그거였어요. 뱀이야, 뱀이야, 맛이 좋고 몸에도 좋은 뱀이야. 아시죠?"
"알죠. 아버지는 좋아하셨을 거 같기도……."
"노, 농담이시죠?"
아예 뱀직구를 마케팅 포인트로 잡았는지.
죄다 뱀에 관련된 노래들이 후보였다.
그 가운데 정해진 게, 한 인기 밴드의 신곡이었다.
'Snake From The Hell'이라는 제목의…….
드럼으로 시작해서, 베이스와 기타가 뒤를 잇는.
웅장한 인트로를 자랑하는 곡.
'어째 들을수록 괜찮단 말이야.'

* * *

기다리고 기다리던.
2026시즌.
3월 21일, 토요일.
KBO 리그가 개막을 맞았다.

→ 구강혁 엔트리 들었네! 누가 부상이래!
→ 와 진짜 다행이다
→ 언제 등판임? 5선발? 4선발?
→→ 홈 3연전에서 한 번 나오지 않을까?
→→ 그럼 홈 개막이 류고 그 다음 경기?
28명의 개막전 엔트리.
구강혁도 당당히 한 자리를 차지했다.
팔콘스의 첫 경기는 주말의 2연정.
작년 통합 우승팀인 서울 가디언스 원정.
잠실에서의 경기였다.
[대전 팔콘스, 가디언스 상대 개막 굴욕 끊나?]
[개막전 잠실은 좀…… 승률 1할대, 팔콘스는 괴롭다]
[대전 팔콘스, 2선발 도미닉 개막전 선발 예고]
개막 후 5경기가 모두 원정이었다면.
즉, 6경기째가 홈 개막전이었다면.
정상적인 1선발, 에이스.
즉 류영준부터 로테이션이 가동됐겠지만…….
첫 2경기 후 홈 시리즈라는 평년과 다른 일정.
김용문은 홈 개막전에 류영준을 등판시키기로 결정했다.
'류영준 선배님은 그 누구보다 팔콘스에 있어 상징적인 존재시니까. 한편으로는 김용문 감독님께서도……. 다른 팀과 선발 로테이션을 엇나가게 만들어, 최대한 변수를 만들어 보겠다는 의도도 있으셨겠지.'

류영준이 3경기에 등판한다면.

상대 3선발과 맞붙는 셈.

최소한 개막 3경기에서 1경기는 가져가겠다.

그러한 김용문의 복안이었다.

'그렇다고 가디언스 원정이 버리는 경기도 아니야. 잠실 개막전에 팔콘스가 약했다고는 해도, 도미닉도 충분히 좋은 선발이니까.'

현 시점의 에이스는 누가 뭐래도 류영준.

그러나 도미닉 또한 그간 좋은 성적을 보여 왔다.

작년에는 3점대 평균자책점에 180이닝을 넘기며.

팔콘스의 또다른 에이스라고 불렸을 정도.

'이닝 자체는 도미닉이 선배님보다 많이 소화했을 정도야. 자, 할 수 있다. 힘을 내자고!'

그러나.

구강혁은 물론.

선수들과 팬들의 기대가 무색하게도.

가디언스의 벽은 높았다.

[도미닉 QS, 타선은 침묵…… 투타 조화 엇나간 팔콘스, 가디언스에 1패로 시즌 시작]

['또 하나의 에이스' 도미닉 빛바랜 호투…… 팔콘스, 가디언스에 덜미]

도미닉의 6이닝 2실점 호투에도 불구.

타선이 단 1점도 따라붙지 못하며.

그대로 1패.

다음 경기에 선발로 등판한 로건은······.

[로건 4이닝 3실점 강판, 연습경기부터 시작된 부진 어쩌나]

[KBO 공인구 적응 실패? 로건 부진 계속된다]

4이닝 3실점으로 강판.

여전한 타선 난조에······.

뒤이은 투수들도 추가 실점을 허용.

1:6의 허망한 패배로 시리즈를 마쳤다.

'쉽지 않구나. 너무 무력하게 졌다.'

구강혁도 그 모습을 함께 지켜봤고······.

'그래도 3경기는 다를 거야.'

대전으로 돌아오면서.

'류영준 선배님이 등판하시니까.'

3경기에 대한 기대만큼은 지우지 않았다.

기대가 어느 정도는 맞아떨어졌다.

[팔콘스, 홈 개막전 류영준 선발······ 연패 끊나?]

[에이스의 품격 보여라, 김용문의 믿을맨 RYU]

선발이 다르기는 했다.

수많은 환호와 함께 마운드에 오른 류영준.

7회 아웃카운트 하나를 잡고 내려오기까지.

6과 1/3이닝, 5K 무실점.

단발성 안타를 4개나 허용했음에도.

특유의 안정성을 발휘하며 드래곤즈 타선을 틀어막았다.

병살타만 2개를 뽑아냈을 정도.
그러나 타선은 7회까지 점수를 뽑아내지 못했고.
8회 노재완의 적시타로 1점을 앞서갔으나.
9회, 믿었던 마무리 주민상의 연이은 볼넷.
결국 2점을 내주고······.
[주민상 너마저······ 블론세이브에 날아간 연패탈출]
[RYU 호투 무색한 패배······ 추락하는 매 어쩌나]
9회말, 무력한 삼자범퇴를 기록.
또 한 번 패배의 쓴맛을 봤다.
1, 2선발인 류영준과 도미닉.
그들의 호투에도 불구한 3연패.
그쯤 되자 당연하게도······.
팔콘스 팬들의 트라우마가 자극되기 시작했다.
→ 13시즌 생각나네
─→ 팔) 제발 말하지 마
─→ 가) ㅎㅎ개막 13연패 하는 팀이 어딨어
→ 22시즌도 생각나네······.
─→ 팔) ㅅㅂ6연패로 끊으면 다행이지
22시즌의 개막 6연패.
더 시간을 거스르면?
13시즌의, 무려 개막 후 13연패.
4월 중순까지 단 한 번의 승리가 없던······.
팔콘스 최악의 시기가 언급되기 시작한 것.
→ 3선발 상대로 에이스 나가서 졌네

→ 야구 접습니다 수고요
→→ 팔) 너 돌아올 거 다 알아
→→ 너 떠나면 팔콘스 망해 가지 마
그러나.
이튿날 경기.
[대전 팔콘스, 드래곤즈 상대 2차전 선발 구강혁 예고]
[에이스도 끊지 못한 연패, 신입 구강혁이 끊나?]
[부상 의혹 구강혁, 25일 선발 등판한다]
선발로 구강혁이 예고되자.
→ 끼요오오오오옷!
→ 제발제발제발제발
→ 역시 부상 아니었어! 강혁아 제발!
뼈아픈 연패였던 만큼.
기대와 간절함도 거세게 타올랐다.
그렇게.
'드디어.'
첫 선발 등판의 날이 밝았다.
상대는 팔콘스와는 반대로, 3연승 중인 팀.
인천 드래곤즈.
상대 선발투수는?
이번 스토브리그, FA 1호 계약자.
최고 151km/h의 포심을 던지는…….
우완투수 박지후.
'몸은 아주 잘 풀렸다. ABS에 대한 적응도 마쳤고, 피

치컴은 감독님 말씀대로 별다른 적응이 필요가 없었지. 상황은 흠 잡을 데 없이 좋다. 그러니…….'

계약금을 포함한 실질 연봉은 7억가량.

구강혁의 연봉이 아무리 올랐다고 해도.

6배 이상의 차이가 나는 선수.

'내 손으로 연패를 끊는다.'

물론 구강혁은.

그런 사실에는 별 관심이 없었다.

하나둘 관객들이 자리를 잡고…….

[네오 팔콘스 파크, 만원 관중!]

스크린에 만원 관중이 공표되었다.

개막 후 2일 연속 만원 관중.

'이렇게까지 팔콘스를 좋아하는 팬들의 성원에 보답하기 위해서라도.'

국민의례가 진행된 후, 시구.

어제는 팬 대표가 시구와 시타를 맡았고…….

오늘은 시장이 시구만 진행한 후.

뒤이어 경기 시작 안내와 함께.

한순간 장내가 어두워지고.

"오…….."

"오, 뭐야?"

"등장곡인가?"

관중들이 웅성거리는 가운데.

구강혁이 마운드로 향함과 동시에.

둥! 둥! 둥! 둥!

등장곡의 인트로가 시작되고.

최신 구장인 네오 팔콘스 파크의, 리그 최고 크기를 자랑하는 스크린에…….

"뱀?"

한 마리의 뱀이 비춰지고는.

어디론가 날아가다가…….

"61번!"

"구강혁 번호다!"

"등장 씬이네!"

구강혁의 뒷모습.

그 오른어깨에 나앉았다.

'……이런 건 나도 처음 보는데?'

구강혁도 당황할 정도의 화려한 퀄리티.

이윽고 불이 확 끓어오르고는.

[NO.61!]

[구!]

[강!]

[혁!]

구강혁의 이름이 스크린에 박혔다.

몇 초 후, 장내가 밝아지고…….

"와아아아아아!"

"멋있다!"

"그래, 뱀직구 좀 보자! 뱀직구!"

환호가 터져 나왔다.

여전히 흘러나오는 등장곡을 흥얼거리는 팬들도 적지 않았다.

'어째 그 뱀 꿈 생각이 나는데…….'

구강혁이 쓴웃음을 지었다.

'그래도 고맙네. 깜짝 이벤트 같아.'

브레이브스에서는 공통 등장곡을 썼던 그다.

그만큼 상황이 달라졌다는 의미.

관중석 여기저기를 향해.

모자를 가볍게 벗고, 허리를 숙여 인사한 후.

드디어 연습투구를 진행했다.

슈욱!

퍼어엉!

슈욱!

퍼어엉!

"미쳤다, 미쳤어!"

"그래, 저게 선발 공이지!"

"강혁아, 상구 생각도 좀 하면서 던져라!"

가볍게 던지는 공 하나하나에도…….

뜨겁게 달아오르는 분위기.

그렇게 연습투구마저 모두 진행된 후.

'……가슴이 뛴다. 그 어느 순간보다도 빨리.'

마침내.

'이게 정식 경기의, 내가 처음으로 밟는 마운드.'

1회초.

'무조건 이긴다.'

드래곤즈의 타자가 타석에 들어섰다.

'1번 타자, 최동민.'

구강혁이 눈을 가늘게 떴다.

'당겨치는 성향이 아주 강한 좌타자. 초구 승부를 좋아하고, 주전 중견수답게 빠른 발을 가졌어. 내보낸다면 골치 아픈 타자야. 어제도 득점을 기록했고.'

2차 드래프트에서 팔콘스에……

프랜차이즈 스타 강민현을 떠나보낸 후.

'앞선 3경기에서 2번의 멀티 히트를 기록할 정도로 타격감도 올라왔어. 준비성도 철저하다니 나에 대해서도 대비했겠지만……'

그의 말년을 먼발치에서 슬프게 지켜보던 드래곤즈 팬들의 마음을 조금이라도 달래 준, 강민현의 후계자라 불리는 야수.

'그 대비는 별 의미가 없을 거다.'

최동민.

"플레이볼!"

경기 개시 콜이 떨어지고.

구강혁이 타자를 노려보았다.

이미 익숙해진 피치컴은 침묵했다.

1구는 이미 이야기를 마쳤기 때문.

'역시 홈플레이트에 붙었군. 몸쪽 공을 최대한 차단하

면서, 조금이라도 몰리는 공은 박살을 낼 기세로 당겨 치겠다. 그런 의도겠지.'

다음 순간.

구강혁이 공을 쏘아 냈다.

슈욱!

양팀 더그아웃은 물론.

그 어떤 관중석에서 내려다봐도.

당연히 타자의 몸을 향하는 궤적.

최동민이 기겁하며 몸을 뺐다.

퍼어어어엉!

그러고도 두어 걸음을 물러났을 정도.

그러나.

"……스, 스트라이크!"

결과는 스트라이크.

'한유민 선배도 처음 볼 때는 너처럼 몸을 뺐는데, 구속이 더 나오는 지금 네가 어쩔 거냐.'

구강혁이 만족하는 사이.

관중들의 시선은 전광판으로 쏠렸다.

"야, 148이다!"

"미친, 148이래! 145가 최고 아니었어?"

"시범경기 때 뭔 훈련을 한 거야!"

"최동민이 저거, 지렸다! 지렸어!"

"저게 스트라이크면 뭘 치냐! 좀 봐줘라!"

그리고 뜨거운 반응을 쏟아 냈다.

한편으로는.

눈만 끔벅이며 심판을 바라보다가.

다시 구강혁에게 시선을 돌린 최동민.

그의 머리도 뜨거워졌다.

'씨바, 이걸 어떻게 쳐? 좌타자가 칠 수 있는 공이기는 해? 듣던 거랑 달라도 너무 다르잖아?'

* * *

팔콘스의 명실상부한 에이스.

류영준을 상대했음에도 불구하고.

시리즈 첫 경기를 승리로 장식.

동시에 3연승을 기록 중인 인천 드래곤즈.

그들은 팔콘스의 4선발로 문영후를 예상했다.

그러나 김용문의 선택은 구강혁.

당연히 선발 라인업은 그에 맞게 구성되었다.

9명 가운데 6명이 좌타자.

1번부터 3번까지가 모두 좌타자였다.

반대손 타자는 투수의 공에 시야각 상의 이점을 갖는다.

사이드암까지는 아니라고 해도.

로우 쓰리쿼터 투구폼을 가진 구강혁이 상대라면?

그 이점은 더 커질 터.

상식적인 선에서의 대처였던 셈이다.

물론 아쉬운 목소리도 있었다.

시즌 개막을 앞두고…….
단 한 번도 팔콘스를 만나지 않았기 때문.
그래도 어느 정도 대비는 했다.
어쨌든 공개된 피칭 영상이 있었으니까.
호주전이야 그렇다고 쳐도…….
스타즈와의 연습경기는 중계까지 됐다.
그뿐인가?
구강혁이 트레이드되기 전.
브레이브스 시절로 거슬러 올라간다면, 드래곤즈에 그를 직접 상대해 본 선수는 한둘이 아니었다.
물론 드래곤즈 선수들도 알고는 있었다.
구강혁의 달라진 모습을.
"그때랑은 다른 투수라고 생각해야겠지."
"구속부터가 다르니까."
"부럽다, 부러워! 나도 구속 좀 빨라졌으면!"
"너는 벌써 150 던지잖아, 이 자식아."
휴식을 취한 후의 구속 상승세.
드물지만 아예 없는 케이스는 아니었다.
그러나.
그럼에도 불구하고.
"뭐, 그래 봤자 145잖아?"
"전력투구할 때나 그 정도 나오던데."
"대전도 날 추울 때는 3월 초 오키나와보다 춥잖아?"
"최고 구속이 그 정도인 거겠지."

지난 시즌 4위를 기록.
가을야구를 경험한 드래곤즈의 타자들에게는.
145는 너무도 만만한 숫자였다.
투수들의 구속 상승이 두드러지는 현재.
오히려 기존의 상대로 예상했던……
최고 160km/h의 포심을 던지는 문영후.
KBO 내국인 선수 최초로 160을 돌파한.
이 재능 넘치는 강속구 투수와 비교한다면?
더욱 만만한 숫자였고.
"구속보다 무브먼트가 문제지."
"맞아. 싱커가 따로 없어."
"박해준 선배보다 더 휘지 않습니까?"
"박해준이 뭐야? 임범준 선배랑 비교해야지."
"캬, 뱀직구. 임 선배 잘 지내시려나……."
"……오키나와에서도 스타즈 상대로 5이닝이나 던져서 판정승, 아니지. 아예 선발승까지 하기는 했어."
"선발승은 무슨. 고작 연습경기에."
"하긴. 경험도 한참 모자란 놈이니까."
다들 큰 걱정 없이 떠드는 사이.
최동민도 한마디를 보탰었다.
"그냥 일찍 내려 준다 마인드로 가죠."
"으흠. 3경기까지 생각하자?"
"네. 불펜 좀 털어놔야죠."
개막 후 3경기.

1번 자리를 놓친 적 없는 주전 중견수.

최근 타격감도 좋았다.

다만 150을 넘는 공에는 눈에 띌 정도로 타율이 낮은 게 데뷔 때부터 꾸준히 지적된 단점이었다.

강속구에 약했던 것.

'나야 구강혁 정도면 반갑지.'

그렇기 때문에.

최동민은 구강혁이 반가웠다.

지난 시즌 사실상 커리어 로우를 기록한 문영후지만, 그 강속구만큼은 어디로 사라진 게 아니었다.

'그렇게 털리고 또 털리던 작년에도, 뜬금없이 긁히는 날이면 리그 최고 에이스들이랑 비교해도 모자랄 데 없는 놈이 문영후였으니까. 모레 경기에 나올 수야 있겠지만……. 컨디션을 파악하고 대처하면 될 일이고.'

그렇다고 준비를 소홀히 한 것도 아니었다.

구단 분석팀에서 제공한 피칭 영상은 물론.

구강혁의 공을 직접 경험해 본 스타즈의 타자.

그들에게 일부러 전화해서 물어볼 정도였다.

"형님, 뭐 팁 없습니까?"

―팁……. 동민아. 너 그 말 아냐?

"무슨 말 말씀이십까?"

―처맞기 전에는 누구나 계획이 있다.

"에이, 형님! 웬 말장난이십까?"

―어허, 말장난? 타이슨 선생님이 니 친구여?

고등학교 선배인 유재민의 말이었다.
'하여간 이 형님도 오바라니까.'
별 소득은 없었다.
물론 유재민은 그 나름의 조언을 한 셈이었다.
조언보다는 경고에 가까운 말이기는 했지만.
결국 최동민에게는 그리 도움이 되지 않았다.
그리고.
드래곤즈의 리드오프로 처음 타석에 서서.
슈욱!
퍼어어엉!
구강혁의 첫 공을 봤을 때.
최동민은 아연실색할 수밖에 없었다.
틀림없는 사구였다.
그래서 본능적으로 피했다.
엉덩이를 쭉 빼면서.
"스, 스트라이크!"
그리고 들었다.
스트라이크 콜을.
'……칠 수 있나? 방금 같은 공을?'
머릿속이 새하얘졌다.
'아냐, 못 친다. 내가 아니라 그 누구여도.'
애초에 치는 게 문제가 아니었다.
뱀처럼 휘는 저 비상식적인 궤적.
그걸 이미 알고 있다고 해도.

'안 피할 수 있냐, 그게 오히려 문제지.'

공을 맞는다는 두려움.

그 본능을 이겨 낼 수 있느냐가 문제였다.

최동민도 필요할 때면 사구를 맞는 타자다.

그러나 방금 같은 공은 그 범주에 안 들어간다.

'씨바, 대체 왜 구속이 더 빨라진 건데! 이게 148짜리 공이 맞기는 해? 150은 되는 거 같구만!'

연습용 고무공도 맞으면 아프다.

하물며 프로 투수가 던진 공인구라면?

더 말할 필요도 없다.

그렇게 뜨거워진 머리로……

'그래, 이건 말이 안 돼. 잘 쳐줘도 겨우 ABS 존 끝에 걸친 공일 거야. 제구가 아무리 좋아도 이런 공을 던지려고 던졌겠어? 그냥 몸쪽에 붙이려다가 한번 들어온 거지.'

최동민은 끝내 도피성 결론을 내렸다.

'계속해서 이렇게 던질 수 있을 리가…….'

그리고 2구.

슈욱!

퍼어어엉!

거의 같은 코스, 이번에는 147km/h.

애석하게도…….

최동민은 또 한 번 몸을 빼고 말았다.

"스트라이크!"

그리고 야속한 스트라이크 콜.

"……씨바!"
결국 최동민이 시원하게 식빵을 구웠다.
"타자!"
"……죄송합니다."
심판의 매서운 지적.
완전히 기가 눌린 채로 맞이한 3구.
'이번에는 안 뺀다, 시발, 맞으면 맞았지!'
슈욱!
퍼어어엉!
또 한 번 같은 코스.
최동민이 할 수 있는 일이라고는…….
그저 이 악물고 자리를 지키는 것뿐.
"스트라이크, 배터 아웃!"
삼구삼진.
그것도 3개 모두 루킹 스트라이크였다.
"와아아아아아!"
"강혁아, 미쳤다! 진짜!"
"구강혁! 구강혁! 구강혁!"
환호성이 터져 나오는 사이.
마치 원수를 노려보듯이…….
최동민이 구강혁을 노려보았다.
그러나 구강혁은 돌아오는 공을 받아 낼 뿐.
오히려 눈을 피하지 않았다.
'윽.'

아니, 그게 아니었다.
'눈빛 한번 사납네, 저 새끼.'
오히려 역으로 최동민을 노려보았다.
'잡아먹기라도 할 거냐고. 젠장할! 뱀 날아다니는 멍청한 영상을 봐서 그런가, 괜히 뱀이라도 보는 기분이잖아!'
마치 아가리를 벌린 뱀을 마주한 듯한.
포식자 앞에 선 듯한 기묘한 기분.
"안 가냐?"
박상구의 확인사살이었다.
그렇게 최동민이 더그아웃으로 돌아가고서.
3번까지 좌타자 일색인 드래곤즈 타선은…….
땅볼과 삼진으로 1회초를 허무하게 날렸다.
단 8구로 1이닝을 막아 내는.
무자비한 폭력과도 같은 피칭.
그리고 심지어 그 폭력은…….
타순이 한 바퀴를 다 돌도록 이어졌다.
더 놀라운 건, 투 피치로만 레퍼토리를 구성했다는 점.
오직 포심 패스트볼과 체인지업.
그나마 체인지업은 10구에 1, 2구를 던질까 말까였다.
2회에도 3자범퇴.
3회 1사 후에 8번 타자가 체인지업을 받아쳤고.
내야를 빠져나가는 단타로 첫 출루.
그러나…….

후속 타자가 초구 체인지업을 건드리며.

6, 4, 3의 깔끔한 병살타로 다시 이닝 체인지.

그나마 드래곤즈 선발 박지후 역시.

완전히 페이스가 떨어진 팔콘스 타선을 상대로 단타 하나와 볼넷 하나만을 내주며 좋은 피칭을 펼치고 있었으나.

4회초.

다시 선두 타자로 나선 최동민.

그에게 그런 사실은 위안이 되지 않았다.

이미 앞선 타석에서 너무도…….

처참한 패배를 맛봤으니까.

'홈플레이트에 더 가까이 붙는다. 1회에도 평소보다 반 발짝 더 붙기는 했지만, 지금은 더 가까이!'

물론 그도 생각했다.

'아까처럼 눈 뜨고 코 베일 수는 없어!'

구강혁의 공략법을.

"어이고, 이따가는 홈플레이트 밟고 치게?"

박상구의 비웃는 듯한 목소리.

애써 무시했다.

'이따가는 무슨. 7회까지 던지겠어? 아무리 지금 페이스가 좋아도 그렇지, 선발 경험은 신인이나 다름없는데…….'

그리고 그렇게 생각하다가 깨달았다.

'……젠장, 벌써 패배자 같은 마인드잖아.'

이미 자신이 구강혁을 겁내고 있음을.

'아니야, 패배자 같은 거 아니야! 고작 한 타석을 상대했을 뿐이라고. 이만큼 붙었으면 아까처럼은 못 던질 거다. 사구가 두려운 건 타자나 투수나 마찬가지니까.'

마음속으로 실컷 고개를 휘젓고서.

'……나도 그렇고, 다른 타자들. 선배님들도 이제는 이 자식의 공이 눈에 익었을 거야. 한 바퀴 돌고 나면 다르다고. 마음의 준비나 해 둬라, 구강혁아.'

사실상의 자기최면을 걸고.

슈욱!

1구가 릴리스된 순간.

'됐다. 실투다!'

1회 이미 경험한 궤적대로라면.

몸쪽으로 파고드는 듯하다가…….

한가운데, 오히려 조금 바깥쪽으로 빠져나갈 코스.

당겨치는 성향이 강한 최동민으로서도.

놓치기에는 아쉬운 실투였다.

분명.

부우웅!

'……어?'

포심이었다면 그랬으리라.

하지만.

이번에는 슬라이더였다.

오히려 몸쪽으로 휘어들어 오다…….

살짝 떨어지는.

구강혁의 오늘 경기 첫 슬라이더.
'안 돼!'
최동민도 뒤늦게 그 사실을 깨달았다.
그럼에도 최대한 대처했다.
허리를 빼고, 이미 돌아가는 배트를 누르면서.
꽤 탁월한 기술이었다.
틱!
어쨌거나 공을 맞추기는 했다는 점에서는.
하지만…….
타구에 힘이 실릴 리 없었다.
데구르르 굴러간 타구는.
하필이면 파울 라인을 벗어나지도 않고.
1루수 채연승의 미트에 그대로 들어갔다.
이번에는 3구는커녕 1구로 아웃.
"으아아, 시바!"
최동민이 두 장째의 식빵을 구웠다.
한유민에 이어, 또 한 명의 좌타자가 구강혁 트라우마의 희생자가 되는 순간.
애석하게도 최동민은…….
팔콘스의 선수도 아니었다.

* * *

[6회를 앞둔 지금, 엄청난 투수전이 펼쳐지고 있는 네

오 팔콘스 파크입니다. 박지후 선수야 지난 시즌에도 좋은 성적을 기록했지만, 구강혁 선수의 이런 호투는 솔직히 예상 밖인데요. 어떻게 보십니까?]

[최근에 S……. 그, 타 방송사에 계시는 구태성 위원님이랑 사석에서 만날 기회가 있었어요. 되게 오랜만이었는데, 웬만하면 안 그러시는 분이 진짜 일 한번 크게 낼 거라고 막 자랑을 하시는 겁니다.]

[구강혁 선수에 대해서 말씀이시죠?]

[네. 그래서 어느 정도는 기대가 됐습니다. 그런데 또 시범경기에는 등판이 없다 보니 긴가민가했는데, 막상 이렇게 잘 던지는 모습을 보니 저도 황당하네요.]

[3회에 단타 하나를 허용한 걸 제외하면 아예 출루를 허용하지 않았죠. 볼넷이 단 하나도 없고, 스트라이크 비율이 무려 80퍼센트에 육박합니다. 심지어 그 단타로 나간 주자도 병살타로 지워 냈죠.]

[드래곤즈는 본의 아니게 아주 깔끔하게 타선이 돌고 있어요. 6회에는 7번 타순부터죠.]

[아, 말씀드리는 순간. 또 한 번 마운드에 구강혁 선수가 올라옵니다. 저희가 클리닝 타임 중에 잠깐 이야기를 나눴습니다만, 역시 6회에는 올라오는군요.]

[내리기에는 아까운 페이스거든요.]

[그렇습니다. 아, 팔콘스 파크에서는 클리닝 타임이 끝나고도 선발이 올라오면, 그러니까 6회에도 등판한 선발에게는 등장곡을 한 번 더 틀어 줍니다. 저는 이게 두 번

째로 듣는 건데, 아까는 저도 모르게 흥얼거리게 되더라고요.]

　[네. 지금 시청자 분들도 들리실까 모르겠는데, 이 둥, 둥, 둥, 하는 인트로. 등장곡치고도 꽤 무게감이 있어요. 벌써 따라 부르시는 팬들이 꽤 계십니다.]

　[그래도 김용문 감독의 스타일을 감안하면 6회까지 던지고 내려가지 않을까 싶습니다. 구강혁 선수, 튼튼한 팔로 워낙 유명했습니다만 결국 수술 경력도 있고, 선발로 던지는 건 또 다르지 않습니까?]

　[맞습니다. 시즌은 길죠.]

실제로도 그랬다.

1회, 마운드에 오르기 전.

김용문과 나누었던 짧은 대화.

"5회는 채우고 내려와라. 어지간하면 안 내려 준다는 이야기야. 너도 그쯤 연차가 쌓였으니 알겠지만, 연습경기와 실전은 또 달라. 한두 점쯤 내주더라도 5회를 채우는 게 네게도 도움이 될 거다."

"감사합니다. 그런데 안 내줄 생각입니다."

"어이구, 하여간."

"실점이 없으면 몇 회까지……."

"그건 봐야지."

"6회까지는 내보내 주십시오."

"투구수 보고. 처음부터 많이 던질 필요 없다."

"페이스가 좋은데 내려올 수는 없지 않습니까?"

"그렇기는 하다만."
"마지노선을 정해 주십시오, 감독님."
"흐음. 5회까지……. 70개."
"70개에 무실점이면 되는 겁니까?"
"오냐."
5회초를 막아 내도록.
구강혁의 투구수는 56개에 불과했다.
'덕분에 등장곡도 한 번 더 듣네.'
그리고 드래곤즈의 타순은 7번부터.
상위권으로 평가받는 드래곤즈의 전력이지만.
하위 타선을 상대로 무너지기에는…….
오늘의 구강혁은 너무도 강한 투수였다.
[구강혁이 6회마저 삼자범퇴로 막아 냅니다!]
[이야, 삼진 하나가 나올 때마다 자신의 기존 한 경기 최다 삼진 기록을 갱신하고 있어요. 벌써 8개예요.]
[브레이브스 시절과는 완전히 다른 선수가 된 구강혁! 투구수도 6회까지 고작 67개! 작년 리그 평균이 17구에서 18구 사이였음을 기록하면 너무도 좋은 페이스입니다.]
[투구수만 감안하면 7회에 나와도 이상하지 않죠. 드래곤즈 타선은 내심 바뀌기를 바라고 있겠지만요.]
[하하. 선발승 요건을 못 채운 것도 아쉬운 대목입니다. 0의 행진이 계속되고 있는 네오 팔콘스 파크. 홈 팬들께서는 연패 탈출도 연패 탈출이지만, 구강혁이 첫 등판에서 승리를 거두는 모습을 보고 싶으실 거거든요.]

6회말.
다시 구강혁이 김용문과 마주섰다.
'……침묵 시위로 가자.'
6회까지를 최다 이닝으로 잡았던 김용문.
그리고 7회에도 던지고 싶은.
심지어 투구수를 극한까지 줄여 낸 구강혁.
두 사람이 짧은 침묵을 이어 가고서.
결국 김용문이 입을 열었다.
"……1루 채우면 즉시 교체다. 8회는 안 돼."
"으하, 감사합니다!"
7회 등판까지를 허락받은 상황.
구강혁이 웃으면서 동료들에게 향했다.
그리고.
마치 그를 기다렸다는 듯이.
6회말, 선두 타자로 나선 노재완.
슈욱!
따아아아악!
[아, 노재완 특유의 드러눕는 듯한 타법! 좌익수 뒤로! 좌익수 뒤로! 좌익수! 잡을 수 없어요! 아! 담자아앙!]
[갔어요!]
그가 박지후의 초구를 시원하게 받아쳤다.
"으악, 갔다!"
"재완아아아아앗!"
"시즌 1호, 드가자아아아!"

[넘어갔습니다! 노재완의 시즌 1호 홈런! 동시에 이번 경기 멀티 히트를 완성합니다! 팔콘스의 선취 득점!]

노재완의 마수걸이 홈런.

그와 동시에.

"끄아아아아! 재완아아아!"

구강혁의 시즌 첫 승 요건이 갖춰졌다.

 [아, 박지후가 여기서 내려가네요. 노재완의 선두 타자 홈런 이후 드래곤즈 더그아웃이 움직입니다. 시즌 첫 등판인데도 5회까지는 아주 좋은 피칭을 보여 줬던 박지후 투수입니다만, 여기까지였습니다.]
 [저는 나쁘지 않은 선택으로 보입니다. 박지후 투수, 5회부터 구속이 조금씩 하락하고 로케이션도 조금씩 몰리는 감이 있었거든요? 아, 지금 리플레이 나오죠. 보세요. 포수가 높은 공을 요구했는데 너무 몰렸어요.]
 [시즌 초반 타격감이 좋지 않은 노재완입니다만, 그럼에도 불구하고 박지후의 실투를 놓치지 않았습니다. 저희는 잠시 후 돌아오겠습니다.]
 마운드 방문.
 그리고 투수 교체.

공을 내주고 강판되는 박지후를 보며…….

드래곤즈 야수들이 마음을 다잡았다.

'박지후 선배도 저만하면 잘 던지셨다.'

'겨우 1점이야. 3이닝이나 남았잖아.'

'구강혁……. 저 자식만 내려가면!'

6회, 1점 차 승부.

3연승을 기록한 좋은 타격감과 함께.

충분히 따라갈 만한 상황이라고.

물론 구강혁이 내려가기를 바라는 것부터가…….

일종의 패배감을 부르기도 했다.

하지만 어쩌겠는가?

오늘 구강혁의 피칭이 완벽에 가까운데.

에이스, 그 이상의 피칭.

심지어 투구수도 적다.

'내려갈까? 제발 내려가라!'

'팔콘스 필승조라고 해 봤자 박창현에, 컨디션 따라서는 이대한. 거기에 이번에 트레이드된 원민준 정도일 텐데. 어떻게든 출루만 하면 해 볼 만한 투수들이야.'

'6이닝이나 던진 것 자체가 선발 경험 없는 투수에게는 부담이야. 팔도 식혔다가 달궜다가. 설마 7회에도 나오겠어?'

'아까 불펜 옆 관객석에서 박창현 어쩌고 하는 소리가 나왔는데, 이미 불펜에서 던지고 있는 거겠지. 그래, 7회만 돼 봐라. 이 자식들.'

기대는 욕망을 반영하기 마련.
그리고 6회말을 추가 실점 없이 막아 내고.
7회초가 되었을 때.
기대만큼의 절망이 드래곤즈 타선을 덮쳤다.
'시발, 또야!'
'젠장, 왜 또 나오는 건데!'
'적당히 좀 하고 가자! 어! 첫 등판 아냐!'
또 한 번 구강혁이 마운드에 올랐다.
"구강혁! 꺄악!"
"강혁아! 어쩌겠냐! 여까지 왔는데!"
"딱 1이닝만 더 막자! 엉!"
"9회까지 던지면 안 되나유!"
뜨거운 환호와 함께.
그리고 하필이면.
7회 선두타자는 또 최동민이었다.
타석에 들어서는 그를 보며……
구강혁이 생각했다.
'표정 좋고. 그래, 저 정도 근성은 있어야 드래곤즈 1번 타자쯤 하는 거지. 맥 안 빠지고 좋네.'
스프링캠프의 청백전도 떠올랐다.
첫 등판에서 마지막으로 상대한 타자.
'그때 윤호는 아예 질린 기색이었지. 투수 입장에서는 너무 반가운 얼굴이란 말이야. 아직 멀었다고 생각한 기억이 있는데, 결국 개막 라인업에도 못 들어왔어.'

최윤호는 지금 서산에 가 있다.

2군에서 시즌을 시작한 것이다.

그런 면에서 최동민은 인정할 만한 선수였다.

지난 2번의 타석에서 제대로 손 하나 쓰지 못하고 완벽하게 아웃카운트를 헌납했음에도 불구하고…….

여전히 투수를 노려보고 있으니까.

'조금이라도 다르기를 기대하겠지.'

그러나 의욕과 본능은 다르다.

'아마 이렇게 생각할 거다. 아무리 그래도 복귀 후 첫 선발이니, 투구수가 적다고 해도 힘이 빠졌을 거라고. 실제로 6회에는 변화구 비중을 늘리기도 했으니…….'

기대가 맞아떨어진다는 보장도 없고.

'그 기대마저 박살을 내주마. 내가 내려간 뒤로도. 아니, 내일 경기에도 영향이 갈 정도로 말이지.'

1구.

슈욱!

퍼어어엉!

"스트으으라이크!"

바깥쪽 존을 뚫어 내는 포심 패스트볼.

최동민은 반응하지 않았다.

공 하나를 일단 지켜본 것.

'그래도 잘 참기는 하네. 여전히 당겨치고 싶어하는 것 같기도 하고. 장점을 살린다는 건 좋은 전략이지.'

[바깥쪽 포심! 타석의 최동민, 반응하지 않습니다. 전

광판에는 144가 찍혔습니다. 역시 구강혁 선수도 힘이 좀 빠진 걸까요? 직전 이닝에도 최고 구속 146이 나왔습니다. 체인지업과 슬라이더 비중도 좀 높았고요.]

[그럴 수 있죠. 중계 화면에 표시되는 숫자, 이제 막 68이 됐습니다만. 이게 전부가 아니거든요. 야구를 늦게 접하신 팬분들께서는, 100구를 던졌다고 해서 쟤가 오늘 100구만 던졌겠구나. 그렇게 생각하실 수도 있는데 그게 아닙니다.]

[네. 경기 전 투구에 연습투구, 견제구 등까지 감안하면 실제로 투수가 던지는 공의 숫자는 훨씬 많습니다. 물론 전력투구와는 거리가 있겠지만요. 공격 이닝은 휴식을 취할 시간이기도 하지만, 다시 어깨를 달구는 것도 피로도를 높이고요.]

[맞습니다. 팔콘스 팬들께서는 오늘 구강혁 선수 완봉을 기대하시겠지만, 시즌 극초반이라는 점. 또 연패를 기록하며 팔콘스 필승조가 어제를 제외하면 등판이 없었다는 점을 감안하면 오히려 7회까지 올라온 게 이례적인 상황입니다.]

[사실 위원님께서는 7회에는 안 올라오지 않겠냐, 그렇게 말씀하셨거든요.]

[네. 김용문 감독이 제 예상을 깼네요. 그래도 구강혁 선수, 지금까지의 피칭만으로도 이 얼마나 귀한 투수입니까. 잘 챙겨 줘야죠.]

[그럼에도 7회를 맡긴 김용문 감독의 선택이 맞아떨어

질지, 2구째를 준비하는 구강혁 투수.]

그리고 2구.

슈욱!

부우우웅!

퍼어어어엉!

타이밍이 엇나간 헛스윙.

"스윙, 스트라이크!"

그리고 시원한 포구음.

양 팀 선수들과 관중들의 시선이…….

일제히 스크린으로 쏠렸다.

[아, 다시 148! 전광판에 148이 기록됩니다! 구강혁의 팔은 아직 식지 않았습니다. 1회 최동민에게 꽂아 넣었던 것처럼 148킬로미터 강속구를 꽂아 넣습니다!]

지치는 법을 모르는 듯한.

70구째.

148km/h의 포심 패스트볼이었다.

'아무리 봐도 8회까지는 절대 안 맡기실 거 같으니……. 힘을 아낄 필요가 없지. 1회만큼의 구속이 뽑힐 줄은 나도 몰랐지만.'

시범경기가 벌어지는 내내.

ABS에 적응함과 동시에.

루틴에 따라 꾸준히 투구수를 늘려 온 구강혁이다.

'100개까지는 던질 수 있다.'

스스로 판단한 한계 투구수는 100개.

'그렇게 생각은 했지만, 정규시즌 등판이 너무 오랜만인 데다, 선발을 준비한 게 이번 시즌이 처음이니까. 실전 등판에서는 그 100개를 전부 채우는 건 현실적으로 어렵겠다는 생각도 했지.'

하지만 실전과 연습은 다르다.

매 순간의 긴장감은 물론.

의식하든 그렇지 않든, 쏟는 에너지도 다르기 때문.

그러나.

'기우였어. 어깨가 내가 생각한 것보다 훨씬 더 잘 버텨주고 있다. 이대로라면……. 100개는커녕 110개, 120개를 던져도 될 것만 같아.'

여전히 어깨는 뜨겁다.

'브레이브스 시절에도 이렇게까지 던져 본 건 대체선발로 나갔을 때 정도인데. 평생 내가 어깨가 약한 선수라고 생각한 적은 없지만, 실전에서도 이렇게 잘 버텨 줄 줄이야.'

본인조차 그렇게 평가하는 마당에.

구강혁의 힘이 빠졌으리라는 마지막 기대.

그것마저 산산조각이 난 최동민.

심지어 2스트라이크로 몰린 카운트라면.

승부가 될 리 없었다.

슈욱!

부우우웅!

그럼에도 불구하고.

최동민은 힘껏 방망이를 휘둘렀다.

이대로 무너질 수 없다는 듯이.

문제는…….

"스윙! 배터 아우우웃!"

퍼어엉!

구강혁의 3구가…….

터무니없이 떨어졌다는 것.

[스윙 삼진! 119킬로미터짜리 체인지업입니다! 7회에도 떨어지지 않은 스터프를 자랑하던 구강혁이 이번에는 이번 경기 최저 구속을 갱신합니다!]

[이야, 구태성 위원님이 이 경기 보고 계실까 모르겠네요. 현대야구에서 뜨거운 인기를 구가하는 서클체인지업이 아닌 팜볼성 체인지업이 오늘 너무도 큰 효과를 발휘하고 있습니다.]

[매서운 타격감으로 드래곤즈 연승의 선봉장 노릇을 톡톡하게 했던 최동민, 오늘 구강혁을 상대로는 속수무책입니다.]

그리고 더 큰 문제는.

구강혁에 대한 좌절.

그것을 맛본 드래곤즈의 타자가…….

최동민뿐만이 아니라는 점이었다.

[아, 또 한 번의 삼진! 기존 자신의 한 경기 최다 탈삼진 기록을 10개로 갱신하며, 또 한 번의 삼자범퇴 이닝! 너무도 완벽한 피칭! 구강혁이 7회까지를 무실점으로 막아냅니다! 연패 탈출까지 앞으로 두 걸음이 남은 팔콘스!]

또 한 번의 삼자범퇴.

구강혁이 데뷔 첫 선발 등판을…….

7이닝 무실점 10K로 마무리한 후.

7회말에도 득점 없이, 8회초.

[트레이드의 또다른 주인공이죠? 원민준 선수가 시즌 첫 등판을 맞이합니다!]

마찬가지로 첫 등판을 맞이하는 원민준.

그가 마운드에 올라서는…….

3개의 아웃카운트를.

[팔콘스의 마무리, 주민상이 9회 마운드에 오릅니다. 어제는 블론세이브를 기록하며 다소 아쉬운 결과를 맞이했습니다만, 절치부심한 오늘의 등판은 어떨지.]

다시 9회초에는.

전일 등판에서 블론세이브를 기록한 주민상이…….

1사 후 볼넷을 허용했으나.

흔들린다면 얼마든지 흔들릴 상황이었음에도.

[헛스윙! 크게 벗어나는 슬라이더에 헛스윙 삼진! 드래곤즈 타선이 어제와는 다르게 집중력이 부족한 모습을 여실히 드러냅니다!]

오히려 드래곤즈 타선이 흔들리면서.

[높게 떠오른 공, 우익수 방면으로! 팔콘스의 새로운 우익수 한유민, 몇 걸음 움직이지 않고……. 잡아냈습니다! 경기 끝! 팔콘스의 한 점 차 승리!]

최동민의 우익수 플라이를 끝으로.

"와아아아아아!"
"이겼다아아아! 드디어어엇!"
"으어어어엉! 허어엉!"
팔콘스가 마침내…….
연패에서 벗어났다.
1점의 리드를 지켜낸 팔콘스의 시즌 첫 승리.
원민준의 홀드, 주민상의 세이브.
노재완의 결승 홈런까지.
활약한 선수는 적지 않았으나.
팬들이 연호하는 이름은 하나였다.
"구강혁! 구강혁!"
"구강혁! 구강혁! 구강혁!"
"강혁아! 사랑해! 내일도 던져 줘! 모레도!"

* * *

─오늘 경기 승리, 정말 축하드립니다. 경기 전부터 구강혁 선수를 향한 팬들의 기대감이 남달랐는데, 그 기대 이상을 해낸 경기가 아닌가 싶습니다. 단 78개의 공으로 무실점에 삼진도 10개나 잡아냈습니다! 소감이 어떠신가요?
─얼떨떨하기는 하지만 정말 기쁩니다. 연패를 끊어 냈다는 점에서 특히 만족스럽네요. 드래곤즈 투수진이 워낙 강한데, 재완이가 홈런을 쳐 준 덕분에 선발승을 거둔 게 아닌가 싶습니다. 삼진은, 음. 개인 기록에는 크게 신

경을 쓰지 않으려고요.

─네! 그렇군요. 9회에 1사 후 주자가 나갔습니다. 사실 어제 팔콘스가 역전을 허용하며 패배했는데요. 걱정이 되지는 않으셨나요?

─야구는 확률의 스포츠죠. 블론세이브는 언제나 나올 수 있어요. 어제도 드래곤즈 타자들이 좋은 승부를 했던 거지, 저희 투수들이 잘못 던졌다고 생각하지는 않았습니다. 믿고 기다렸고, 그냥 그렇게 막아 주시더라고요.

─브레이브스에서도 동료였던 원민준 선수도 오늘 홀드를 기록하셨는데요!

─아, 민준이 형도 고맙죠. 또……. 다른 고마운 분들, 하나하나 언급하기는 어렵겠지만. 7회까지 믿고 맡겨 주신 감독님, 늘 잘 지도해 주시는 김재상 투수코치님과 다른 코치분들께도 감사드리고……. 특히 류영준 선배님과 구태성 선배님. 두 분 덕분에 제가 선발 기회를 얻었지 않나, 그렇게 생각합니다. 정말 감사합니다.

─와, 좋습니다. 그래도 박상구 선수가 섭섭하겠어요!

─아, 맞다. 상구야. 진짜 고생 많았다. 고마운데 다음에는 안타 하나쯤은 좀 쳐 줘라……. 흐흐, 농담이고, 시원하게 밥 한번 살게.

경기 후.

구강혁의 수훈선수 인터뷰 영상.

→ 강혁아 니가 연패 끊어줄줄 알았다 나는

→ 애 경기 끝나고 진짜 늦게까지 남아 있다가 운영팀

장인가 뭔가 그 사람한테 끌려감
　→ ㅇㅇ근데 퇴근길에 또 팬들 만나서 사인 한참 해 주다 갔음 집도 근처인거 같던데 SNS에 영상 올라왔을걸ㅋㅋ
　→ ㅁㅊㅋㅋㅋ선발 괴롭히지 마라
　→ 응원으로 괴롭히자 난 유니폼 샀다
　→ 진작 사서 마킹도 했지ㅎㅎ
　→ 완봉까지 시키지 아쉽다
　→ 나도 아쉽긴 한데 뭐 첫경기니까!
　→ 투구수 보셈 ㅁㅊ놈임 분명 완봉경기 있을거
　→ 완봉이 아니라 기록이 문제 아님?
　→ ㄹㅇㅋㅋ우리도 노히터좀 해 보자
　→ 2000년이 마지막이지……. 19시즌에 당한 적은 있고 그때 직관 갔었는데 지금 생각해도 빡치네
　팬들의 반응은 뜨거웠다.
　→ 야 내일 선발 영후래!
　→ 영후야 제발 연승 가자
　→ 그래 시발 이제 그만 지자 제발!
인터뷰 영상 댓글창이 커뮤니티처럼 쓰였을 정도.
그리고 이튿날.
구강혁은 일찌감치 팔콘스 파크에 출근해…….
러닝 후, 어제에 이어 마사지를 받은 후.
"1회만 잘 넘겨라, 영후야. 잘하잖아."
"선배님 반만 따라가겠습니다!"

"뭐, 3이닝, 4이닝만 던지게?"

"헉. 7분의 6만 따라가겠습니다!"

선발 문영후와 짧은 덕담을 나누고…….

더그아웃 키퍼 역을 맡았다.

7분의 6을 전부 채우지는 못했지만.

문영후는 5이닝 1실점의 호투를 펼쳤다.

그리고.

어제는 장단 5안타, 1득점에 그쳤던.

여전한 난조에 시달리던 타선이…….

마침내 폭발했다.

5회말까지 무려 8득점.

다이너마이트 타선다운 속 시원한 타격이었다.

그 반면 좋았던 타격감이 무색하게도…….

드래곤즈 타선은 더 이상 득점을 하지 못했다.

[장단 13안타 폭발 팔콘스, 드래곤즈 상대로 9점 차 대승!]

[대전 팔콘스, 3연패 후 2연승!]

[팔콘스 문영후 5이닝 1실점, 시즌 첫 승]

[4, 5선발의 반란, 팔콘스 연승 이어가나?]

연패 후의 2승.

팔콘스의 기세가 오르기 시작했다.

'내일부터는 파이터스와의 홈 시리즈. 하, 이거 참. 어째 벌써 등장곡이 듣고 싶네. 원정이라 팔콘스 파크에서만큼 뜨거운 분위기는 아니겠지만.'

다음 상대는 서울 파이터스.

선발은 도미닉.

'나는 다음 시리즈, 타이탄스와 첫 경기에 등판이다. 사직 원정은 묘하게 사람 가슴을 뛰게 만드는 면이 있단 말이지.'

시리즈 내내 구강혁은 등판 예정이 없다.

'7이닝을 던지고 나니 다음에는 8이닝을 던지고 싶단 말이야. 아니, 완투까지 하면 더 좋고. 인터뷰 영상에도 그런 이야기가 많았잖아. 완봉이나 노히터를 기대하는 댓글.'

다음 등판은 타이탄스와의 원정 시리즈.

'노히터를 생각하면서 던지는 건 좀 웃기는 일이겠지. 김용문 감독님 스타일을 감안하면 9회를 전부 맡는 것도 쉽지 않을 테고. 그래도, 완봉승은 해 보고 싶다. 애초에 완봉을 원하지 않는 선발이 있기나 하겠어?'

그 첫 경기다.

'특히 완투는 좀 애매해도, 완봉까지 하면 뱀 문신이 자랄 거 같다. 이번에도 그런 묘한 느낌이 든단 말이지. 오키나와에서 스타즈를 상대하기 전에, 선발승이 문신에 영향을 줄 것 같다는 느낌을 받았던 것처럼……'

* * *

3연패 후 2연승을 달린 팔콘스.

파이터스와의 홈 시리즈에서…….
첫 선발로 나서는 투수는 도미닉이었다.
[팔콘스 파크에서 강한 도미닉, 파이터스전 선발 등판]
[홈 첫 등판 도미닉, 연승행진 이어가나?]
[13안타 때려 낸 팔콘스 타선, 기세는 올라왔다]
→ 민익아! 제발! 5할 승률 드가자!
→→ 도민익 선생님이 니 친구냐?
→ 도미닉은 저번에도 잘 던졌지
→→ ㅇㅇ타선이 죽쒀서 그렇지 QS함
→→ 일단 여권부터 뺏고 보자
→ 선발들은 대체로 잘하고 있는 듯?
→→ 로건 4이닝 3실점ㅋㅋ 교체ㄱ
→→ 에이 겨우 한 경기 던졌는데 뭘
팬들은 기대를 숨기지 않았다.
그리고 이어진 경기.
[대전 팔콘스, 파이터스 상대 승리로 시즌 첫 3연승!]
[5할 승률은 맞췄다…… 팔콘스 베네수엘라 듀오 대활약]
[팔콘스 선발 도미닉, 또 한 번 QS로 시즌 첫 승!]
도미닉의 7이닝 6K 무실점 호투.
거기에 페레즈의 4타수 3안타 3타점 맹타까지.
공수양면에서 외인들이 활약하며…….
팔콘스가 5할 승률을 맞춰냈다.
3연승에, 선발진의 3연속 호투.

전승을 기록하고 있는 1위 가디언스에 이어.
4승 2패의 스타즈, 재규어스, 드래곤즈가 공동 2위.
팔콘스는 파이터스와 나란히 5위에 올랐다.
시즌 초반 순위가 걸린 파이터스와의 2경기.
선발투수는 로테이션에 따라 로건.
4회까지 무실점으로 적응한 모습을 보였으나…….
5회 2사 후 볼넷을 허용.
연이은 안타로 끝내 3실점으로 강판되었다.
설상가상으로 구원 등판한 우투수 이민호가 주무기인 스플리터의 제구 난조를 보이며, 추가로 3실점.
타선의 뒤늦은 추격에도 불구.
팔콘스는 4점 차의 패배를 맞았다.
[로건 또 한 번 불만족스러운 피칭, 팔콘스 연승 종료]
[류영준, 첫 승 수확할까…… 파이터스 3차전 선발]
→ 역시 외인은 베네수엘라에서 데려와야
→ 로건은 어디 사람인데?
→ 어ㅋㅋ메리칸ㅋㅋ
→ 스카우트팀 일해라
→ 딱 민익이 정도만 데려와
→ ㄹㅇㅋㅋ
그리고 경기 당일.
구강혁이 류영준의 캐치볼 파트너를 자처했다.
"선배님, 컨디션 엄청 좋으신데요?"
"그래, 나쁘지는 않네."

"이러다 전성기 때처럼 던지시겠어요."
"얼씨구."
그렇게 웜업을 모두 마친 후.
"선배님께서는 완투 많이 해 보셨죠?"
구강혁이 슬쩍 물었다.
메이저리그 진출 전까지 무려 27번의 완투.
완봉도 8번이나 기록한 류영준.
"왜, 완투하고 싶냐?"
"그렇게 물어보시면 당연히, 흐흐. 맞습니다."
"하기야. 완투는 느낌이 다르지."
"메이저리그에서도 3번이나 완봉하셨잖습니까."
"마지막은 7이닝이었는데, 뭐."
"그래도요."
"그래도는 무슨. 한국 와서는 8이닝 채운 것도 손에 꼽는데. 나도 늙었어, 완투 타령 하지 말아라. 그리고 인마, 네 지난 경기가 7이닝이었으면 너도 완봉이었어."
"에이, 그게 비교가 되겠습니까? 저는 드래곤즈 타자들한테 던졌고, 선배님께서 상대한 건 텍사스 레인저스 타선이었는데."
"아이고, 후배님. 나 어지럽다. 뭐가 궁금해서 비행기를 그렇게 태우는 건데?"
"흐흐, 그냥요. 지난번에 제가 투구수가 적기도 했고……."
"그래. 결국 완투를 하고 싶다는 거잖아? 그런데 한국에서는 갈수록 완투는 안 시키는 추세지. 팔콘스만 그런 것도 아니고 말이야. 완봉승은, 음. 작년에 박해준이가 한번 했지? 재작년에는 있었나?"

"24시즌에는 한 번 있었습니다."

23시즌, KBO 발족 후 최초로.

리그를 통틀어 완봉 기록이 없었다.

24시즌에는 타이탄스의 윌리엄스가.

작년에는 스타즈 박해준이 1회씩을 기록했을 뿐.

비단 KBO만 그런 추세인 것도 아니다.

투수의 분업화로 대표되는 현대야구.

세계적으로 완봉은 귀한 기록이 되고 있다.

"우리 감독님, 팔콘스 오기 전에 야인으로 계신 시간이 꽤 길었지. 그간 정말 야구 공부 많이 하셨더라. 그러니까……. 저번 경기도 사실 완봉 페이스였잖냐? 옛날 같았으면 기세를 생각해서 끝까지 맡기셨을 수도 있는데."

"요즘은 안 그러신다는 말씀이시죠?"

"그렇지. 뭐, 야구에는 만약이 없다잖냐. 투구수가 적었으니 8회, 9회도 막았을 거다. 그런 가정은 아예 의미가 없다는 거지."

구강혁이 고개를 끄덕였다.

"맞는 말씀이십니다."

"그래도 9이닝을 온전히 막고 싶으면, 흐음. 여러 요소를 종합적으로 갖춰야겠지. 아, 그렇다고 감독님 찾아가서 다짜고짜 완투하겠습니다, 그러지는 말고. 요즘 인자한 할아버지 같으셔도 옛날 성격 어디 안 가셨다고."

"네. 당연히 안 그래야죠."

"그럼 됐고. 어쨌든……. 그래도 완투를 하고 싶으면, 음. 일단 투구수 관리는 저번 경기에도 좋았지. 애초에 이 시점에 네 투구수를 늘릴 만한 팀이 많지 않아. 기껏해야 가디언스 정도일 테지."

"아, 감사합니다."

"뭐가 감사해? 사실이 그런데. 타순 한두 바퀴가 아니라 한두 경기를 다 봐도 빡세겠지. 유민이처럼 죽어라 너한테 달라붙어 있어야 커트라도 하지. 솔직히 우리 팀 타자들도 별반 다를 건 없을 거다."

구강혁이 멋쩍은 듯 뒷머리를 긁었다.

"하하……."

"문제는 투구수는 숫자일 뿐이라는 거야. 감독님이 보시기에는 더 그럴 테고. 그러니까……. 투구수 관리 이상의 경기 운영 능력을 보여 드려야겠지."

"으음, 완급조절 말씀이십니까?"

류영준이 만족스레 고개를 끄덕였다.

"그래."

지난 등판.

구강혁의 포심 패스트볼은…….

'나도 나름대로 구속을 조절하기는 했는데. 최동민이 3번째로 들어왔을 때는 효과도 좋았고.'

최고 148km/h.

최저 144km/h를 기록했다.

구강혁이 생각에 잠긴 사이.

류영준이 다시 말했다.

"아마 지난 경기에 이렇게 생각했을 거야. 이야, 이거 생각보다 컨디션 유지가 잘 되는데? 100구는 껌이겠어. 아니, 100구가 뭐야. 120구는 던질 수 있을 거 같구만."

"헉."

구강혁의 말문이 막혔다.

류영준의 말 그대로였기 때문.

"그게 진짜 그런다는 보장? 없어. 그리고 지금은 이런 생각도 했겠지. 완급조절을 하기는 했는데. 근데, 그게 아니야. 말이 완급조절이지, 구태성 선배님한테 체인지업 배운 요령으로 구속을 줄였던 거 아냐?"

"맞습니다……."

이번에도 마찬가지였다.

그립을 만들 때의, 손바닥과 공의 거리.

그 방식을 응용해 구속을 조절했다.

체인지업은 새끼손가락을 이용했다면.

포심을 던질 때는 약지를 이용해서.

"그 정도로는 부족해. 보자, 골프로 치면……. 채만 바꿔서 똑같이 휘둘렀던 셈이니까. 물론 전략적으로는 좋은 완급조절이었지만, 그게 네 팔에도 도움이 됐냐고 물으면 아닐 거야."

세계 최정상급의 로케이션.

구분이 불가능한 암 스윙.

특유의 변화구 습득 능력까지.

류영준을 최고의 투수로 만든 능력은 수없이 많다.

그러나 그 가운데 결코 빼놓으면 안 될 장점.

바로 완급조절이다.

'거기까지는……. 생각이 못 미쳤다. 지난 등판에서도 내 팔이 생각보다 튼튼하다는 생각이나 했지. 실제로 120구를 던진 것도 아니었는데 말이야.'

구강혁이 침음했다.

트레이드 전.

브레이브스에서의 짧지 않은 경력.

그 전부를 릴리프로 뛰었던 탓일까.

당장은 상상하기도 쉽지 않았다.

"……그런 완급조절은 어떻게 하는 겁니까?"

류영준이 즐거운 듯 웃었다.

"후후후, 그거야말로 재능의 영역이지."

구강혁도 쓴웃음을 지었다.

설령 힘 조절을 한다고 해도.

같은 구질인데, 스윙이 눈에 띄게 차이가 난다면?

어깨는 아낄 수 있을지언정…….

완급조절의 의미는 퇴색되는 셈.

"물론 네가 아무리 기깔난 완급조절을 해내도 감독님은 완투까지는 안 시키려고 하실 거야. 완투 후유증이란 것도 있고……. 어지간히 계투진이 망가진 게 아니면 필요성도 낮으니까."

"으음, 그럼 어떻게 완봉을……."
"어쭈, 이제 아예 완봉까지 갔네."
"기왕이면요, 흐흐."
"당장 다음 경기에서는 택도 없겠지만, 보자. 상황이 잘만 맞아떨어지면 내가 한두 마디쯤 말씀드리는 건 어렵지 않지. 감독님, 완봉 한번 시키시죠. 얼마나 효과가 있을지는 차치하고 말이야."

워낙 인연이 깊은 김용문 감독과 류영준이다.

구강혁이 해맑게 고개를 끄덕였다.

"알겠습니다, 일단 열심히 해 보겠습니다."

그렇게 대화를 마치고서.

환호 속에 경기가 시작됐다.

'아, 보여 주시겠다는 것처럼…….'

류영준의 앞선 경기 최고 구속은…….

148km/h로 구강혁과 비슷했다.

그런데도 150km/h짜리 포심을 뿌리다가…….

135km/h의 포심을 던지는 등.

보다 완벽한 완급조절을 선보였다.

'정말 차원이 다른 피칭이다. 더그아웃에서 봐서는 도저히 스윙이 구분이 안 돼. 150짜리 포심인지, 135짜리 포심인지……. 타자들 입장에서도 별반 다르지 않겠지.'

투구수도 이닝당 10개 수준.

그러나, 7회.

실책 없이 좋은 수비를 보여 주던 3루수 노재완이 평범

한 땅볼에 송구 미스를 저질렀다.
"캬, 이래야 팔꼴스지!"
"야, 이 자식들아! 영준이 승 어쩔래!"
"자자, 드가자! 류영준이 별 거냐!"
관객들의 야유와 환호가 공존하는 가운데.
마치 분위기에 휩쓸린 듯……
또 한 번의 실책이 나오며, 1, 2루 상황.
파이터스 타선은 기회를 놓치지 않았고.
류영준의 등판은 6과 1/3이닝, 무자책 3실점으로 마감.
9회까지 간격을 좁히지 못한 팔콘스가 또 한 번의 연패를 기록함과 동시에, 류영준의 시즌 첫 승이 미뤄지고 말았다.
"고생 많으셨습니다, 선배님."
"그래. 이걸 말 안 했네."
"네?"
"투수 기록은 원래 수비들이 만드는 거야."
"하하……."
3승 5패 상황.
다음 시리즈는 타이탄스 원정.
휴식일이자 이동일인 월요일 오후.
네오 팔콘스 파크에 모인 선수단이 버스에 올랐다.
구강혁의 옆자리에는 원민준이 앉았고.
"크허어어어, 푸. 크허어어어어, 푸."
시원하게 잤다.

'참 기가 막히게 자네.'

부산으로 내려가는 길.

구강혁이 오랜만에 조영준에게 메시지를 보냈다.

[구강혁: 부산 가는 중이에요!]

답장은 곧바로 왔다.

[조영준 형: 캬]

[구강혁: ㅎㅎ별일 없으시죠]

[조영준 형: 그치 어떻게 얼굴 볼 짬은 나겠냐]

[조영준 형: 오늘은 나도 일정이 좀 빡세고 너도 내일 등판이잖아 딱 오늘 보면 좋은데 아쉽네]

[구강혁: 네 빠듯하긴 해도 이동일에 보는 게 좋을 거 같아요 형 선물도 챙겨왔어요]

[조영준 형: 또 뭔 선물이야 됐어 인마]

[구강혁: 술인데?]

[조영준 형: 사랑한다]

[구강혁: ㅋㅋ아 형이랑 할 얘기도 좀 있는데]

구강혁이 김윤철과의 대화를 떠올리며 메시지를 보냈다.

이번에는 조금 텀을 두고 답장이 왔다.

[조영준 형: 혹시 브레이브스 문제냐?]

[구강혁: 누가 혹시 연락했어요?]

[조영준 형: 그건 아닌데. 요즘 여론이 워낙 안 좋잖냐]

2승 6패를 기록하며.

타이탄스와 함께 나란히 최하위인 브레이브스.

[구강혁: 맞기는 한데 얼굴 보고 말씀드릴게요]

[조영준 형: 그래 인마 일단 잘 던져]

[조영준 형: 저번 경기만큼만 던지면 골든글러브가 뭐냐, MVP도 우습겠구만]

[구강혁: 형 지분도 만만찮아요]

[구강혁: 제 맘 알죠 형]

[조영준 형: 로봇청소기에 술이면 차고도 넘친다]

[조영준 형: 곧 보자!]

* * *

구도(球都)라 불리는 도시, 부산.

그 야구열기의 중심, 사직구장에서 벌어지는…….

팔콘스와 타이탄스의 시즌 첫 맞대결.

→ 탄꼴라시코 드가자!

→ 팔) 팔꼴라시코겠지 새갸

→ 탄) ㅋㅋ지난시즌 10위 어디죠?

→ 팔) 하 시바

→ 팔) 됐어 어차피 강혁이가 털어줄 거임

→ ㄹㅇㅋㅋ 뱀직구 맛 좀 봐야지

→ 탄) 하 시발

팬들의 뜨거운 관심이 쏟아졌다.

작년 8위를 기록한 타이탄스.

그리고 10위를 기록한 팔콘스.

[부산 타이탄스와 대전 팔콘스의 시즌 첫 맞대결. 사직에서 보내 드립니다. 안녕하십니까.]

[안녕하십니까.]

[팔콘스의 선발은 지난 경기, 최고의 피칭을 보여 준 구강혁입니다. 드래곤즈 강타선을 말 그대로 꽁꽁 묶어 내며 10개의 삼진을 잡아냈는데요.]

[네. 정말 기가 막힌 피칭이었죠. 많이들 찾아보셨겠지만, 포심의 평균 회전수가 분당 2,500회에 육박했고, 그 숫자 이상의 무브먼트를 보여 줬어요. 드래곤즈 타자들은 단 한 번도 정타를 만들지 못했습니다.]

[아직 시즌은 극초반입니다만, 팔콘스가 스토브리그에서 보물들을 많이 데려왔다는 평가가 많습니다. 지금까지의 활약으로는 구강혁 선수가 그 가운데 가장 빛나지 않나 싶습니다.]

[네. 사실 이 선수, 드래프트 당시 거의 최하위로 지명이 됐었거든요. 그러다가 부상에, 입대에, 전역하자마자 트레이드. 그리고 드라마틱한 성장세까지. 그야말로 만화 같은 활약이에요.]

[하하, 그렇네요. 그런데 또 만화 같기로는 오늘 타이탄스 선발, 나성환 투수의 스토리도 어디 가서 빠지지 않죠. 포수로 프로에 입단해서 기량이 다 올라오지 않은 채로 주전 자리를 떠맡았었는데요.]

[후후, 이제 와서 말이지만 정말 욕 많이 먹었죠.]

[하하하, 지나간 일이니까요. 당시의 비난이 무색하게

도, 투수로 포지션을 변경한 나성환은 22시즌을 기점으로 눈부신 기량 발전을 보였습니다. 지금에 와서는 박세훈 선수와 함께 타이탄스의 선발진을 이끌고 있습니다.]

[네. 지난 경기에도 아주 잘 던졌죠.]

[그렇습니다. 이른 시점에 시즌을 시작했음에도 순연되는 경기 없이 모든 팀이 8경기씩을 치른 지금, 팔콘스가 3승. 타이탄스가 2승으로 양팀 모두 좋지는 않은 시작입니다만, 두 선수는 모두 지난 등판에서 선발승을 기록했습니다.]

[타이탄스에는 나성환 말고 선발승을 거둔 선수가 없죠. 맞대결을 펼치는 두 선수 모두 지난 등판 무실점이에요.]

[맞습니다. 현재까지 실점이 없는 두 선수, 같은 우완이지만 스타일은 아주 다르지 않나 싶은데요. 어떻게 보십니까?]

[이야, 달라도 너무 다르죠. 구위로 찍어 누르는 정통파 나성환, 사이드암에 가까운 로우 쓰리쿼터 투구폼으로 던지는 구강혁. 뭐라고 할까요. 돌직구와 뱀직구의 대결이라고 하면 될까요?]

[오, 좋은 표현이네요. 공교롭게도 양팀 타선이 다득점을 기록한 경기가 한 경기에 불과한 침체기인데, 4선발끼리의 대결이라기에는 너무도 탁월한 양팀 선발을 어떻게 공략할지도 관전 포인트가 되겠습니다.]

물러설 수 없는 승부.

먼저 마운드에 오른 건 나성환.

1회부터 152km/h의 강속구를 던지며…….
[헛스윙 삼진! 황현민, 8구 승부 끝에 결국 헛스윙을 하고 맙니다. 긴 승부는 좋았습니다만 이번에는 잘 떨어지는 커브에 완전히 속았어요.]
황현민을 삼진.
[3구 타격! 아, 내야를 빠져나가지 못합니다! 유격수, 1루로 송구! 여유롭게 잡아내면서 2아웃이 됩니다!]
페레즈를 유격수 땅볼.
[5구째, 타격! 아! 이게 웬일입니까! 한유민의 좋은 타구가 2루수의 글러브로 그대로 빨려 듭니다! 이닝 끝!]
한유민을 2루수 직선타로 잡아냈다.
'와, 거의 에이스급인데? 이렇게 공이 좋았나?'
뒤이어 1회말.
구강혁이 마운드에 올랐다.
그리고.
둥! 둥! 둥! 둥!
이제는 익숙한 인트로가 들렸다.
'아, 3루에서…….'
전석 중립을 원칙으로 하는 KBO지만.
광주와 대구를 제외한 대부분의 구장이, 1루 홈, 3루 원정으로 응원석을 운영하는 상황.
3루 원정 응원석을 가득 채운 주황색 물결이.
또, 관중석 여기저기에 자리한 많은 팬이.
응원단장의 앰프와 함께…….

구강혁의 등장곡을 육성으로 부르기 시작했다.
둥! 둥! 둥! 둥!
Snake From the Hell.
Unleashed on This Field······.
구강혁의 입꼬리가 자연스레 올라갔다.
'홈만큼의 분위기는 아닐 줄 알았는데, 이건 이거대로 느낌이 좋네. 첫 타자만큼은 확실히 때려잡아야겠어. 그리고······. 원정 팬들께도 승리라는 선물을 드린다.'
그리고 등장곡의 가사처럼······.
구강혁이 사직에 풀려날 준비를 마쳤다.

* * *

어느 대문호가 적어 낸 명문장처럼.
강팀은 다들 비슷한 이유로 강하다.
4명, 최소 3명의 안정적인 선발.
경기 후반을 맡길 수 있는 불펜.
누군가가 침묵하면 누군가는 해결하는 타선.
올려야 하는 카운트를 올려 주는 수비력까지.
작년을 기준으로 둔다면.
통합 우승을 차지한 서울 가디언스.
업셋으로 한국시리즈에 진출한 광주 재규어스.
최종 3위를 기록한 수원 스타즈까지도.
세부적인 지표의 차이는 있을지언정.

모두 이러한 장점을 두루 갖춘 팀들이었다.
그리고 그 반면…….
약팀은 저마다의 원인으로 약팀이 된다.
작년의 대전 팔콘스?
선발진이 와장창 무너졌다.
대구 울브스?
이쪽은 불펜진이 허구한 날 볼넷을 남발했고.
부산 타이탄스는…….
야수진이 문제였다.
정규시즌 8위로 밑에 두 팀을 두기야 했지만.
팀 타율은 10위였다.
9위를 기록한 울브스와 1푼 가까이 차이가 날 정도로.
숫자가 전부도 아니었다.
단발성 안타가 대부분이었으니…….
8위도 호성적이나 다름없었다.
물론 야구는 흐름의 스포츠다.
하나의 문제점은 다른 문제로 이어지기 마련.
선발진이 무너지면 불펜에 과부하가 걸리고…….
대량 실점으로 수비 이닝이 길어지면?
야수들은 타석에서도 집중력을 잃는다.
하나의 약점이 팀 전체에 영향을 끼치는 악순환.
오늘 사직에서 맞붙은 두 팀은…….
아직 시즌 초반이기는 하지만.
원정팀인 팔콘스의 선발진이 나름의 안정화에 성공.

기존의 약점을 극복하기 시작했다면.

타이탄스 야수진은 여전한 문제를 보였다.

[부산 타이탄스, 8경기 6실책…… 집중력 어디로?]

[송구 실책 하나 눈덩이처럼 굴렀다, 5회 빅이닝 허용한 타이탄스, 오늘도 패배]

[투수들은 잘 던지는데…… 타선 침묵, 타이탄스 연패]

시즌 초반이라고는.

또 프로라고는 믿을 수 없는 집중력.

특히 실책들은 패배로 직결됐다.

"마! 이게 야구가!"

"느그가 프로가!"

"때리치라, 마!"

팬들의 아우성도 이해가 갔다.

타이탄스의 1번 타자이자 주전 중견수.

황기준이 생각하기에도 그랬으니까.

'솔직히 타선은 작년이랑 그다지 다를 게 없다. 프로라기에도 부끄러운 수비가 한두 장면이 아니었어. 그렇다고 우리가 스토브리그에서 대단한 보강을 한 것도 아니고……. 하, 팔콘스를 부러워할 날이 오다니.'

시즌 초반.

여전히 화력을 보여 주지 못하는 타이탄스 타선.

개중에도 유일한 3할 중반대의 타율로…….

고군분투하는 좌타자 황기준.

'아직 구강혁이 선발로 등판한 경기는 단 한 번에 불과

하지만, 그 드래곤즈 타선을 상대로 완벽투를 보여 줬다. 더 이상 브레이브스 시절을 생각하며 얕보는 타자는 없어야 해. 없어야 하는데.'

그는 구강혁의 탁월함을 인정했다.

그게 자연스러운 일이기도 했고.

'……모르겠다. 직접 경기 영상을 찾아보는 것까지는 기대도 안 하는데, 분석팀에서 준비해 준 영상. 그거라도 보기나 했는지.'

그러나.

"에이, 구강혁이? 뽀록이겠지!"

"설마 팔콜스 놈들한테 지겠어?"

"맞다. 요즘 그마이 던지는 아가 박해준이 말고 더 있나? 생소해가 못 친 기라, 생소해가!"

타이탄스의 야수들은 안일했다.

그 안일함을 감출 생각도 없었고.

그나마 정신이 똑바로 박힌 후배들을 불러…….

"기본적으로 마운드에 가까이 설 필요는 있겠지. 변화가 심한 공에는 정적적인 대처니까. 그래도 드래곤즈 애들 치는 거 보니까 몸쪽 틀어막겠답시고 안으로 들어가는 건 별 의미가 없더라."

"차라리 서던 대로 서는 게 낫겠더라고요."

"맞아. 일단 첫 타석에는, 그래. 구강혁이 무브먼트가 좋은 건 사실이지만 아직 완급조절에는 미숙해. 어깨를 타고났는지 구속 저하도 크지 않고……. 그 점을 역으로 노리자고. 초반에는 타석을 버리는 한이 있어도 공을 제대로 보는 거야."

"네. 저도 똑같은 생각임다. 지난 경기 몇 번이나 돌려 봤는데 확실히 전력투구 비중이 높더라고요. 내려가기 전까지 구속 편차도 별로 안 나오고. 선발 경험이 없어서 그런가."

"그렇겠지. 다른 선배들이야……. 하, 모르겠지만. 우리끼리라도 최대한 대화를 많이 나눠야 된다."

"지가 아무리 제구가 좋아도 팔 각도가 거의 사이드암이나 마찬가진데, 한두 개쯤은 맞아서라도 나갈 수 있지 않겠슴까?"

"그래. 우리끼리라도 단단히 마음을 먹자. 볼넷은……. 솔직히 쉽게 내줄 거 같지가 않지만, 사구를 맞아서든. 바가지나 내야안타를 만들어서라도 나가자고."

"네."

"넵!"

"내일 선발인 성환이도 캠프 때부터 컨디션이 좋아. 지난 등판에도 잘 던졌잖아? 우리가 한 점씩이라도 짜내면 충분히 이길 수 있어."

최악이나 다름없는 분위기에도.

나름의 전략을 세우기는 했다.

공을 맞아서라도 나가자고.

그건 사실 전략이라기보다는.

일종의 각오였다.

선두 타자로서, 더 늦기 전에.
어떻게든 팀의 분위기를 끌어 올리고…….
멀게만 느껴지는 가을야구.
그를 위해 달려 나가겠다는 단단한 각오.
그러나.
슈웃!
퍼어어엉!
"스트으으으라이크!"
구강혁의 초구.
148km/h의 포심 패스트볼이 미트에 때려 박혔을 때.
"허."
황기준의 그 단단한 각오마저 꺾일 뻔했다.
'……맞을 생각이었는데.'
좌타자인 자신의 몸쪽을 찌르는 포심.
여차하면 맞겠다는 마음가짐 그대로.
한 뼘조차 물러서지 않았지만.
'16인치, 아니. 17인치는 휜 건가? 마운드에 붙고 자시고가 문제가 아니잖아. 무슨 공이 이 지랄이야? 미친놈이 따로 없네.'
빈볼처럼 날아오던 공은…….
말 그대로 뱀과 같이.
급격한 무브먼트를 보이며, 존으로 빨려 들었다.
'영상으로 보던 것과는 차원이 달라.'
구강혁에게 공을 돌려주고는…….

박상구가 말했다.
"캬, 이걸 그대로 서 있어?"
놀랍다는 듯이.
황기준은 대답하지 않았다.
'그래도 칠 수 없는 공은 없다.'
그렇게 생각했을 뿐.
그리고 2구.
슈욱!
퍼어어엉!
이번에는 바깥쪽, 낮은 포심.
'좋아, 볼…….'
스윙은 하지 않았다.
"스…….트라이크!"
그리고 이어지는 스트라이크 콜.
황기준이 황당한 듯 주심을 쳐다봤다.
"아니, 이걸……."
어떻게 치라고.
말을 거기까지 잇지는 않았다.
판정은 기계가 하는 거니까.
'칠 수 없는 공도, 사실 있기는 한데…….'
인상을 구기며 맞이한.
3구.
슈욱!
'이건 확실히 높다, 최소한 커트를!'

부우웅!

퍼어엉!

2스트라이크로 앞선 카운트에서도.

변화구를 존 안에 집어넣은.

"스윙, 스트라이크, 배터 아웃!"

그런데도 타격감이 좋은 황기준이…….

배트에 맞추지조차 못한.

확실하게 떨어지는 체인지업.

삼진을 잡아내는 공격적인 피칭.

'삼구삼진…….'

황기준이 눈을 질끈 감았다.

배트를 부숴버리고 싶은 욕구가 차올랐지만.

꾹 참아내고서.

대기타석의 2번 타자.

어제 대화를 나눈 후배.

김동한에게 자연스럽게 다가갔다.

"어제 말했던 것처럼 1회부터 전력 피칭이야. 완급 따위 없어. 140 후반, 아니. 150 초반 포심에 타이밍을 맞추면 될 거 같다. 변화구는……. 과감하게 버리고. 여차하면 확 질러 버려."

"알겠슴다."

그리고 뒤이은 김동한의 타석.

슈욱!

퍼어엉!

"……어?"

첫 타자, 황기준을 잡아낸 구강혁이.

[초구부터 타격! 아, 완전히 먹힌 타구! 2루수 대쉬! 송구 완벽합니다. 두 타자 연속 아웃!]

[방금은 타이밍이 완전히 엇나갔어요. 정타가 나올 수가 없었습니다. 김동한 타자도 지금 포심을 하나 노렸는데 구속이……. 140이 찍혔거든요.]

[선두 타자 황기준을 상대로는 148대 빠른 공을 던졌는데요. 힘이 빠졌다기에는 이른 시점입니다.]

[그렇습니다. 제가 알기로 구강혁 선수가 5일 휴식 후 등판이거든요. 1회부터 체력 문제라기보다, 이 투수가 어느 정도 완급조절을 시작했다. 그렇게 봐야 하지 않을까 싶습니다.]

완급조절을 시작했다.

그리고.

[……구강혁, 연달아 삼자범퇴 이닝을 만들어 냅니다. 지금 지난 등판에 비하면 확실히 힘을 덜 들인 피칭을 선보이고 있는데, 타이탄스 타선이 그런 구강혁을 전혀 공략하지 못하고 있어요.]

[타이탄스 선발 나성환 투수도 지난 등판에 이어, 볼넷은 내주더라도 안타는 허용하지 않는 짠물 피칭을 선보이고 있습니다. 경기 전 많은 분이 기대하신 투수전이죠? 돌직구와 뱀직구가 모두 만만치 않습니다.]

3회초.

1사 후, 황현민이 기습번트를 시도.

[황현민의 기습적인 번트! 아, 대쉬하는 3루수 옆을 빠져나가는 공. 유격수 어렵게 잡아냈습니다만 이미 타자는……. 아, 2루까지 뜁니다!]

[2루가 비었어요!]

[세이프! 타이탄스 내야가 당황한 기색을 감추지 못합니다. 황현민의 영리한 번트가 무려 2루 출루로 이어집니다!]

2번 타자로 나선 한유민이…….

[당겨친 타구! 우전 안타가 만들어집니다! 황현민 3루 돌아 홈으로, 홈으로, 홈! 송구하지 못하는 타이탄스, 한유민의 적시타로 팔콘스가 한 점 앞서나갑니다!]

적시타를 뽑아냈다.

1점의 리드를 빼앗긴 타이탄스의 4회말.

다시 선두 타자로 들어온 황기준이…….

'완급조절은 무슨, 큰 코 다치게 해 주마!'

슈욱!

따악!

[6구째 타격! 유격수 황현민의 슬라이딩 캐치! 1루 승부! 아, 세잎! 세이프입니다! 절실한 황기준의 내야 안타! 팔콘스, 챌린지를 신청하지 않습니다. 구강혁의 퍼펙트를 깨뜨리는 황기준!]

138km/h의 낮은 포심을 받아치며.

기어코 내야안타를 뽑아냈다.

"그래, 기주이! 니뿐이 없다!"
"우짜노, 여까지 왔는데!"
"그래! 홈까지 드가자!"
그리고 다시 2번 타자 김동한의 타석.
1점 차 승부에…….
타이탄스 더그아웃에서는 번트 사인이 나왔다.
'그래, 번트 하나는 기가 막히게 대는 놈이지.'
강한 2번이 대세를 흔든다지만.
그럼에도 2번 타자의 기본적인 소양.
번트에 있어서는…….
둘째가라면 서러운 김동한.
슈욱!
퍼어엉!
[낮은 존을 뚫어 내는 스트라이크! 곧바로 1루로!]
1구 체인지업에…….
아예 배트를 맞추지 못하고.
"윽!"
뒤이은 박상구의 1루 저격.
"세이프!"
오히려 황기준이 잡힐 뻔했다.
겨우 베이스를 터치하고서.
흙투성이가 된 유니폼으로 지켜본 2구.
마찬가지로 번트 시도.
슈욱!

3장 〈203〉

틱!
이번에는 배트를 맞췄으나, 파울.
다시 148km/h의 포심 패스트볼이었다.
"마, 뭐하노!"
"진짜 야구 그래 할끼가!"
2스트라이크 상황.
뒤늦게 정상 타격을 시도했으나…….
슈욱!
부우웅!
퍼어어엉!
"스윙, 배터 아웃!"
147km/h의 포심에 헛스윙 삼진.
김동한이 고개를 푹 숙이고 타석을 떠났다.
그러다 잠깐 눈이 마주친 순간.
'도저히 못 맞추겠다는 표정이다. 완전히 질린 얼굴이야. 솔직히 이게 동한이 잘못인가? 모르겠다. 저런 식으로 공이 꺾이는데, 전 타석과는 다르게 구속이 확 올라오면……. 씨발!'
황기준도 고개를 떨굴 수밖에 없었다.
경기의 운명을 예견한 것처럼.

* * *

선두 타자의 내야안타를 허용한 4회.

상대적인 위기 상황.
김동한의 번트 실패에 이어…….
확실하게 기어를 올리며.
3개의 탈삼진을 추가한 구강혁.
그의 호투에 팔콘스 타선이 다시 응답했다.
5회.
볼넷으로 마찬가지로 선두 타자가 출루하며.
연이은 안타로 3점을 뽑아낸 것.
그리고 클리닝 타임이 지난 뒤.
6회까지도 무실점 피칭을 펼치는 구강혁을 보며…….
더그아웃의 류영준이.
슬쩍 김용문의 곁으로 다가갔다.
"감독님, 애가 참 장하지 않습니까?"
"뭐야?"
"그렇잖아요. 지가 알아서 완급조절도 하고."
김용문이 코웃음을 쳤다.
"그래. 저번 경기보다는 확실히 낫다. 그래도 재상이가 잘하는 애한테 먼저 가서 뭐라고 할 스타일이 아니지. 네가 몇 마디 던진 거잖냐?"
"으흐음, 그랬었나? 생각이 안 납니다."
"너는 나이 먹을수록 너스레만 느냐?"
"에이, 뭘요."
"그래서. 용건이 뭐야?"
"그냥, 애가 장하기도 한데……."

"한데?"
그리고 며칠 전의 약속대로.
"저랑 내기 하나 하시죠."
류영준이 김용문에게 운을 띄웠다.
구강혁의 완투 기회에 대한 운을.
"내기?"
"네. 강혁이가 앞으로 몇 경기 안에 완봉할지."
김용문이 눈썹을 찌푸렸다.
"내기는 인마, 말은 왜 돌려? 구강혁이를 뭐하러 완봉을 시켜? 주민상이도 한 번 흔들린 거 말고는 잘 던지고 있고, 원민준이나 박창현이도 컨디션이 나쁘지 않은데."
"에이, 팬들이 원하시잖습니까. 당장 오늘 경기에 완봉을 시키시라, 그런 말씀을 드리는 것도 아니고요."
"팬들이 원하는 건 승리야."
"압도적인 승리는 더 원하시죠."
"그건……. 네가 해라, 인마. 네가! 네가 하는 걸 더 좋아하실 거라고!"
"에이, 저는 7이닝도 버겁습니다, 이제. 그리고 젊고 잘생긴 강혁이가 하는 게 더 낫지 않겠어요?"
"왜, 저놈이 완봉하고 싶다던?"
"흐흐, 감독님. 완봉하기 싫은 투수도 있습니까? 뭐, 다른 건 몰라도 완봉이 귀한 시대 아닙니까. 한두 번쯤 기회를 주면 본인도 분명 배우는 게 있을 거예요."
"……감독 입장에서는 지금만큼만 해도 충분하다만?

나도 나대로 계산을 세웠어."
 "그래도 더 배워야죠."
 김용문이 눈을 가늘게 뜨며 되물었다.
 "더 배워서 뭐, 상이라도 받으라고?"
 "그까짓 상이 뭐 중요하겠습니까. 뭐, MVP나 골든글러브도 좋지만……."
 류영준이 웃으면서 말을 이었다.
 "더 잘 가르쳐서 보내야죠, 미국으로."

* * *

타이탄스는 구강혁이라는 벽을 넘지 못했다.
 주민상이라는 벽도 넘지 못했고.
 [대전 팔콘스 구강혁, 8이닝 무실점 호투!]
 [이런 4선발이 있다. 대전 팔콘스 '뱀직구' 구강혁에 대한 이야기다. 이날 부산 타이탄스와의 원정 2차전에서 선발로 구강혁은 8이닝 내내 타이탄스 타선을 안타 하나로 묶어 내며 무사사구 7탈삼진을 기록, 지난 경기에 버금가는 완벽한 피칭을 선보였다.
 이날 팔콘스 타선은 한유민의 결승 타점에 노재완의 쐐기 타점을 엮어 3점을 앞서갔다. 9회 등판한 마무리 주민상이 2탈삼진을 기록하며 1이닝을 완벽하게 막아 내며 팔콘스의 시즌 4승째를 지켜 냈다.
 …….이날 팔콘스 배터리의 테마는 '완급조절'이었다.

구강혁은 최저 136km/h, 최고 148km/h의 속구를 자유자재로 뿌려대며, 극단적으로 높은 포심 비중에도 불구하고 완벽한 경기 운영을 선보였다.

…….수훈선수 인터뷰에서 구강혁은 "상대 테이블세터진이 까다로운 선수들이라 철저히 준비했다"며 "야수진의 수비 집중력 덕분"이라고 동료들에게 공을 돌렸다.

…….완급조절에 대한 질문에는 "선발로서 더 많은 경기를 책임지려면 자신의 페이스를 조절할 줄 알아야 한다는 류영준 선배의 조언에 따른 것"이라고 답했다.]

→ 연패탈출은 구강혁ㅋㅋ
→ 오늘 경기운영 지리더라
→→ ㄹㅇ류영준산 완급조절 지렸음
→ 팔) 완봉은 왜 안 시켜 줌?
→→ 저번에는 7이닝 오늘은 8이닝ㅋㅋ
→→ 다음은 아시겠쥬?
→→ ㅋㅋㅋ승도 쌓고 세이브도 쌓고 좋지
→ 우리는 토종 에이스가 둘이다!
→→ 샤) 팔꼴스 설레발 떠네ㅋㅋ
→→ 팔) 떠는 건 창원 아재들이 아닌지?

또 한 번의 연패탈출.

비록 탈삼진은 지난 경기에 비해 적었지만.

그 점을 문제 삼는 팬은 아무도 없었다.

그리고 늦은 밤, 팔콘스의 원정 숙소.

김용문의 방.

김재상이 문을 열고 들어섰다.

"그래, 알아봤나?"

"네. 운영팀에서는 이미 파악하고 있었던 것 같습니다. 포스팅 기준으로……. WBC에서 준우승 이하 성적이면 일수가 모자라고, 우승이면 충족된답니다."

"으흐음. 대표팀 선발 일정은?"

"아직 확정된 건 아니지만, 선례를 감안하면 8월 중에 관심명단이 발표되고, 9월에 예비 명단. 10월 내로 최종 명단이 확정될 것 같습니다."

"포스트시즌 윤곽이 나왔을 때겠구먼."

"맞습니다."

WBC는 가장 권위 있는 야구 국제대회.

한일 양국은 물론.

대만이나 중국.

도미니카, 베네수엘라 등.

관심도가 높은 국가는 한둘이 아니다.

특히 대회 창설 초기에는 부정적인 스탠스를 보이던 미국 선수들 역시 점차 대표팀의 정예화를 이루고 있다.

당장 조직위가 일정을 미루게 된 것도…….

결국 메이저리그 투수들을 중심으로 선수협회가 강력하게 의견을 개진한 결과가 아니던가.

"대회는 11월에 열린다는 건데. 그럼 일수가 갖춰져도 FA 공시기간보다는 뒤가 되는 거 아냐?"

"상세사항은 사무국에 문의해 봐야겠지만, FA 신청보

다 포스팅 신청기간이 더 깁니다. 12월 초까지라 절차상으로는 문제가 없을 가능성이 높고, 사실 문제가 있다고 쳐도……."

"하기야. 어느 정도 포스팅 규모만 보장된다면 규약을 뜯어고쳐서라도 보내 주려고 하겠지."

김재상이 고개를 끄덕였다.

해외.

특히 메이저리그에 진출한 선수들에게는…….

국내에서 뛸 당시의 팀을 막론하고.

전국민적 관심과 응원이 쏟아진다.

마치 국제대회에서 대표팀을 응원하듯이.

더 이상 한 팀의 선수가 아닌…….

대한민국의 선수가 되기 때문이다.

김재상이 조심스레 물었다.

"감독님 생각은 어떠십니까?"

"어떻냐니."

"코치인 제가 못난 탓이기도 하니 부끄럽지만, 저희 선발이 아쉬웠는데. 강혁이 한 명이 보여 주는 효과가 만만찮지 않습니까. 2경기를 치르도록 볼넷이 하나가 없어요. 안타야 맞기 시작하면 맞는 날도 오겠습니다만……."

"대량실점을 하지는 않을 거다?"

"네. 그건 영준이한테나 기대할 만한 모습이었죠."

"뭐, 모르는 거지. 아직은."

"그래도……. 지난 코치진 회의 때도 말씀드렸지만, 이대로라면 가을야구 진출이 가시권에 들어오지 않나 싶습니다. 그럼 감독님께서도 재계약하실 가능성이 높은데."

김용문이 눈을 가늘게 떴다.

망설이던 김재상이 다시 입을 열었다.

"……1년만 쓰기는 아쉽지 않으십니까."

현실적인 이야기였다.

트레이드 전 받아든 피칭 테스트 결과보다.

팔콘스 파크에서의 피칭이 훨씬 좋았다.

때문에 구강혁에 대한 기대는 커졌다.

스프링캠프를 진행할수록 더 커졌고.

그리고 정규시즌이 시작된 지금.

구강혁은 그렇게 커진 기대보다도…….

훨씬 좋은 모습을 보여 주고 있다.

2경기에서 2승.

15이닝 17K 무실점.

연달아 연패를 끊어 내는 에이스의 면모까지.

WBC에서 우승한다는 보장은 없으나.

만약 그게 현실이 된다면?

1년을 쓰고 보내야 할 수 있다.

대의가 어떻든.

팀으로서는 분명한 손실이 아니냐.

그러니…….

붙잡을 방법이 있다면 붙잡아야 하는 것이 아니냐.

김재상은 그런 이야기를 하고 있었던 것이다.

김용문이 미소를 지었다.

"재상아."

"네, 형님."

"세계대회에서 우승까지 해야 며칠 차로 겨우 미국 갈 자격을 갖춘다는 거 아니냐. 정말 해낸다면 그건 그놈이 타고난 복이지……. 재상아, 나는 순리만 따르련다. 기대 이상을 해낸 놈이 기대 이상의 보상을 받는 게 순리가 아니면 뭐겠냐."

"……형님."

"영준이가 그러더라. 잘 키워서 미국 보내자고. 그러니 경험을 많이 쌓아 주자는 거야. 완봉이 됐든, 뭐가 됐든. 그 소리를 듣는데 아차 싶더라. 나는 거기까지는 생각이 안 닿았어. 늙은 게지. 그 새파랗게 어렸던 놈이 나이 먹고 그렇게 선배 노릇을 톡톡히 할 줄이야, 허허."

김재상이 고개를 푹 숙였다.

"……죄송합니다, 감독님. 제가 생각이 짧았습니다. 영준이 보기 부끄럽네요. 강혁이도 그렇고요."

"죄송하기는. 우리끼린데 뭐 어떠냐. 이해도 간다. 아깝지, 아까워! 3년이고 4년이고 붙들고 싶지. 그래도 이놈아, 코치에 감독씩이나 돼서 영준이 그놈한테 감탄만 하고 있을 수는 없잖냐?"

다시 고개를 든 김재상이 눈을 끔벅였다.

"완봉도 완봉이지만, 더 좋은 경험까지 쌓아 줘야지."

"경험이라면요?"

"그래. 기왕 에이스가 된다면······. 우승팀의 에이스가 되는 경험. 그걸 시켜 줘야 하지 않겠냐?"

* * *

타이탄스와의 2차전.
팔콘스의 선발은 문영후.
5이닝 2자책으로 나쁘지 않은 피칭을 보였다.
거기에 타선이 일찌감치 빅이닝을 만들며······.
주민상을 제외하고, 푹 쉰 투수들이 연이어 등판.
각각 1이닝씩을 실점 없이 막아 냈다.
결과는 9:2, 팔콘스의 대승.
문영후도 시즌 2승째를 기록했다.
그리고 마지막 경기를 앞둔 밤.
구강혁이 김용문을 찾아갔다.
"웬일이냐. 완봉이라도 시켜 달라고?"
"어······. 기회를 주신다면야 마다하지 않겠습니다만, 저야 철저히 감독님 말씀에만 따를 생각입니다."
"흠흠, 그래. 무슨 일이냐."
"부산에 팀 합류 전까지 많이 도와준 선배가 있습니다. 감독님께서 허락해 주시면 내일 경기 끝나고 잠깐 얼굴을 비추고 올까 싶습니다."
"은혜를 갚겠다?"
"네. 그렇게 말씀드려도 모자라지 않은 선배입니다. 정말 많은 도움을 받았습니다. 선수 시절에도 그랬고요."

"보자, 그……. 조영준이? 그 녀석이겠구나."

"아, 맞습니다. 역시 감독님!"

"허허, 그래. 감독이 백수 시절에 야구 많이 봤다. 조영준이, 꽤 괜찮은 포수였지. 은퇴가 너무 빨랐어. 사정이야 있었겠지만……. 아무튼 알았다. 아예 하루 쉬게 해 주랴?"

구강혁이 고개를 저었다.

"아닙니다. 자리는 지켜야죠. 고마운 건 맞지만 제 개인적인 문제고, 사실 휴식기나 시즌이 끝나고 만나도 괜찮습니다. 그저……. 하루빨리 고마운 마음을 전하고 싶어서요. 이렇게 염치불구하고 말씀드렸습니다."

"염치는, 네가 그렇게 말을 하는데 막으면 감독이 염치가 없지. 아무튼 알았다. 바로 창원 원정이니 멀지는 않은데, 이동은 어쩔 생각이냐?"

"택시를 타도 되고, 방법이야 많습니다."

김용문이 고개를 끄덕였다.

"오냐. 술 너무 많이 마시진 말고."

"감사합니다. 그런데 저는 술 안 합니다, 감독님."

"호오, 회식 때도 맥주 한 모금 안 마시더니. 무슨 재미로 지내냐? 야구가 그렇게 재밌냐?"

"흐흐, 맞습니다. 지금은 야구가 재미있습니다. 술은 나중에 은퇴하고 배워 보겠습니다. 기왕이면 감독님께 배울 테니, 저 은퇴할 때까지 꼭 자리를 지켜 주시지 말입니다."

"얼씨구. 내가 몇 살인지는 아냐?"

"물론입니다. 이팔청춘 아니십니까?"

"허허허! 요즘 것들은 왜 이렇게 비행기를 태워? 이거 다 류영준이가 가르친 게지?"

"앗, 많이 배우고는 있습니다."

다시 다음날.

타이탄스와의 3차전.

"최! 강! 팔! 콘!"

"3연승! 스윕! 드가자앗!"

"민익이 형! 3연승 가자!"

원정 응원석을 채운 팔콘스 팬들이······.

시즌 첫 스윕을 기대하며 열띤 응원을 펼쳤다.

팔콘스의 선발은 도미닉.

물론 사직의 주인.

타이탄스의 열정 넘치는 팬들 역시.

자신들의 목청을 아끼지 않았다.

"윌리엄스다, 윌리엄스!"

"일 쌤 상대로 되긋나!"

"윌리엄스, 확 마, 완봉해뿌라!"

그런 그들이 자랑하는 선발은······.

누구나 인정하는 에이스, 윌리엄스.

'24시즌에 리그에서 유일한 완봉을 기록한 투수. 대체 외인으로 한국에 와서 3년째 재계약을 하고 있으니······. 그만큼 좋은 투수라는 거고, 점점 더 적응하는 모습까지. 윌리엄스, 박세훈, 나성환의 원투쓰리만 따지면 타이탄

스도 전력이 약한 팀이라고는 볼 수 없어.'

경기는 두 우완의 치열한 투수전으로 흘렀다.

'도미닉의 이닝 소화력은 확실히 탁월해. 아직 지난 시즌의 최고 구속인 158킬로에는 못 미치지만, 오늘 전광판만 봐도 윌리엄스에 비하면 5킬로나 구속이 빠르고.'

포심과 슬라이더를 위주로 한 피칭에.

가끔 스플리터를 섞어 던지는 도미닉.

'하지만 경기 운영은 윌리엄스가 더 낫다는 생각이 든다. 우연으로 완봉을 한 게 아니라는 거지. 무엇보다……. 레퍼토리 측면에서 우리 타선을 압도하고 있어.'

포심, 투심, 서클체인지업, 커브, 슬라이더.

아주 드물지만 너클볼까지 던지는 윌리엄스.

'내가 무브먼트로 상대 타선을 틀어막는다면, 윌리엄스는 수 싸움에서 타자들을 가지고 놀고 있다.'

특히 너클볼을 제외하면.

5개의 구종 구사율이 거의 비슷하면서도.

또 매 경기마다 조금씩 다르다.

그리고.

[밀어친 타구! 좌중간을 가릅니다! 황기준의 깨끗한 안타, 장타 코스로! 2루 주자 홈으로, 1루 주자, 1루 주자까지! 들어옵니다! 황기준의 적시타!]

6회말, 1, 2루 상황.

황기준이 도미닉의 바깥쪽 포심을 공략.

2점의 선취 타점을 뽑아내며…….

팔콘스의 불펜진을 가동시켰다.

그 반면.

윌리엄스는 7회까지 마운드에 올랐고.

[……유격수 잡아서 1루로, 여유롭게 아웃! 또 한 번의 삼자범퇴 이닝! 타이탄스의 에이스 윌리엄스가, 단 5개의 공으로 이닝을 끝냅니다!]

3연속 땅볼로 본인의 임무를 마쳤다.

'포심, 체인지업, 슬라이더. 지금 내 레퍼토리는 이 셋이다. 포심까지 무브먼트가 심하고, 지난 경기에 어느 정도 완급조절에 성공한 면까지 감안하면 실질적으로 던질 수 있는 공은 더 다양하다고 봐야겠지만…….'

타이탄스 동료들과 하이파이브를 나누며.

홈 더그아웃으로 돌아가는 윌리엄스.

그 뒷모습을 바라보며…….

'가디언스나 재규어스 같은, 리그 최고 수준의 타선을 상대로는 얼마나 통할지 아직 알 수 없다. 그러니까 방금, 아니지. 오늘 윌리엄스가 범타를 마구 양산해 내고 있는 저 공.'

구강혁이 입맛을 다셨다.

'투심 패스트볼까지 장착할 수 있다면, 경기 운영이 한층 더 편해질 텐데. 정통파에 가까운 윌리엄스의 투심이랑은 형태가 좀 달라지겠지만. 브레이브스 시절에는 거의 포기했어도, 지금의 나라면…….'

* * *

 [에이스의 윌리엄스의 호투에 수호신 김희중이 응답합니다! 윌리엄스와 김희중, 그리고 황기준이 합작한 승리! 타이탄스가 팔콘스의 스윕을 저지하며 올 시즌 세 번째 승리를 수확합니다!]

 2연승의 기세가 무색하게도.

 시리즈 스윕에 실패한 팔콘스.

 그럼에도 5승 6패를 마크하며…….

 승률은 5할에 다가갔지만.

 '아쉽지만 윌리엄스가 워낙 잘 던졌어. 오늘 피칭에서는 확실히 리그 최고 수준의 투수다운 운영을 보여 줬다. 나도 이래저래 느낀 바가 있고……. 다음 시리즈를 기약해야겠지.'

 도약하기에는 부족한 성적이었다.

 '아직 시즌은 초반이다. 고작 11경기를 치렀을 뿐이야. 타선도 곧 사이클이 올라올 거다. 오늘 재완이나 유민 선배는 잘 맞은 타구가 아쉽게 잡히기도 했고.'

 양팀 도합 2점으로 끝난 투수전.

 경기는 9시를 조금 넘겨 끝이 났다.

 아쉬움을 뒤로하고.

 구강혁이 조영준에게로 향했다.

 트레이드가 발표되기 전.

 짧지만 알찬 시간을 보냈던 조영준의 아카데미.

'처음 영준이 형을 만나러 왔을 때는 어떻게든 그럴싸한 환경에서 공을 던지고 싶다는 생각뿐이었지. 그렇게 던졌더니 140킬로가 찍혔고.'

택시를 타고, 그 건물 앞에 내려서자.

'날씨가 풀린 영향도 있겠지만, 한유민 선배와의 승부. 그리고 스타즈 상대로의 선발승. 그 후로 문신이 한 번씩 길어지며 지금의 구속은 140킬로 후반대까지 올라왔지.'

묘한 감회가 느껴졌다.

구강혁이 엘리베이터를 탔다.

5층.

'레슨이 늦게까지 있다더니, 아직 안 끝났나? 택시에서 전화도 안 받았는데. 미리 약속했으니 괜찮겠지.'

중문 안쪽이 제법 소란스러웠다.

안으로 들어서자…….

두 명의 수강생이 바로 구강혁을 쳐다보았다.

"으이?"

"이게 누고?"

40대 중후반으로 보이는 남자들.

'사회인야구 하시는 분들인가.'

구강혁이 가볍게 고개를 숙였다.

"어, 안녕하십니까."

"어, 맞지? 금마, 팔콘스 투수! 뱀직구!"

"관장 후배라 카드마, 참말이었는갑네!"

"하하, 맞습니다. 조 관장님 후배예요."

남자들이 가까이 다가왔다.
"임마가 우리 아덜 기를 죽여뿟다 아이가!"
"……금마들 죽을 기가 있었드나?"
구강혁이 씨익 웃으면서 답했다.
"에이, 그래도 오늘은 이기셨으니……."
"그래! 마! 일리엄스다!"
"일 쌤은 다르다 안카나!"
조영준이 얼른 달려왔다.
"아이고, 형님들. 왜들 이러실까."
"친목 도모다! 친목 도모!"
"맞다! 뱀직구! 온 김에 사인 한 장 해도!"
"내도! 니 공 직이데!"
한바탕 구강혁에게 사인을 받고서야…….
두 수강생이 아카데미를 떠났다.
조영준이 멋쩍은 듯 말했다.
"미안하네. 원래 더 빨리 끝나는 클래스거든. 봤으니까 알겠지만 타이탄스 팬들이셔. 레슨 중간중간 야구 중계 보시더니 어느 순간부터는 아예 푹 빠지시더라고. 그래서 이렇게 늦어졌네."
"윌리엄스가 잘 던지긴 했어요."
"그렇다더라. 경기가 빨리 끝난 줄은 알았는데 생각보다 훨씬 빨리 왔네. 말은 하고 온 거지?"
"그럼요. 이동일이라, 어제 감독님께 미리 허락 받고. 아까 채연승 선배님한테도 따로 말씀드렸어요. 선수단

주장이시거든요. 다음 경기가 창원 원정이라 다행이죠."
"그래. 저녁부터 먹자."
두 사람이 가까운 식당으로 향했다.
조영준의 집에 머물 때 종종 찾던 식당.
"수강생이 좀 늘었어요?"
"어. 특히 저녁 때면 엄청 바쁘다. 나는 진짜 한마디도 안 했는데, 아재들 사이에 소문이 돌았다더라고. 너 여기서 훈련했었다고."
"그런 소문도 나요? 겨우 두 경기 던졌는데."
"그렇더라니까. 뭐, 네가 보통 잘 던졌냐? 2경기를 그냥 완봉 페이스로 던지더만. 솔직히 요즘 좀 걱정이었는데, 덕분에 당분간 수강생 걱정은 없겠다. 고맙다, 야."
"고맙긴요. 헛소문도 아니고 팩트잖아요. 아무튼."
구강혁이 가방에서 상자를 꺼냈다.
스카치 위스키가 든 상자였다.
"캠프 돌아오면서 샀어요. 민준이 형이 이거라던데."
"맞아, 그거다. 캬! 내가 너한테 술 선물을 다 받는구나. 그런데 좀 양심이 근질근질하다, 야. 로봇청소기만 해도 아카데미 사용료는 차고 넘치는데."
"에이, 그럼 위스키는 숙박료로 쳐요. 아, 민준이 형도 오고 싶어하기는 했는데, 눈치가 좀 보인다더라고요. 시리즈 내내 등판이 없었거든요."
"하기야 걔가 로테이션 도는 것도 아니지. 트레이드되고 첫 시즌이기도 하고……. 안 그래도 메시지는 왔어.

다음에 같이 보자고."

"좋죠. 현곤이나 창현이도 보면 더 좋고요. 요즘 정신이 없어서 통 연락도 잘 못 했어요."

"어쩌겠냐, 팀이 갈라졌는데. 술은 고맙다. 흐흐, 아껴 마실게. 그래, 사설은 이 정도면 됐고. 한다던 이야기가 뭐야? 그게 본론이지?"

"음, 네. 그러니까……."

구강혁의 간략한 설명이 이어지고.

조영준이 무겁게 고개를 끄덕였다.

"……그래, 그렇게까지 발 벗고 나서 주시는 건 고마운 일이네. 김윤철 대표님이랬지. 이름 정도는 나도 들어 본 기억이 있어. 류영준 선배 복귀 건 담당하신 분이지?"

"네. 그 인연으로 저도 계약을 하게 됐고요. 생각보다 많은 도움을 주시네요."

"세세한 계획은 아직 모르고?"

"맡겨 달라고만 하시더라고요."

"그게 차라리 낫겠다. 여론이니, 언론이니. 네가 하나하나 신경쓰기에는 너무 더럽고 복잡한 일이야. 브레이브스 내부에 이미 협력할 사람이 있으면……. 양홍철, 그 인간이 벌인 개짓거리를 까발릴 만한 방아쇠. 그게 필요하다는 거겠네."

"아마도요. 그래서 형이 인터뷰를 해 주면 좋겠다는 거 같아요. 괜히 부담을 드리고 싶지는 않지만……."

조영준이 어깨를 으쓱였다.

"부담은? 해야지."
"으음."
"호구처럼 그 인간한테 당하기만 했잖냐. 이제 와서 말이지만 나도 후회 많이 했다. 팀에 악영향을 끼칠 바에야 차라리 혼자 죽자, 그런 생각이었는데."
"결과가……."
"더 나빠졌지. 그 인간은 점점 안하무인이 됐으니까."
타이탄스가 1승을 추가한 데 반해.
브레이브스는 이번 시리즈도 스윕당하며.
아예 단독 10위로 내려앉았다.
프런트와 코치진의 갈등이 기어코 수면 위로 드러나는 것인지, 최악의 시즌 초반을 보내고 있다.
"당하기만 하면 호구지. 하지만 갚아 줄 기회가 왔는데도 사리는 건 병신이고 머저리야. 나는 호구였지만 머저리가 되고 싶지는 않다, 강혁아."
거기에 구강혁이 활약할수록 세기를 더하는.
트레이드에 대한 팬들의 맹비난까지.
개막하고 겨우 열흘 남짓이 지났음에도.
송용민 감독과 안재석 단장에 대한…….
팬들의 사퇴 요구가 빗발칠 정도였다.
"그리고 미우나 고우나, 은퇴를 했든 안 했든……. 브레이브스는 결국 내 팀이야. 늦었더라도 바로잡을 건 바로잡아야지. 그럴 수가 있다면."
구강혁이 고개를 끄덕였다.

"……네. 제 생각도 그래요. 김 대표님께 형 연락처 알려 드릴게요. 곧 연락 주실 거예요."

"그러자. 다 식겠다, 일단 먹자고."

긴 이야기를 마치고…….

주문한 음식까지 해치우고서.

두 사람이 식당을 나섰다.

"수강생들이 물어보면 그러세요. 팔콘스 간 구강혁이, 내가 업어키운 거나 마찬가지라고."

"오냐. 얼른 가야, 아니지……."

"데려다 준다고요? 됐어요."

"왜, 얼마 멀지도 않은데."

"그러니까 알아서 가면 되죠. 형이야말로 아카데미 뒷정리도 못 하고 나오셨잖아요. 기왕 여기까지 온 거 제가 도와드릴게요."

"아오, 알았다, 알았어. 그냥 가, 인마."

"흐흐, 네."

* * *

팔콘스 선수단이 샤크스 스타디움에 도착했다.

바로 얼마 전.

시범경기에서 1승씩을 주고받은 두 팀.

샤크스는 현재 5승 4패.

팔콘스보다 1승을 더 거둔 상황.

순위를 좁히기에 더할 나위 없는 이 시점에.
팔콘스의 선발은 로건이었다.
[팔콘스 로건, 샤크스 상대로 마수걸이 승리 거둘까]
[4, 5선발이 이미 2승…… 로건, 이대로는 안 된다]
구강혁과 문영후가 나란히 2승을 거둔 가운데.
역으로 로건에 대한 의구심이 커졌으나.
적응해나가고 있는 것인지.
혹은 절치부심한 것인지.
[로건 6이닝 호투, 시즌 첫 선발승!]
[팔콘스, 샤크스 상대로 4:1 승리…… 로건 호투 빛나]
6이닝 1자책의 좋은 피칭을 펼치며.
로건도 시즌 첫 선발승을 거두었다.
뒤이은 경기.
[PTSD 오겠네…… 2경기 무승 류영준, 첫 승 거두나]
[2경기 무자책 1패? 이런 투수도 있습니다]
고통의 상징이 되어 가는…….
류영준의 선발 등판.
그의 시즌 최다, 7이닝 무실점 피칭에.
타선이 드디어 제대로 응답했다.
[장단 15안타 폭발 팔콘스, 샤크스에 11:0 대승]
[위닝시리즈 확보한 팔콘스…… 다음 선발은 구강혁]
[사직에서 아쉬움 삼킨 팔콘스, 시즌 첫 스윕 재도전]
그리고 시리즈 마지막 경기.
4일 휴식 후 등판하는 구강혁의 차례였다.

[지금도 보세요. 테이블세터진만 그런 줄 알았는데, 클린업에 들어온 지금. 오늘 3번 타자인 김범민 선수까지도 그렇습니다. 노브에서 주먹 하나는 더 위로 잡았죠?]

[아, 확실히 그렇네요.]

[타자 개개인의 감각이 얼마나 뛰어나냐, 그에 따라서 다르기야 하지만……. 특히 장타자들 같은 경우에는 그립을 첫 타석에서부터 바꾼다는 게 쉬운 일은 아니거든요. 어떤 면에서는 자존심도 내던진 셈이고요.]

[뱀직구라고 불릴 정도로 무브먼트가 심한 구강혁 투수의 공을 어떻게든 공략하겠다. 그런 의도로 볼 수 있을까요?]

[그렇습니다. 타자들이 배트를 짧게 잡고 컨택에만 집중한다. 이러면 구강혁 입장에서도 쉽지 않습니다. 일단 인플레이 타구가 나오기 시작하면 모르는 거거든요.]

샤크스 타선은…….

극단적인 공략법을 가져왔다.

어떻게든 인플레이 타구를 만들기 위해.

타선 전원이 배트를 짧게 잡은 것.

효과는?

있었다.

[……구강혁의 이번 경기 첫 피안타! 이거 참, 이렇게 말씀드리는 것도 이상하지만. 2경기에서 17이닝을 던지며 고작 2개의 안타만을 허용했던 구강혁 선수거든요.]

[네. 사사구가 없었다는 점이 더 놀랍죠. 표본이 적다

지만 무의미하다기에는 피칭 퀄리티도 너무 뛰어났고요. 그런 면에서는 샤크스 타선의 공략법이 어느 정도는 통했다고 볼 수도 있겠습니다.]

어쨌든 구강혁을 상대로…….

7회까지 무려 3개의 안타를 쳐 냈으니까.

'확실히 컨택율이 높다.'

첫 주자는 병살타.

두 번째 주자는 견제사.

세 번째 주자는 도루에 성공.

'……2루를 내주는 건 처음이군.'

2루에 도달했으나…….

끝내 잔루로 남았다.

[스윙, 스트라이크 아웃! 경기 끝! 구강혁의 7이닝 무실점 피칭에 이어, 원민준이 시즌 첫 멀티 이닝, 2이닝을 무실점으로 막아 냅니다! 팔콘스의 7:0 승리!]

[아, 오늘 팔콘스의 투수 둘. 정말 좋은 피칭을 보여 줬어요. 샤크스 타선의 공략법이 무의미했느냐, 그건 아닙니다만. 그 공략법만으로는 해결이 안 되는 투수가 구강혁이었습니다.]

[네, 오늘 경기 구강혁은 7이닝 6탈삼진으로 시즌 3승째를 수확했습니다. 동시에 팔콘스는 시즌 첫 스윕을 거둡니다!]

선발의 힘과 타선이 조화를 이루며…….

3연승.

시즌 첫 시리즈 스윕이었다.

8승 6패로…….

팔콘스의 순위도 4위로 뛰어올랐다.

"샤크스 상대로 마지막 스윕이 언제야?"

"13시즌 아닙니까?"

"아니야, 인마! 18시즌에도 했지."

"젠장, 마지막으로 가을야구 하던 시즌 아냐!"

"오늘 했으니 됐잖아, 한잔해! 다음에 또 하면 되지!"

"그래! 4위다, 4위!"

대전으로 향하는 선수단 버스.

다들 좋은 분위기인 가운데.

'지금보다 훨씬 압도적인 구속을 갖추면 모를까. 오늘 샤크스 타자들처럼 작정하고 컨택하려 들면 당장 완벽하게 피할 수는 없다. 아예 포심 타이밍을 노렸고, 구속을 조절하며 범타를 뽑아낸 것도 맞지만.'

3승째를 거둔 구강혁이…….

'타선이 한 바퀴 돈 4회부터는 피컨택율이 유의미하게 높아졌어. 실제로 안타도 3개나 맞았고. 이번 시리즈에서 내야수들 집중력이 굉장히 좋았는데, 오늘도 재완이 다이빙 캐치가 아니었으면 하나가 더 빠졌겠지.'

미묘한 표정으로 생각에 잠겼다.

'오늘 샤크스 타자들의 전략은 엄청나게 극단적이었고, 애초에 완벽한 수 싸움은 있을 수 없겠지만……. 컨택에만 집중하는 타자들을 상대하려면 어쨌든 변형 패스트볼

을 익혀야 한다. 역으로 낚아 먹어야 한다고. 윌리엄스의 경기 운영을 보며 생각했던 거랑 결론은 같아.'
 대전에 도착한 후.
 구강혁이 류영준을 쫓아갔다.
"선배님!"
"어우, 깜짝이야. 뭐야? 우리 3승 투수."
"투심 던지는 법을 좀 배울 수 있을까요?"
 메이저리그에서 페이스가 떨어지던 시기.
 특히 구속이 하락세에 접어든 류영준은…….
 투심을 장착해서 쏠쏠하게 써먹은 바 있었다.
"인마, 내가 레퍼토리 나오는 버튼이냐?"
"앗. 죄송합니다. 좀 누르겠습니다."
 류영준이 웃으면서 답했다.
"오늘 샤크스 타자들 전략이 만만찮았지?"
"네. 올라오는 내내 머릿속을 떠나지 않더라고요."
"그래. 작정하고 나온 거 같더라. 그런 것치고는 잘 던졌어. 투심은, 흐음. 왜 배우고 싶다는 건지는 당연히 잘 알겠지만, 워낙 감각이 중요한 구종이라 말 한두 마디로는 안 돼. 너도 지금까지 못 익힌 이유가 있을 테고."
"괜찮으시다면 조금 시간이 걸리더라도……."
 류영준이 고개를 저었다.
"정말 장착할 수 있을지는 모르겠지만, 어쨌든 투심을 배우기에는 나보다 더 좋은 버튼이 계시지."
 구강혁이 눈을 동그랗게 떴다.

3장 〈229〉

"그렇습니까? 어느 분이……."
"누구겠냐? 저기 가시네."
류영준이 멀찍이로 시선을 던졌다.
구강혁이 얼른 고개를 돌렸다.
"김재상 코치님 말씀이세요?"
"그래. 리그에 투심 던지는 투수가 몇 없을 때부터 던지신 선구자이자 스페셜리스트 되시겠다. 재승이랑 대한이도 재작년부터 투심 던지는 거 알지? 황선민이도 그렇고. 다 김재상 코치님께 배운 거다."

4장

KBO의 경기가 없는 월요일.
한 주간 고생한 선수들은 물론.
코치진에게도 귀한 하루다.
휴식일을 보내는 방식은 그야말로 제각각.
말 그대로 휴식을 취하기도 하고.
바삐 움직여 본가에 다녀오거나.
지인과의 만남을 갖기도 한다.
특히 아이가 있다면?
더 중요한 하루가 월요일이다.
출퇴근을 하는 홈 시리즈라도.
경기가 끝나면 거의 늦은 밤이니까.
물론 그럼에도 불구하고.
스스로를 더 성장시키기 위해……

그 귀한 하루를 반납하는 선수들도 있다.

4월의 첫 휴식일인 오늘.

대전에서도 그랬다.

네오 팔콘스 파크 이곳저곳에서.

어린 투수들이 구슬땀을 흘리고 있었다.

'선민이, 동엽이는 오늘도 나왔네. 지난 월요일에 이어 벌써 두 번째야. 작년까지도 한 달에 두어 번씩은 꼭 본가에 다녀오던 녀석들이.'

그리고 휴식일을 반납한 건…….

팔콘스의 투수코치.

김재상도 마찬가지였다.

'자기들도 느끼는 바가 있었겠지.'

아픈 손가락이 생길 수밖에 없는 자리.

그게 프로 구단의 코치직이다.

프로의 세계는 냉정하고.

누군가의 반등은 누군가의 하락을 의미하니까.

지난 시즌의 5선발, 황선민.

대체 선발 등판이 적잖았던 조동엽.

올해도 선발 후보였던 둘에게는…….

선의의 경쟁자인 구강혁의 활약.

그게 마냥 즐길 수 있는 것은 아니다.

"동엽이, 좋다! 그 느낌이야!"

"네, 코치님!"

"선민아, 더 낮게! 계속 의식하라니까!"

"알겠습니다!"

고졸신인 임현섭도 나름의 기회를 받고.

부상에서 복귀한 민선규도 잘 던지는 가운데.

둘의 입지는 점점 좁아지고 있었다.

'어쩌겠냐. 더 나은 선수가 되어서 경쟁을 이겨낼 수밖에. 지금은 릴리프나 대체선발로 던지더라도……. 그런 시간들도 성장의 자양분이 될 테지. 영준이는 물론이고 올해는 강혁이라는 좋은 투수도 곁에 있으니. 힘을 내라, 이 녀석들.'

그때.

김재상의 눈에 구강혁이 들어왔다.

월요일에 출근하기는 했지만…….

저 둘과는 사정이 좀 다르다.

'강혁이는 등판 다음날마다 마사지를 받고 있지. 영준이랑 비슷하게. 루틴이 꽤 잘 맞는 모양이네. 잘 됐어.'

김재상이 말했다.

"마사지 받고 나왔나?"

"네, 코치님. 바쁘세요?"

"이제 알아서들 하겠지."

김재상이 황선민과 조동엽을 가리켰다.

구강혁이 고개를 끄덕였다.

창원 원정을 마치고 돌아온 어젯밤.

차에 타려는 김재상을 붙잡고…….

'투심을 배우고 싶댔지.'

물어 왔던 녀석이다.
투심을 배울 수 있겠느냐고.
'그렇게 찾아오는 건 선민이 이후로는 처음이야.'
드래곤즈에서 투수로 데뷔한 그는…….
파이터스로 팀을 옮기고 얼마 후 은퇴했다.
'나는 그다지 뛰어난 투수는 아니었어. 굳이 비교하자면 브레이브스 시절의 강혁이와 비슷한 면이 있었지. 구속이 빠르지는 않아도 맞춰 잡는 피칭을 할 줄 아는, 불펜에서도 패전조에 가까운 마당쇠. 나도 그런 투수였으니까.'
이름을 남길 정도로 뛰어난 선수는 아니었으나.
나름의 연구를 통해 습득한 투심.
그것만큼은 좋은 평가를 받았다.
그리고 은퇴 후 그는 학구파다운 성격을 살려, 드래곤즈 육성군에서 지도자 커리어를 시작했다.
그러고도 짧지 않은 세월, 몇 번의 이직을 거쳐.
샤크스 2군 투수코치였던 그를.
당시 1군 감독이었던 김용문이 불러들였다.
'17시즌까지는 나쁘지 않았지. 우승은 못 했어도 신생팀치고는 괜찮은 성적을 거뒀으니. 그러다가 18시즌에 감독님이 사퇴하시면서 나도 샤크스를 떠났고, 다시 팔콘스에서 나를 불러주셨다.'
이후로 투수코치와 불펜코치, 인스트럭터 등.
여러 팀에서 다양한 보직으로 일하던 중.
팔콘스 감독 취임을 앞둔 김용문이…….

다시 김재상을 찾았다.

그렇게 3년째인 올해.

'작년에는 정말 괴로웠다. 쥐구멍에라도 들어가고 싶었어. 저 재능 넘치는 선수들을 데리고 선발진이 붕괴된다는 결과를 만들었으니까. 팬들의 비난에도 할 말이 없었다. 나조차도 물러나고 싶었을 정도야.'

지난 시즌 선발진의 붕괴에도 불구.

김용문은 투수코치 김재상의 사퇴를 만류.

마지막까지 함께할 것임을 천명했다.

'올해는 나쁜 소리가 거의 안 나오고 있지만, 사실 그것도 강혁이가 워낙 잘 던지고 있는 덕분이지. 나야 숟가락만 얹은 셈이라 좀 머쓱했는데, 뭐라도 가르쳐 줄 게 있다면야 서로 좋은 일이겠지만…….'

투심 패스트볼의 스페셜리스트.

그건 김재상에게 아깝지 않은 표현이다.

장재승, 이대한, 황선민.

이 셋의 투심을 가르친 장본인이 그였으니까.

하지만.

의구심이 들기도 했다.

구강혁이, 투심을?

이미 뱀직구를 던지고 있는데, 왜?

생각에 잠겼던 김재상이 입을 열었다.

"음, 오늘 피칭은 안 할 테고."

"루틴 상으로는 그렇습니다."

"지금이야 구속이 올라오고 무브먼트도 좋아졌지만, 예전에도 던지려고는 해 봤지? 브레이브스 때 말이야."

"네. 제구에 어려움을 겪었습니다. 포심이랑 슬라이더를 제외하면 다른 구종도 비슷한 이유로 추가를 못 했고요. 체인지업은 구태성 선배님 도움이 정말 컸습니다."

"그랬구만. 그런데……. 강혁아, 네 직구는 그냥 던지기만 해도 싱커나 마찬가지잖냐. 포심 그립으로 던져도 워낙 무브먼트가 좋다고. 너도 알고 있을 텐데."

투심과 싱커의 구분은 무의미하다는 것이 중론.

투심은 말 그대로 투심(Two-seam), 즉 그립에 중점을 둔 표현이라면.

싱커(Sinker)는 가라앉는 무브먼트에 중점을 둔 표현이라고 봐도 무방하다.

김재상의 현역 시절에는 지금과는 달리 싱커라는 표현을 더 많이 썼을 정도.

"네, 코치님. 알고 있습니다."

"그런데도 투심까지 던지겠다고? 포심만 던져도 상대 타자들은 골치가 아플 텐데. 강혁아. 잘하고 있는데 괜히 레퍼토리 늘리려다가 피 볼 수도 있어."

"으음."

구강혁이 침음하고는 말했다.

"맞습니다. 지금까지 등판 결과가 좋으니까요. 하지만 코치님, 지금 제 레퍼토리로는……. 일단 원래는 오프스피드 피치에 가까운 체인지업이, 구속을 많이 줄여 브레이킹볼처럼 던질 때 위력이 더 좋습니다."

"그렇지. 그런데?"

"포심만 노리는 타자들을 상대하기가 까다롭습니다. 가디언스 이석현이나, 지금 서산에 있는 지환이처럼 150 중후반대 구속이 나오면 또 모르겠지만, 앞으로는 더 까다로워질 테고요."

"허어."

"당장 어제 샤크스 타선도 그랬습니다. 아예 배트를 짧게 쥐고 덤벼들더라고요. 안타도 많이 맞았고요."

김재상이 헛웃음을 흘렸다.

"허허, 많기는? 겨우 3개였는데. 그마저도 다 잘 막았잖냐. 견제사도 하나 잡았고."

"운이 좋았습니다. 야수들도 잘 막아 줬고요. 하지만 앞으로도 그러리라는 보장은 없습니다. 3개의 안타가 연달아 나왔다면 꼼짝없이 실점이잖습니까."

"……"

"샤크스와의 다음 시리즈는 더 어려워질 겁니다. 샤크스의 파격적인 공략법을 따라하거나, 더 개선해서 승부를 보려는 팀도 있을 테고요."

"그야……."

"물론 아예 안 맞을 수는 없겠죠. 아직까지 무실점이지만 당장 다음 경기에서 실점이 나올 수도, 홈런을 맞을 수도 있을 겁니다. 야구란 게 원래 그런 스포츠니까요. 그래도……."

"음."

"그 확률을 단 1퍼센트. 아니, 0.1퍼센트라도 줄일 수 있다면 그게 뭐든 시도해 볼 가치는 충분하다고 생각합니다. 아니, 오히려 시도하지 않는 게 팬들의 기대를 저버리는 일이겠죠."

구강혁의 얼굴이 진지했다.

"제 포심과 엄청나게 다른 무브먼트를 기대하는 것도 아닙니다. 하지만 그와 비슷하면서, 아주 조금만 다른 궤적을 만들 수 있다면……. 수 싸움에서 엄청난 도움이 될 겁니다."

김재상이 무겁게 고개를 끄덕였다.

"……그래, 맞는 말이다."

"네. 그리고, 흐흐. 투심 장인이신 김재상 코치님이 이렇게 투수코치로 계신데 배우지 않는 게 이상하죠. 너무 늦게 찾아왔다 싶을 정도입니다, 코치님."

"이제 4월 초구만, 늦기는……."

김재상이 한숨을 내쉬었다.

"후우, 그래. 네 말이 맞구나. 또 내 생각이 짧았다. 어째 코치씩이나 돼서 여기저기서 배우기만 하네."

"어, 또라고 하시면……."

그러고는 손사래를 치며 말했다.

"됐다, 그런 게 있어. 그래, 본인이 그렇게 의지가 충만한데 못 배울 건 또 뭐냐. 그래도 알아둬라. 재승이나 대한이는 1년도 넘게 걸렸다."

"네."

"선민이가 그나마 시즌 도중에 배워서 다음 해, 그러니까 작년부터 던지기 시작했으니. 반 년도 더 걸렸지."

"모두가 영준 선배 같을 수는 없으니까요."

김재상이 공을 집어 건네었다.

"잡아 봐라."

구강혁이 투심 그립을 쥐어 보였다.

"정석이네. 왜 제구가 안 됐던 거 같냐?"

"손가락 힘이랑 스냅에 다 신경을 써야 한다고 배웠습니다. 슬라이더랑은 요령이 워낙 달라서 그런지 적응하기가 어렵더라고요."

"나는 좀 생각이 다르다. 특히 스냅은……. 네가 아까 말한 작은 변화가 목적이라면 아예 무시해도 될 정도지. 중요한 건 심을 잡는 위치의 일관성과 손가락 사이의 너비 조절이야."

"너비 말씀이십니까?"

"그래. 안 그런 구질이 있겠냐만, 투심은 특히 예민한 구종이야. 좀 이상하게 들릴 수도 있는데……. 음식의 간을 맞추는 거랑 비슷해. 일단은 가장 손에 잘 맞는 그립을 하나 잡아 놓고, 필요에 따라 조절하는 거지. 물론 그렇게 던지는 투심이, 포심에 비해 구속이 너무 크게 떨어지면 안 되고."

"오, 느낌은 알 것 같습니다. 2, 3킬로미터 차이면 이상적이라고 생각해도 될까요?"

"그래. 하지만 그 던지기 편한 그립을 찾는 것부터가 시작이야. 베이스, 찌개를 끓인다고 치면 육수를 우리는 작업이랄까? 여기에만 몇 달을 쓰는 놈들도 허다해. 팔콘스에서는 재승이가 특히 그랬지."

"으음. 그래도 지금은 워낙 잘 써먹고 계시죠."

"그래, 시간은 좀 걸려도 잘 우린 거지. 일단은 공 만지면서 이미지 트레이닝이라도 해둬. 오늘은 피칭이 어려우니 이틀 뒤에 보자. 재승이보다는 빨리 잡아 올 거라고 믿으마."

* * *

휴식일을 지나.
지난 시즌 준우승팀이자.
현재 가디언스에 이어 단독 2위에 랭크된 팀.
광주 재규어스와의 홈 시리즈.
1경기, 문영후가 4이닝 6실점으로 무너지며…….
시즌 첫 패배를 기록.
도미닉도 5이닝 5실점으로 개인 2연패의 멍에.
동시에 팔콘스의 연패가 다시 시작되었다.
한편.
구강혁은 이날 원정 불펜에서 공을 던졌다.
김재상이 지켜보는 가운데.
20개의 투심 패스트볼을.

슈욱!

퍼어어엉!

"……허어."

김재상이 스피드건을 바라보며 신음했다.

표시된 구속은 143.

등판과 등판 사이의 피칭임을 감안한다면?

이보다 최소 2, 3킬로미터는 빨라질 터.

구속 자체는 이상적인 차이에 가까웠다.

구강혁이 물었다.

"어떻습니까, 코치님?"

"어떻고 자시고……."

김재상이 혀를 내둘렀다.

"재승이 어쩌고 한 게 미안할 정도구나."

"흐흐, 써먹을 만하겠습니까?"

그리고 구속보다 더 큰 장점.

무브먼트였다.

"……알면서 묻는 거지? 이 녀석아. 하, 이거 참. 내 살면서 이런 투심은 처음 봤다. 영준이한테 체인지업 가르칠 때 구태성 선배님 심정이 이러셨으려나. 개떡처럼 알려 줘도 찰떡 같이 알아듣는구나."

구강혁이 씨익 웃었다.

"무슨 말씀이세요. 처음부터 찰떡 같이 가르쳐 주신 덕분입니다. 이틀 내내 공만 만지면서 아주 진하게 우려 봤습니다. 제 생각보다도 훨씬 잘 던져지네요."

"조금만 더 가다듬으면 실전에 바로 써먹어도 되겠어. 상구랑도 미리 이야기를 해둬라. 전담 포수나 마찬가지니까."

그리고 다시 시리즈 마지막 경기.

선발은 로건.

그의 피칭도 앞선 둘과 마찬가지였다.

아니, 더 나빴다.

지난 경기 첫 선발승의 기세가 무색하게.

1회에만 5실점 후, 무려 3회에 강판되며.

패배와 함께 불펜까지 소모된다는…….

팀으로서는 최악의 결과를 낳았으니까.

시즌 첫 스윕승.

그리고 곧바로 스윕패.

강팀인 재규어스가 상대였다고 해도.

충격을 금할 수 없는 패배였다.

그리고 그 충격이 가시기도 전에.

목요일부터 시작된 스타즈 원정.

팔콘스의 선발은 류영준.

스타즈의 선발은 박해준.

그야말로 에이스 간의 격돌이었다.

득점 하나 없이 계속되는 경기.

류영준은 6회까지를 책임졌고.

박해준은 7회초에도 올라왔다.

7회말에는 장재승이 마운드를 지켰다.

그리고 8회, 원민준의 등판.
김용문은 연장 승부를 직감한 듯…….
9회까지를 원민준에게 맡겼고.
실제로 경기는 연장에 돌입.
10회를 주민상이 막아 냈다.
마지막으로 마운드에 오른 건 민선규였다.
그리고 12회초.
노재완의 투런포가 터졌다.
그대로 민선규가 승리를 지켜 내며…….
복귀 후 첫 승과 함께.
팔콘스의 연패를 끊어 냈다.
2:0, 팔콘스의 승리.
다시 다음날.
새로운 무기를 갈아낸 구강혁이…….
스타즈 파크의 첫 등판을 준비했다.
시즌 첫 수원 원정 등판.
경기 전, 몸을 풀던 도중.
원정 응원석 사이로 구강혁의 눈에 들어왔다.
'……일찍 오셨구나.'
부모님의 모습이.
'가게도 있지만, 다른 경기장에 직관을 오시면 실점하는 징크스가 있는 거 같다고……. 수원 경기 위주로 오셨지. 브레이브스 때부터.'
직접 만든 피켓을 든.

그리고.

'어머니는 올 시즌 유니폼에 61번, 내 번호가 맞는데……. 아부지는 올드 디자인을 입으셨네. 아니, 잠깐만. 15번이잖아? 저거 구태성 선배님이 주신 거 아냐? 진짜 올드 유니폼인가?'

아버지는 올드 유니폼 차림이었다.

'나 참.'

구강혁이 헛웃음을 지었다.

웜업이 끝날 즈음 김용문이 다가왔다.

"컨디션은 어떠냐."

"아주 좋습니다."

"재상이가 그러더라. 투심을 익혔는데 벌써 던질 만하겠더라고. 네 생각에도 그러냐?"

"네. 코치님께서 가르쳐 주신 대로 던졌더니 생각보다 손에 엄청 잘 맞습니다. 몇 개쯤은 던져 볼까 싶습니다."

"잘됐구나. 알고 있지?"

"불펜 말씀이시죠?"

"그래. 두 경기 연달아 소모가 크다. 누구를 탓하고 싶지도, 아쉬운 소리를 하고 싶지도 않지만……. 현실이 그렇구나. 그나마 필승조에 던질 수 있는 게 어제 하루만 던진 민상이 정도야. 생각하거라."

구강혁의 결의에 찬 눈빛으로 말했다.

"감독님."

"음."

"다시 말씀드리지만, 컨디션이 아주 좋습니다."
"호오?"
"네. 던지라시는 만큼 던지겠습니다."
김용문이 입꼬리를 올렸다.
"후후, 알겠다. 기대하마."
시즌 4번째 선발 등판.
류영준이 언젠가 말했듯, 여러 요소가 겹쳐…….
'놓칠 수 없는 기회다.'
구강혁의 완봉 기회가 찾아왔다.

* * *

수원, 주말 경기를 앞둔 스타즈 파크.
관중석이 빠르게 채워지기 시작했다.

[수원 스타즈와 대전 팔콘스의 시즌 첫 맞대결, 그 두 번째 경기를 앞둔 스타즈 파크입니다. 때마침 주말을 맞은 오늘. 18,000여 석이 모두 매진됐다는 소식이 방금 전해졌어요.]

[네. 시즌 초반부터 수원의 야구 열기가 대단합니다. 오늘은 팔콘스 유니폼을 입으신 팬들도 굉장히 많이 찾아주셨더라고요. 수도권 구장이니 드문 경우는 아닙니다만, 그만큼 팔콘스의 오늘 선발인 구강혁에 대한 팬들의 기대가 크다고 봐야겠죠.]

[그렇습니다. 아, 지금 화면에 나오시는 분들이…….

원정 응원석인데요. 방금 위원님께서 말씀하신 구강혁 선수의 가족 분들로 보이시죠?]

　[그런 거 같네요. 활약도 빼어난데 준수한 외모까지. 팔콘스 팬들의 사랑을 한몸에 받고 있는 구강혁 선수, 두 분 부모님도 정말 미남미녀십니다.]

　[하하, 그렇습니다. 그런데 지금 아버님께서 입고 계신 유니폼이 구강혁 선수의 61번 유니폼이 아니네요?]

　[저건 팔콘스의 옛 유니폼인데…….]

　[아, 지금 등을 보여 주십시다. 15번, 구태성! 원정 팬들의 박수와 환호가 쏟아집니다. 구태성 위원님의 현역 시절 유니폼이었네요. 복각 상품도 아닌 것 같은데요.]

　[그렇네요. 어떻게 구하신 걸까요? 아, 하하! 카메라가 이번에는 구강혁 투수를 잡아 주네요. 묘한 표정이에요. 좀 착잡한가요?]

　[팔콘스 미튜브 채널에서 구강혁 선수 트레이드 당시 영상을 봤는데, 아버님께서 팔콘스의 열렬한 팬이라고 하시더라고요. 구강혁의 브레이브스 시절에도 양팀이 맞붙으면 팔콘스를 응원하셨다. 그런 말까지 하더라고요.]

　[후후, 우리 구 위원님이 현역 시절에 워낙 매력이 넘치는 투수였죠. 얼마 전 짧게 통화를 했는데, 본인이 해설로 안 들어갈 때만 SBC가 팔콘스 중계를 맡는다고 하소연을 하더라고요. 누가 보면 편파중계라도 하는 줄 알겠다면서…….]

　[어……. 네! 하하하! 아무튼 위원님. 어제 팔콘스가 접

전 끝에 연패를 끊어 냈습니다만, 선발진의 이닝 소화가 부족한 가운데 12회 연장 승부까지 간 탓에 불펜 상황이 그리 좋지 않다고 보여지는데요.]

[그렇죠. 마무리인 주민상 선수가 1이닝, 길면 2이닝까지도 소화가 가능하겠지만. 어제와 비슷한 흐름으로 흘러간다면 김용문 감독 입장에서는 낙관하기 어렵습니다.]

[그만큼 오늘 경기, 구강혁의 이닝 소화력이 중요하다. 그렇게 볼 수도 있겠는데요. 현재까지 선발 등판할 때마다 7이닝 이상을 꼬박꼬박 소화해 내고 있는 구강혁입니다.]

[놀라운 활약이죠. 올해의 구강혁은 지금까지와는 완전히 다른 선수예요. 스프링캠프 때부터 성장세가 굉장했는데, 스타즈 타선은 또 갚아 줄 빚이 있단 말이죠?]

[네. 오키나와 리그에서 연습경기치고는 드물게 5이닝을 소화했고, 스타즈 타선은 무실점으로 승리를 헌납했습니다. 당시 지금보다 다소 낮은 구속으로도 나쁘지 않은 피칭을 선보였어요.]

[그렇죠. 여러모로 흥미로운 상황이에요. 하지만 스타즈의 레너드 투수도 만만치 않습니다.]

[네. 올 시즌 스타즈의 새로운 외인, 오늘 선발인 레너드는 이미 2승째를 달성하며 팀의 시즌 초반 상승세에 큰 도움을 주고 있습니다. 지금까지 3경기에서 2승, ERA 1.35로 박해준과 함께 선발진을 이끌고 있습니다.]

팔콘스의 선발은 구강혁.

그에 맞서는 스타즈의 선발은 레너드.

올 시즌 새로 합류한 좌완투수다.

149km/h에 이르는 포심을 던지며…….

다양한 변화구를 구사하면서도.

결정구로는 낙폭이 큰 스플리터를 활용.

20이닝 3자책의 호투를 선보이고 있었다.

'로건한테는 미안하지만, 올해 스타즈 스카우트팀이 농사를 참 잘 지었어. 레너드는 적응기간이 거의 없다고 봐도 될 정도로 좋은 피칭을 선보이고 있으니까. 우리 야수들도 쉬운 경기는 아닐 거다.'

1회초, 팔콘스의 공격.

테이블세터를 맡은 황현민과 한유민이 연속 삼진.

우타석에 들어선 페레즈가 포심을 받아쳤지만…….

[빠른 타구, 아! 그래도 글러브로 빨려 듭니다! 페레즈 선수, 이건 아쉽겠는데요, 굉장히 잘 맞은 타구였습니다.]

직선타로 물러나고 말았다.

삼자범퇴.

그리고 1회말.

구강혁이 마운드로 올랐다.

그러자 사직에서와 마찬가지로.

원정 응원석에서 등장곡이 흘러나왔다.

Snake From the Hell.

'따라 부르는 소리가 더 커졌네. 하기야, 팔콘스는 수도권에도 팬이 적지 않은 인기팀이지. 이제 확 눈에 들어오

지는 않지만, 부모님께서도 따라 부르고 계시겠고.'

Unleashed on This Field······.

'예감대로라면, 완봉으로 문신이 길어질 거다. 지금까지 그랬듯 구속이 올라간다면 최고 구속은 150킬로를 넘기게 돼. 놓쳐서는 안 될 기회인 동시에······.'

구강혁이 가볍게 손을 들어 화답했다.

'기가 막힌 효도를 할 기회지.'

홈이었다면 더 좋았겠지만.

원정이기에 기꺼운 점도 있다.

연습투구를 마치고.

스타즈의 선두 타자.

김영환이 타석에 들어왔다.

'오키나와에서는 현민이의 실책으로 출루했었지. 올 시즌에는 지금까지 우타자임에도 여느 팀의 좌타 1번들에 뒤지지 않는 출루율을 보이고 있어. 벌써 도루도 4개나 성공했다니······.'

발이 빠른 김영환.

'확실히 잡아 놓고 간다.'

원체 배트를 길게 잡는 선수도 아니지만.

그보다도 반 뼘가량 짧게 잡았다.

'역시. 샤크스의 전략이 유효했다고 보고 있다. 우리 불펜의 소모는 당연히 스타즈 더그아웃에서도 계산했을 테고······. 내가 긴 이닝을 던져야 하는 상황임을 알고 있을 거야. 첫 타석에는 신중한 타격을 할 가능성이 높다.'

초구.
슈욱!
퍼어엉!
체인지업.
몸쪽 눈높이로 향하다 뚝 떨어지는 코스.
"스트라이이크!"
루킹 스트라이크였다.
[아, 체인지업으로 카운트를 앞서가는 구강혁입니다. 포심의 무브먼트가 워낙 좋아 초구로 던지는 비율이 굉장히 높았는데요. 지금까지 등판에서 초구 스트라이크 비율이 90퍼센트를 넘는 엄청난 모습을 보이고 있었습니다.]
[그런데도 체인지업을 던졌어요. 허를 찔렀다, 그렇게 볼 수 있겠습니다. 타자로서는 기분이 나쁘죠. 제대로 노릴 수만 있다면 정타가 나와도 이상하지 않은 코스였거든요.]
박상구에게 공을 돌려받고.
'아까울 거다.'
구강혁이 고개를 끄덕였다.
'한 바퀴 돌 때까지 최대한 공을 보겠다, 그게 기본적인 전략일 테니까. 첫 타석을 아끼지 않는다는 팀의 전략과 잘 들어오는 공을 치고 싶다는 욕망…….'
슈욱!
퍼어엉!
"스트라아이크!"

2구도 거의 같은 코스.
그러나 이번에는 130킬로대의 체인지업.
'그 둘이 부딪히도록 해 주마.'
김영환이 아랫입술을 깨물었다.
뒤이어.
슈욱!
부우웅!
퍼어어엉!
"스윙, 스트라이이크! 배터 아웃!"
하이 패스트볼.
김영환의 배트가 허무하게 돌았다.
[헛스윙! 선두 타자 삼진! 구강혁이 3구만으로 까다로운 타자 김영환을 돌려세웁니다!]
삼구삼진.
[피칭 디자인이 워낙 좋았죠? 눈높이로 들어가는 듯한 공을 2개나 던지고, 높은 포심으로 헛스윙을 유도해 냈습니다. 타자가 배트를 내지 않을 수 없는 배합이었어요.]
2번 타자도 연이은 삼진으로 2사.
스타즈의 3번은 우타자 매드슨.
'테이블세터는 둘 다 배트를 짧게 잡았는데, 클린업은 또 평소와 크게 다르지 않네. 2사임을 감안하면 한 방을 노릴 생각도 있을 테고.'
피치컴을 통한 박상구의 포심 요구.
'당해 줄 수야 없지.'

한 번 고개를 젓고…….

슈욱!

부우우웅!

퍼어엉!

초구, 이번에는 존 아래로 떨어지는 체인지업.

헛스윙으로 카운트를 잡아내고.

뒤이은 슬라이더로 또 한 번의 헛스윙.

슈욱!

따악!

마지막으로는 147km/h의 포심.

[3구, 받아칩니다! 느린 땅볼! 내야를 벗어나지 못할 것으로 보입니다. 1루수 채연승이 잡아 그대로 1루를 밟습니다. 이닝 종료!]

[양 팀의 선발이 모두 투수에게는 가장 까다롭다는 1회를 삼자범퇴로 막아 냈습니다. 투수전의 조짐이 보이죠?]

[그렇습니다. 이제 1이닝을 던졌을 뿐입니다만, 구강혁 선수의 오늘 배합이 지난 경기들과는 조금 다른 면이 있는 것 같은데요?]

[네. 준비를 단단히 해 온 모양이에요. 구강혁의 포심, 그러니까 뱀직구에 대해 많은 분이 큰 관심을 보이고 있습니다만. 변화구로 카운트를 잡아내는 능력 또한 탁월합니다. 이번 이닝은 오히려 포심을 결정구처럼 활용했어요.]

2탈삼진을 엮은 삼자범퇴.

경기는 양팀 선발의 호투로 시작되었다.

　　　　　　＊ ＊ ＊

2회초.

노재완이 좌중간을 완전히 가르는 장타를 때려 내며 2루를 밟았고, 1사 후 채연승이 볼넷을 얻어 냈다.

1사 1, 2루의 득점권 찬스.

그러나 후속 타선의 불발로……

팔콘스가 득점에 실패한 가운데.

2회말, 선두로 나선 4번 강대호가.

구강혁의 체인지업을 깨끗하게 받아쳤다.

이른 시점의 출루.

그러나 잔루로 남은 건 마찬가지였다.

그렇게 4회초까지.

양팀을 통틀어.

단 한 명의 타자도 홈을 밟지 못했다.

4회말 공격이 준비되는 상황.

더그아웃에 스타즈 타자들이 모여들었다.

"어쩐지 연습경기 때보다 말리는 느낌이야."

"변화구 비중이 높아서 그래."

"영환아, 마지막 타석은 어땠냐?"

3회말 타석에 들어섰던 김영환이 대답했다.

"첫 타석보다는 공이 잘 보이는 거 같다."

"그래, 커트도 3개나 했으니까."

강대호가 배트를 집어들며 말했다.

"이미 타순은 한 바퀴 돌았어요. 어느 정도는 팔콘스 배터리도 전략을 수정하겠죠. 아마……. 다시 포심 비중을 높일 겁니다. 마지막에는 포심을 5개나 던졌고요."

"오, 그런가?"

"네. 슬라이더나 체인지업으로 이렇게나 카운트를 잘 잡을 줄은 몰랐지만, 어쨌든 상대의 가장 좋은 공이 포심이라는 사실은 변함이 없습니다. 피칭 머신도 조절하고, 박해준 선배님 공도 쳐 가면서 준비했잖습니까. 분명히 칠 수 있을 겁니다."

작년부터 다시…….

1루와 외야에 번갈아 들어가고 있지만.

재작년, 팀의 이런저런 사정에 의해.

아마추어 시절처럼 포수 마스크를 썼던 강대호.

당시에 호평만 있었던 건 아니지만.

이후로 강대호는 수 싸움에 더욱 강해졌다.

그게 수많은 전문가의 평가였다.

올해도 시즌 초반, 벌써 5개의 홈런을 쳐 내며…….

홈런왕 경쟁에 일찌감치 이름을 올렸을 정도.

"영환이 형처럼 공 2, 3개만 더 늘린다는 마인드로 최대한 출루. 그러다가 장타력 있는 선수들이……. 그러니까 저나 윤상이 형, 하위 타선에는 장성균 선배님도 계시잖아요. 딱 한 건이면 경기 쉬워집니다."

다른 타자들이 무겁게 고개를 끄덕였다.

"류영준 선배님이면 몰라, 아무리 성적이 좋아도 상대 선발은 아직 경험이 부족하고. 불펜도 솔직히 너덜너덜 하잖습니까. 선배님들이 더 잘 아시겠지만, 지면 안 되는 경기라고 생각합니다."

"그래, 대호 말이 맞다!"

"맞아. 레너드도 기깔나게 던지고 있잖아."

"1점이면 충분하고, 2점이면 더 좋고!"

2번 타순부터 시작하는 스타즈의 타선.

[5구째, 루킹 스트라이크! 또 한 번의 삼진! 구강혁이 벌써 5개째의 탈삼진을 기록합니다!]

1사로 시작한 공격이지만.

3번 매드슨이…….

[2구째, 타격! 타구 깊게 흐릅니다! 애매한 코스! 유격수 쫓아가서, 가까스로 잡아냈습니다만……. 황현민 선수, 송구 포기합니다!]

낮게 잘 제구된 포심을 요령 좋게 받아쳤다.

[잘 맞은 타격은 아니었는데, 워낙 코스가 좋았네요. 안 던지는 게 맞죠? 결과는 아쉬울지언정 좋은 수비였습니다. 황현민 선수, 시즌 초반 파이팅이 대단해요.]

[네. 이 또한 야구입니다. 매드슨의 타구는 내야안타로 기록이 됐습니다. 수원 스타즈, 행운의 안타로 오늘 경기 2번째 출루입니다.]

그리고 1사 1루.

4번 타자의 타석.

'그래, 역시 예상대로다! 구강혁은 지금 두 타자를 상대하면서 모두 포심의 비중이 높았어. 문제는 내 뒤에 나올 송윤상 선배의 타격감이 지금 좋은 편이 아니라는 거다.'

표정을 지운 채로.

'여기서 해결한다. 수는 제대로 읽었어. 방금 매드슨의 안타는 누가 봐도 코스가 좋아서 나온 거니까, 당장 전략을 수정하지도 않겠지. 그리고……. 주자가 나간 상황에 장타력이 있는 나를 상대하는 거야. 어깨를 아끼지 않겠지.'

강대호가 구강혁을 노려보았다.

'140킬로 후반대의 포심이 온다. 성향을 감안하면 존 안으로. 코스는……. 바깥쪽.'

한 번 고개를 끄덕이고.

구강혁이 공을 던져왔다.

슈욱!

바로 다음 순간.

강대호가 쾌재를 불렀다.

'됐다!'

예상했던 그대로.

전력을 다해 뿌린 패스트볼.

몸쪽으로 붙는 듯하지만…….

바깥쪽으로 빠져나가는 특유의 궤적.

부우웅!

강대호의 배트가 돌기 시작했다.

벼락과도 같은 스윙.

'넘겼어!'

단 1구지만.

스타즈의 가장 빛나는 별.

천재타자 강대호라면.

결코 놓치지 않을 1구였다.

공을 쪼갤 듯한 타격음과 함께.

결대로 밀어친 타구가.

아름다운 포물선을 그리며.

스타즈 파크의 담장을 넘어간다…….

틱!

'……어?'

……그랬어야 했다.

그러나.

배트는 공의 윗부분을 맞았다.

[초구부터 타격! 아, 내야를 구릅니다! 병살타 코스! 유격수 황현민 대쉬, 빠르게 잡아내고 2루로!]

[아, 지금 뭔가요. 구강혁!]

명백한 병살타 코스.

당황스러운 상황이지만.

망설임 없이 달려나갔음에도 불구.

강대호의 주력은…….

[2루에서 주자 아웃, 다시 1루로! 타자 주자 강대호까

지 잡아냅니다! 6, 4, 3의 병살타! 단 8구만으로 구강혁이 4회를 지워 냅니다!]
 병살타를 막아 내기에는 모자랐다.
 '지금, 설마.'
 스타즈 타자들의 두 번째 타석이 돌아온 지금.
 구강혁이…….
 김재상에게서 전수받은.
 새로 벼려 낸 무기.
 '투심을 던진 건가?'
 투심 패스트볼을 던지기 시작했다.

* * *

 양팀의 무실점이 이어진 5회말.
 스타즈의 공격이 준비되었다.
 [앞선 이닝 강대호 선수가 병살타로 물러났습니다만, 구강혁 투수가 던진 공. 그 궤적이 꽤 독특하다는 말씀을 해 주셨는데요.]
 [네. 다시 보니 확실히 투심 그립이었죠. 여전히 각광받는 구종이니 KBO에도 던지는 선수가 적지 않습니다만, 결정적인 순간에 활용할 수 있느냐는 다른 문제예요.]
 [타이탄스의 장수 외인, 윌리엄스 선수도 투심을 굉장히 잘 던지기로 유명하지 않습니까?]
 [그렇죠. 선발 중에는 타이탄스의 윌리엄스. 최근 팔콘

스를 상대로 선발승을 거두기도 했죠? 이 선수가 투심을 굉장히 잘 던지고……. 불펜에서는, 으음. 눈에 띄는 건 역시 가디언스의 이석현 선수죠.]

[어떤 면에서는 아직 마운드를 지키는 구강혁과 비슷한 면이 있다, 그렇게 볼 수 있을 듯합니다. 이석현 선수도 올해부터 투심을 던지기 시작했으니까요.]

[네. 약점으로 꼽히던 밋밋한 무브먼트를 극복했어요. 투심 비중이 상당히 높아요.]

[두 선수야 시즌 초반부터 재미를 쏠쏠히 보고 있습니다만, 제가 알기로 구강혁은 포심과 슬라이더의 투 피치에, 최근 구태성 위원님께 전수받은 체인지업. 이렇게 세 개의 구종만을 던지고 있었거든요?]

[맞습니다. 거의 팜볼에 가까운 독특한 체인지업이죠.]

[투심을 던진다는 건 전혀 몰랐습니다.]

[하하, 그럴 수밖에요. 안 던졌으니까요. 지금 팔콘스의 1군 투수들을 맡고 있는 김재상 코치가 현역 시절부터 투심 하나는 정말 기가 막히게 던졌어요. 팔콘스에서 많은 투수가 김 코치에게 투심을 배웠고요.]

[베테랑인 장재승, 이대한 선수가 일단 생각이 나는데요.]

[네. 젊은 선수 중에는 황선민 선수도 있죠. 작년에는 제구 난조도 있었고, 올해는 일단 선발 로테이션에서 내려왔습니다만. 그래도 꽤 야무지게 써먹었던 기억이 납니다.]

[아무리 패스트볼 계열이라지만 그래도 던지지 않던 구질을 갑자기 레퍼토리에 추가한다. 이게 쉬운 일이 아니지 않습니까, 위원님?]

[그렇죠. 김 코치 영향은 확실하겠지만, 장착한 시기는 현재로서는 알 수 없어요. 캠프 때 다듬어 놓고 지금까지 아꼈을 수도 있고, 아니면 좋은 스승과 감각의 시너지로 정말 이 며칠 사이에 장착했을 수도 있으니까요.]

[어느 쪽이든 대단한 것 같습니다. 올해 스토브리그에 팔콘스에 합류한 구강혁입니다. 스타즈 타자들은 이런 상황이 골치가 아프겠는데요.]

[골이 아프죠. 엄청 아플 겁니다. 다른 타자도 아니고 강대호를 상대로 첫 투심을 던져서 병살타를 끌어냈거든요. 화면으로 봐도 무브먼트가 예사롭지 않았어요. 거의 포심이랑 비슷하게 가다가 마지막에 살짝 꺾였잖아요.]

[타석에는 5번 타자 송윤상 선수가 들어섭니다. 올 시즌을 앞두고 꽤 좋은 규모의 FA 계약에 성공했습니다만, 아직까지는 2할 초반대의 타율로 기대에 비해 저조한 성적입니다.]

선두 타자는 송윤상.

결과는…….

[4구, 헛스윙! 송윤상이 삼진으로 물러납니다. 완전히 바깥쪽으로 흘러나가는 공에 큰 스윙을 하고 맙니다. 마음이 좀 급한 것 같은데요.]

4구째, 투심 패스트볼에 스윙 삼진.

[또 투심 그립이었죠. 배트에 맞았어도 범타가 됐을 확률이 굉장히 높습니다. 이거 참……. 145, 144가 연달아 찍히잖아요. 완급조절 능력까지 감안하면 구강혁의 투심은 굉장히 이상적인 구속을 형성하고 있습니다.]

[타자로서는 패스트볼을 노리려고 해도 이지선다에 걸릴 수밖에 없다, 그런 말씀으로 이해할 수 있을까요?]

[그렇죠. 아니, 말이 좋아 이지선다지, 상황이 이렇게 되면 패스트볼만 노린다는 것도 굉장히 어려워집니다. 스타즈 타선도 오늘 투심을 계산에 넣고 경기를 준비하지는 않았을 테니까요.]

뒤이어 다시 삼진.

그리고 2루수 방면 땅볼까지.

[……1루로 송구! 아웃됩니다. 2개의 탈삼진을 추가한 구강혁은 5회까지 7탈삼진. 투심 패스트볼을 결정구로 이닝의 모든 아웃카운트를 잡아냅니다.]

또 한 번의 삼자범퇴였다.

그리고 클리닝 타임을 지난 6회.

팔콘스가 기회를 잡았다.

[볼이에요! 정윤성의 좋은 눈! 풀카운트 승부 끝에 볼넷을 골라내며 선두 타자가 출루합니다! 팔콘스는 2회 이후 가장 좋은 기회를 맞이합니다.]

그리고.

더그아웃이 움직이기 시작했다.

[지금 작전이 나오네요. 황현민 선수, 바로 번트 모션

을 취하죠. 정윤성 주자가 빠르기는 하지만 레너드는 견제가 좋은 좌완입니다. 작전 수행 능력이 좋은 황현민을 통해 안전하게 득점권을 만들겠다, 타당한 전략이에요.]

[2회 득점 찬스를 허무하게 날린 팔콘스로서는 1점이 절실한 상황입니다. 김용문 감독은 한유민, 페레즈, 노재완으로 이어지는 강타선의 적시타를 기대하고 있을 듯합니다.]

스타즈도 가만히 두고 보지는 않았다.

슈욱!

퍼엉!

[1루 견제! 세이프! 지금 좀 위험했죠?]

[네. 주자도 리드를 길게 가져가지는 않았어요. 스타즈 내야진은 다시 전진 수비.]

[정윤성과 황현민 모두 발이 빠른 선수라 집중해야 합니다. 그래도 대주는 게 낫다, 저는 그렇게 보입니다. 일단 아웃카운트를 확보하면 1루를 채우는 선택지도 있거든요.]

[페레즈를 상대해라, 그런 말씀이시군요.]

[네. 페레즈가 시즌 초반 타격감이 나쁘지는 않은데, 앞선 두 번의 타석에서 모두 타이밍을 맞추지 못하는 모습을 보였죠. 1루까지 채우고 범타를 유도하는 게 나을 것 같습니다.]

한 번의 견제에 이어.

이어진 투구.

[이번에는 투구 모션. 1구, 아!]

김용문의 작전은…….

페이크 번트 앤 슬래시.

[강공 전환! 툭 갖다댄 타구가, 유격수 머리 위를……. 넘어갑니다! 스타트가 빨랐던 정윤성은 2루 돌아 3루까지!]

[이야, 이거 완전히 허를 찌르는 버스터, 아니지. 강공 전환이 나왔습니다! 번트를 대냐, 강공으로 전환하느냐……. 배트 아랫손을 보고 구분하는 경우가 굉장히 많은데. 지금 화면 다시 보세요.]

[노브에서 아랫손이 떨어져 있었군요. 아, 굉장히 부드럽게 배트를 고쳐 잡고 컨택에 성공하는 황현민입니다. 정말 대단합니다. 하하, 김용문 감독도 지금 박수를 치고 계시네요.]

[더그아웃의 작전에 응답한 황현민과 정윤성입니다. 아웃카운트 소모 없이 득점권에 주자가 나갔습니다. 무사 1, 3루의 찬스에서 타석에는 한유민이 들어섭니다.]

그를 통해 만들어 낸 완벽한 찬스.

[……3구 타격! 타구 우익수 방면으로! 3루 주자는 태그업 준비! 뜁니다! 2루수 잡아서……. 홈 승부는 불가능! 팔콘스가 0의 균형을 깨뜨립니다. 한유민의 팀 배팅!]

한유민이 외야로 타구를 보내며.

팔콘스가 선제 득점에 성공했다.

뒤이어.

[5구 볼넷! 유리한 볼카운트에서 변화구를 참아 내는 페레즈입니다. 다시 한번 1사 1, 2루의 찬스를 맞는 팔콘스!]

페레즈의 출루와.

[3구 타격! 코스 좋습니다! 우익수 앞에 떨어지는 안타! 황현민 3루로, 3루 돌아 홈으로!]

노재완의 적시타.

[페레즈도 3루까지! 승부가 될 것 같은데요!]

[이건 잡았어요!]

[3루에서……. 아웃 판정! 강대호의 엄청난 송구!]

[아, 이거 아쉽습니다. 페레즈 특유의 굉장히 적극적인 주루였는데요. 강대호의 선택이 좋았습니다. 원바운드 송구로 거의 자연 태그를 만들어 냅니다.]

강대호의 강견이 만든 보살과…….

안재홍의 범타로 이닝이 마무리됐음에도.

팔콘스는 2점을 앞서나갔다.

6회말.

스타즈 장성균이 단타를 뽑아냈지만.

구강혁은 또다시 투심을 던지며…….

2번째 병살을 유도해 낸 후.

[루킹 삼진! 구강혁의 오늘 경기 8개째 탈삼진!]

삼진으로 이닝을 마무리했다.

7회초.

레너드의 임무는 6회까지.

스타즈의 바뀐 투수가 1이닝을 잘 막아 냈다.

그 반면.

구강혁은 7회말에도 마운드에 올랐다.

[올 시즌 엄청난 투구수 관리 능력을 보여 주고 있는 구강혁, 역시 7회에도 마운드에 오릅니다. 오늘 경기도 6회를 단 11구로 막아 내며 현재까지 투구수는 총 66개.]

[말씀드리기 조심스럽습니다만……. 완봉 페이스죠?]

[하하, 그렇습니다. 지금까지의 페이스대로라면, 구강혁은 9회를 총 100구 미만으로 끊어 내게 됩니다. 삼진을 8개나 잡아냈음을 감안하면 정말 놀라운 숫자입니다.]

[오늘 던지기 시작한 투심이 그만큼 뛰어난 위력을 발휘하고 있다는 거죠. 스타즈가 3개의 안타를 뽑아냈는데, 그 가운데 2번이 병살타로 이어졌잖아요. 물론 투수는 철인이 아니에요. 완봉을 위해서는 지금부터가 더 중요합니다.]

2아웃까지는 모두 유격수 땅볼.

황현민의 집중력이 빛났다.

그리고 2사 후.

[강대호는 오늘 경기 3번째 타석. 2사 후 상황입니다만, 그래도 강대호는 강대호죠.]

강대호의 타석.

[초구, 바깥쪽! 주심 침묵!]

[이야, 이건 정말 볼 반 개 차이로 나간 거 같습니다. 투수로서는 탄식이 나올 만한 공입니다.]

[하하. ABS를 정말 제대로 활용하고 있다는 평가를 받

고 있는 구강혁입니다만, 이번만큼은 눈물을 삼키겠군요. 그럼에도 구속은 146을 기록했습니다. 속구였죠?]

[이번 이닝에는 가장 빠른 공이었네요.]

1볼로 시작한 카운트는······.

[결국 강대호의 집중력이 풀카운트 승부를 만듭니다. 존을 굉장히 넓혀서 대응하고 있는 강대호예요.]

[벌써 구강혁이 8구를 던지게 했어요. 현재까지 구강혁의 투구수는 79개. 괜히 천재타자가 아닙니다. 3번째 타석은 다르다 이거거든요.]

[9구째, 배트 돌지 않고! 아, 볼넷입니다! 강대호가 구강혁을 상대로 볼넷을 얻어 냈어요! 4회에는 병살타로 아쉬움을 삼켰으나, 오늘 경기 멀티 출루에 성공하는 강대호!]

[하하, 관중석에서 탄성이 터졌어요. 이렇게 말씀드리는 것도 어이가 없습니다만. 구강혁은 4번째 선발 등판에서 시즌 첫 볼넷 허용이에요. 여기서 아웃카운트 한 개면, 보자. 29이닝에 1볼넷입니다.]

[브레이브스 시절부터 워낙 볼넷이 적은 투수였지만, 트레이드 후로는 완전히 차원이 다른 제구력을 선보이고 있는 구강혁입니다. 그런 구강혁을 상대로 나간 강대호도, 그만큼 좋은 투구로 시즌 초반을 보내고 있는 구강혁도. 정말 대단한 선수들입니다.]

시즌 첫 볼넷으로 이어졌다.

그럼에도 불구하고······.

[루킹 삼진! 고개를 젓는 타자! 오늘 경기 정말 안 풀리는 송윤상입니다. 구강혁의 9개째 탈삼진! 투구수는 83개! 구강혁의 완봉을 향한 질주는 첫 볼넷에도 멈추지 않습니다!]

7회를 실점 없이 막아 내고.

2득점 이후로는 타선의 지원 없이.

8회말.

유재민으로 시작되는 스타즈의 타선은······.

[유격수 땅볼! 오늘 황현민이 바쁩니다!]

[빠른 타구! 정윤성이 거의 몸으로 막아 내고 1루로! 깔끔한 송구로 2아웃째! 정윤성의 좋은 수비!]

[빗맞은 타구! 하지만 애매한데요! 정윤성 뒤로! 동시에 한유민 대쉬! 하지만 그 누구도 잡아낼 수 없습니다! 장선균의 행운의 안타! 7회에 이어 또 한 번 2사 이후 1루를 밟은 스타즈입니다. 더그아웃에서는 대주자를 내보냅니다!]

또 하나의 안타를 뽑아냈다.

그러나.

[팔콘스 더그아웃, 교체는 몰라도 최소한 한 번은 끊어 갈 줄 알았는데. 아니네요. 김용문 감독의 신뢰가 대담합니다.]

구강혁은 묵묵하게 던졌고.

[······헛스윙, 삼진! 전광판에 찍힌 숫자는 147! 지칠 줄을 모르는 구강혁의 뱀직구가 오늘 경기 10개째의 탈

삼진으로 이어집니다! 본인의 최다 탈삼진 타이! 투구수는 97개!]

2점의 간격은 좁혀지질 않았다.

9회초.

팔콘스 타선은 허무하게 물러섰으나.

관중들의 시선은 더그아웃으로 쏠렸다.

그리고…….

"그래, 이건 가야지!"

"오늘만 기다렸다, 강혁아!"

"수원까지 올라온 보람이 있다!"

팬들의 뜨거운 환호와 함께.

9회말.

구강혁이 또 한 번 마운드에 올랐다.

스타즈 팬들의 목소리도 그에 지지 않았다.

"야, 저놈 힘 다 빠졌다! 알지!"

"2점 금방이야!"

"팔꼴스한테 완봉은 죽어도 안 돼!"

"타순 겁나 좋다! 집중해라, 제발!"

지금까지의 어느 순간보다도…….

뜨거운 분위기.

'영준 선배 말씀이 맞아. 100구를 아직 채우지도 않았는데, 불펜에서 던지는 거랑은 차원이 다르다. 힘이 안 든다면 거짓말이야. 그래도……. 할 수 있어.'

구강혁이 심호흡을 했다.

'해야만 하고.'
완봉이냐.
'나를 위해서.'
동점, 혹은 역전 끝내기냐.
'그리고 팬들과 동료들을 위해서……'
운명의 9회.
'음, 특히 아부지를 위해서도.'
스타즈의 타선은 1번부터.
슈욱!
퍼어어엉!
초구.
몸쪽 코스.
포심 패스트볼.
"스으으으으으라이크!"
주심의 우렁찬 콜과 함께.
"미친, 146?"
"무쇠팔이다, 무쇠팔!"
"영환아, 넌 그냥 들어가라!"
김영환이 카운트를 헌납했다.
팬들이 소리쳤다.
그렇게…….
[……오늘 스타즈의 테이블세터진은 구강혁을 상대로 도무지 힘을 쓰지 못합니다! 삼진 하나를 추가하며 개인 최다 탈삼진 기록을 11개로 갱신. 동시에 완봉까지 하나

의 아웃카운트만을 남겨두는 구강혁!]

 순식간에 2개의 아웃카운트가 채워지고.

[매드슨 타자, 3회에는 그래도 안타를 치고 나갔거든요. 벌써 4번째 타석입니다. 이미 투구수 100개를 한참 넘긴 구강혁을 상대로는 다를 수 있고, 달라야 하죠!]

타석에 매드슨이 들어섰다.

'강대호까지 타순이 이어져서 좋을 게 없다.'

구강혁이 고개를 끄덕이고.

'여기서 마무리한다.'

1구.

'내가 책임진다!'

슈욱!

부우웅!

퍼어어엉!

"스윙, 스트으라이크!"

146km/h의 하이 패스트볼······.

큰 헛스윙을 끌어내고서.

2구.

슈욱!

우타자 바깥쪽을 뚫어 내는 코스.

이번에는 144km/h의 투심.

포심을 가정하고 배트를 낸 매드슨이······.

허리를 빼며, 스윙 궤도를 어떻게든 비틀어 냈고.

따아악!

기어코 공을 때려 냈다.
[2구째, 타격! 타구 떠올랐어요!]
구강혁의.
아니, 모든 야수의.
아니.
스타즈 파크를 채운…….
만원 관중의 시선 모두가.
떠오른 공으로 모였다.
장선균의 안타와 흡사한 코스.
[2루수 정윤성은 도저히 잡을 수 없는 타구! 스타트가 좋았던 한유민, 계속해서 달립니다! 타구, 타구! 한유민의 슬라이딩!]
숨이 턱 막히는 침묵 속에서.
몸을 던졌던 한유민이…….
[잡았어요, 잡았어요! 보이십니까, 전국에 계신 팔콘스의 팬 여러분! 믿기십니까! 한유민이 잡았습니다! 믿을 수 없는 슬라이딩 캐치! 2대 0, 팔콘스의 승리!]
글러브를 치켜들었다.
"와아아아아아아!"
"끄아아아악! 강혁아! 유민아!"
"완보오오옹!"
9이닝 11탈삼진.
총 108구의 피칭으로.
[그리고 구강혁이 이번 시즌 KBO의 첫 완봉을 달성합

니다! 본인의 커리어 통산 첫 완봉!]

 구강혁이 완봉을 달성해 냈다.

* * *

 구강혁의 커리어 첫 완봉.
 동시에 KBO 시즌 첫 완봉.
 수많은 기사가 쏟아졌다.
 [대전 팔콘스 구강혁, 26시즌 1호 완봉 달성!]
 [구강혁의 상승세가 매섭다. 인천 드래곤즈, 부산 타이탄스, 창원 샤크스를 상대로 등판해 22이닝 무실점이라는 압도적인 성적으로도 모자랐던 것일까. 수원 원정에서 스타즈를 상대로 기어코 완봉을 달성했다. 26시즌 KBO 1호 완봉.

 이날 구강혁은 커리어 첫 완봉과 동시에 기존의 개인 기록도 잔뜩 갱신했다. 9이닝, 108구, 11탈삼진까지 모두 커리어 최다. 특히 오늘은 그간 던지지 않았던 투심 패스트볼을 선보이며 스타즈 타선을 완벽히 봉쇄했다.

 …….이번 완봉의 가치는 이루 말할 수 없다. 재규어스와의 홈 시리즈에서 선발진의 난조에 더해, 스타즈와의 시리즈 1차전에서도 연장 접전을 치른 팔콘스 불펜이 단물과도 같은 휴식을 취할 수 있었기 때문이다.

 …….구강혁은 수훈선수 인터뷰에서 "김용문 감독님의 신뢰 덕분에 달성할 수 있었던 기록이고, 특히 한유민 선

배의 마지막 호수비가 아니었다면 상황은 알 수 없었을 것"이라며 "최근 드러나는 약점을 보완하고자 고심했는데, 김재상 코치님이 투심 패스트볼을 가르쳐주신 덕분에 더 좋은 승부를 가져갈 수 있었다"고 코치진과 동료들에게 공을 돌렸다.

 …….무실점으로 9이닝을 틀어막은 구강혁은 시즌 4승을 달성, 평균자책점 0의 행진을 이어갔다. 리그를 통틀어 무자책을 유지하고 있는 선발은 3실점이 모두 무자책이었던 팔콘스의 류영준과 가디언스의 윤대준까지 3명.

 한편 구강혁과 윤대준이 아마추어 시절 청진고등학교에서 한솥밥을 먹었다는 사실이 알려지며 이 또한 화제가 되고 있다. 개막 2연전에서 맞붙었던 두 팀의 다음 시리즈는 5월. 긴 세월을 넘어 두 동기의 맞대결이 성사될 수 있을지 주목된다.]

 팬들의 반응도 뜨거웠다.
 → 팔) 강혁아 사랑한다
 → 진짜 복덩이다 너무 고맙다
 → 오늘 직관 간 게 내 인생 제일 잘한 일
 →→ 나도ㅋㅋㅋㅋㅋ
 →→ 팔) 나 사인도 받음ㅠㅠ
 →→ 완봉했는데 좀 보내 주지 ___
 →→ 팔) 헉 죄송합니다
 칭찬의 목소리는 물론.
 → 고맙기는 한데 강혁이 어깨는 괜찮나

→ 완봉 후유증 오면 어캄
→ 다치면 나 운다 진짜
→ 팔) 김용문 야구짬바가 몇 년인데
→ ㄹㅇㅋㅋ알아서 하겠지
→ 팔) 내일도 로테이션대로 안 가더만
→ ㅇㅇ동엽이 선발

걱정하는 목소리도 적잖았다.
그럴 만한 상황이었다.
혼자서 마운드를 책임지는 완봉.
그 상징성만큼이나…….
투수의 어깨에 쌓이는 부담도 크니까.
실제로 많은 투수가 완봉 후유증에 시달렸다.
제구에 난조를 겪든, 구속 저하 현상을 겪든.
작년 유일한 완봉을 거둔 박해준도 그랬다.
시즌 내내 뛰어난 피칭을 선보였지만…….
완봉 직후 등판만큼은 2이닝 7실점.
최악의 결과를 받아들었다.
물론 팔콘스 코치진도 움직였다.
[대전 팔콘스, 내일 경기 선발 조동엽 예고]
4일 휴식 후 등판 예정이었던 문영후 대신.
조동엽을 시리즈 마지막 선발로 내세운 것.
그리고 4회부터는 황선민이 배턴을 넘겨받았다.
재규어스를 상대로 릴리프로 등판했던 둘은…….
6이닝을 합작하며 각각 1실점씩을 기록.

10안타 7득점으로 스타즈 마운드를 맹폭한 타선과 함께 또 한 번의 시리즈 스윕을 이끌었다.

시즌 전적은 11승 9패.

순위도 4위까지 올라갔다.

[대전 팔콘스, 스타즈 상대 스윕으로 4위 등극!]

[……스윕승, 스윕패, 스윕승! 팔콘스의 최근 전적이 화끈하다. 스타즈를 상대로 또 한 번의 스윕에 성공한 팔콘스는 시즌 11승 9패, 승률 5할 5푼을 달성하며 시즌 4위까지 순위를 끌어올렸다.

[……김용문 감독의 선발 기용이 완벽했다는 평가다. 조동엽에 이어 황선민이 등판하며 총 6이닝을 소화, 황선민은 시즌 첫 승을 기록했다.]

[가디언스, 재규어스 양강…… 구도 깨뜨릴 팀은?]

[……1위 서울 가디언스와 2위 광주 재규어스가 압도적인 양강 구도를 형성하고 있는 지금, 4위까지 순위를 끌어올린 팔콘스의 약진이 두 팀을 위협할 수 있을지에 대해서도 관심이 모인다. 다만 현재까지 두 강팀을 상대로 팔콘스는 5전 5패를 기록하고 있는 상황.

…….불펜 소모로 어려움이 예상된 시리즈를 스윕해 낸 팔콘스. 3위인 드래곤즈와는 1.5경기의 승차가 나는 가운데 홈에서 울브스를 맞이한다. 팔콘스의 상승세는 어디까지일까. 네오 팔콘스 파크의 열기는 식을 줄을 모른다.]

→ 캬, 이거거든! 또 스윕!

→ 올해는 달러유!

→ 뭐 초반 이보다 나을 때도 있었잖아
→→ 팔) 경기 다 본 거 맞음?
→→ ㅋㅋ경기 봤으면 이런 말 안 나오지
→→ ㅇㅇ선발진 안정감이 차원이 다른데
어려운 상황에서의 3연승.
선수단도 팬들도 뜨거운 분위기.
휴식일 후의 다음 상대는 대구 울브스.
"아들 왔어요."
구강혁은 늦은 밤 본가로 퇴근했다.
수원 원정임에도 선수단과 함께 숙소에서 지내다…….
시즌 첫 귀가를 했던 것.
"아드을!"
"대전 간 줄 알았구먼?"
"그러게, 그냥 집에서 다니지!"
가족들이 반겨 주었다.
"요즘 컨디션이 좋아서요. 하던 대로 하려고."
"음, 그것도 맞네. 잘될 때는 그대로 해야지."
"그려, 영 틀린 말은 아녀."
"밥 먹어야지, 밥!"
역시나 든든하게 차려진 늦은 저녁을 먹고.
오랜만에 집에서 샤워를 했다.
'이미 등판 당일에 확인은 했지만…….'
구강혁의 시선이 거울에 꽂혔다.
오른팔.

이제는 팔꿈치를 넘어 내려온 뱀 문신.
'역시 완봉으로 문신이 자랐어. 물론 구속은 모레쯤 불펜 피칭을 하면서 확인해 봐야겠지만, 지금까지를 생각하면 구속도 올라왔겠지. 게다가 여전히 머리는 없다. 아직 문신이 완성되지 않았다……. 올라갈 데가 남았다는 소리야.'
첫 선발승.
이번에는 완봉.
그 다음은 어떤 일이 문신을 성장시킬까.
'이쯤 되니 이 기묘한 예감과 추론이 겹쳐진다.'
구강혁이…….
'완봉보다도 훨씬 어렵겠지만…….'
천천히 고개를 끄덕였다.
'다음 목표는 노히터다.'

* * *

이튿날.
푹 자고 일어난 구강혁이 스마트폰을 집어 들었다.
여러 알람 사이에 눈에 띄는 게 하나 있었다.
[팔콘스티비의 새 영상: 투사부일체! 투수의 스승과 아버지는 하나다! 완봉의 조력자들!]
미튜브 영상 업로드 알림이었다.
"엥."

완봉을 달성한 직후.
방송사 수훈선수 인터뷰 이후에는…….
별다른 인터뷰를 진행하지 않았다.
'완봉씩이나 했으니 홍보팀에서도 어느 정도 배려를 해준 거라고 생각했는데. 실제로도 그랬겠지만……. 그뿐만 아니라 다른 영상을 찍었던 건가? 아부지는 별 말씀 없으셨는데.'
일단 영상을 재생했다.
[구강혁 완봉 특집 기획! 투사부일체!]
―아버님, 어머님. 안녕하세요!
―호호, 안녕하세요!
―안녕하셔유. 구강혁이 애비 되는 사람여유.
"아니……."
딱 거기까지만 보고서.
구강혁이 방을 빠져나왔다.
"완봉 투수 일어났슈?"
"네. 아부지. 이거 뭐예요?"
"응? 아, 벌써 올라간 겨? 어디 보자."
"언제 이런 걸 다 찍으셨어?"
아버지가 씨익 웃었다.
"경기 시작하기 한참 전에 찾아오던디? 그 인터뷰 허는 처자가 참말로 참하더만."
"한희주 부팀장이요?"
"웜마? 통성명까지 한 겨?"

"아니, 아니아니. 아부지. 직장 동료잖아요, 직장 동료. 이름이야 모르는 게 더 이상하지."

어머니가 거실로 나오며 말했다.

"그래도 엄마는 사내연애 찬성! 희주 양? 이름도 예쁘네. 싹싹하고 이쁘장하니 마음에 들더라. 촬영을 하든 안 하든 엄마아빠를 얼마나 챙겼는지 몰라. 그리고 우리도 우린데, 다른 사람들한테도 아주 예의가 바르더라니깐?"

"맞어. 처자가 아주 싹싹혀."

"아참! 다음에 가게도 한번 오겠다더라."

구강혁이 황당한 듯 되물었다.

"가게요? 무슨 가게요. 우리 가게?"

"응. 전에도 비슷한 거 찍었다던데? 또 식당 하는 선수가 있었다나. 우리야 가게 홍보도 되고 좋지 뭐. 네 아버지도 카메라 앞에서 얼마나 신을 냈는지 몰라."

"아니 무슨 또 신을……."

"대답은 미뤘는데. 아들은 괜찮아?"

구강혁이 뒷머리를 긁적였다.

"저도 같이 와서 찍어야 그림이 나온다는 거잖아요. 괜찮기는 하죠. 아부지도 좋아하시면야 뭐. 그래도 시즌 도중에는 좀 그래요. 전반기 끝나고 브레이크 때면 또 몰라."

아버지가 흡족하게 고개를 끄덕였다.

"알었어."

어머니가 다시 말했다.

"그래, 아무튼 잘해 봐. 네가 여자 만날 데가 어디 또

있니? 선도 싫대. 그 뭐야. 자만추? 그런 거 아냐. 보니까 프런트 직원들이랑 결혼한 선배들도 있고 하던데. 왜 팔콘스에서 뛰었던 누구도……."
"아마 정근현 선배님이 그러셨을 텐데. 아니지. 아니! 아니에요! 실례예요, 실례. 진짜 어디 가서 그런 말씀 마세요. 응?"
"우리끼리니까 하는 말이지. 안 그래요, 여보?"
"최선을 다 혀봐. 야구가 인생의 전부는 아녀."
"……"
영상의 구성 자체는 단순했다.
누가 봐도 주인공은 구강혁의 아버지.
구태성의 유니폼 자랑부터 시작해…….
경기 도중의 맛깔나는 반응.
한유민의 호수비에는 눈물까지 찔끔 흘리고…….
마지막으로는 김재상 코치와의 어색한 대화까지.
팬들의 반응도 나쁘지 않았다.
→ 구버지구머니 감사합니다감사합니다감사합니다
→ 구버지 성불ㅋㅋㅋㅋㅋ
→ 태성불패 오리지날 유니폼 개부럽다!
→ 구버지 우시는데 나도 눈물 남ㅠㅠ
세 가족이 나란히 스마트폰을 들여다보고서.
구강혁이 멋쩍게 물었다.
"뭘 또 우셨어요?"
"눈에 먼지가 들어간 겨."

"후후! 네 아버지, 집에 와서 또 우셨어."
"집에도 먼지가 많아! 청소를 하는 겨, 마는 겨!"
"뭐예요?"
"……내가 혀야겄다, 그런 말이여!"
그렇게 영상을 보고서.
다소 늦은 아침까지 먹고.
구강혁이 집을 나서려던 차.
어머니가 등을 쓰다듬으며 물었다.
"바로 대전으로 가는 거야?"
"내려가기 전에 잠깐 약속이요. 에이전시 대표님이랑 할 이야기가 좀 있어서."
"그래. 다음은 언제 던져?"
"로테이션대로면 금요일 경기인데, 아마 그보다는 휴식을 더 길게 주실 거예요. 감독님께서 직접 말씀을 주셨거든요."
"완봉까지 했으니까?"
"네. 그래도……. 브레이브스 원정에서 던지는 건 맞을 거예요. 이제 징크스 같은 건 괜찮으니까, 혹시 오고 싶으면 언제든 오세요. 미리 말씀 주셔도 되고."
"가게도 있는데 뭐."
"그려, 응원이야 뭐, 어디서 하면 어뗘? 그나저나, 참으로 긴 인고의 세월이었어. 이제야 브레이브스전에서 우리 팀을 응원할 수가 있겄구먼."
"원래 하셨으면서."

"으음."

그렇게 집을 빠져나와서…….

구강혁이 수원역으로 향했다.

가까운 카페에서 김윤철이 기다리고 있었다.

"벌써 와 계셨어요? 저도 빨리 나온다고 나왔는데. 여기까지 오신다고 고생 많으셨어요, 바쁘실 텐데."

"약속한 시간까지는 10분이나 남았는데요. 고생도 안 했습니다. 수원이면 엎어지면 코 닿을 거리고, 오전에 가까운 데서 일정도 있었어요. 오후 일정은 딱히 없으니 괜찮으시다면 대전까지도 데려다 드리죠."

"어휴, 아닙니다."

"후후, 그렇게 말씀하실 것 같아 표만 끊어 뒀습니다."

"하하. 이러다 표 끊는 법도 까먹겠네요. 모이면 작은 돈도 아닐 텐데, 그런 처리는 어떻게……."

"나중에 정산은 하겠지만, 이번은 완봉 선물로 치죠. 축하드립니다. 아주 인상적인 경기였어요."

구강혁이 가볍게 고개를 숙였다.

"대표님께서 야구에만 집중할 수 있게 도와주신 덕분입니다. 아, 대전 집에서도 아주 잘 지내고 있어요."

"다행이네요. 뭐, 구 선수라면 완봉쯤이야 해낼 줄 알았습니다. 그래도 먼 길 내려가셔야 하니 슬슬 본론으로 들어갑시다. 열차 출발도 얼마 안 남았고요."

"네."

커피를 홀짝인 김윤철이 다시 말했다.

"아시다시피 브레이브스의 지금 상황은 최악입니다. 승수 인플레이션 소리가 나올 정도로 가디언스와 재규어스의 성적이 좋다지만, 3할 안팎을 오갈 정도의 승률로는 참고 있을 팬들이 없죠."

"음, 분위기가 참."

"참 안 좋아요. 송용민 감독은 이미 프런트에 사퇴 의사를 밝혔답니다."

구강혁이 눈썹을 찌푸렸다.

인연을 만들었다기에는 접점이 적었으나.

나름대로 구강혁에게 최대한 신경을 써 준 송용민.

"아직 시즌 초반인데요."

"그래도 드문 일은 아니죠. 프런트……. 그러니까 양홍철도 사표 자체는 수리했고, 발표 타이밍을 재고 있답니다. 외부 인사 선임 없이 2군 김영태 감독의 대행 체제로 갈 듯하고요. 상황에 따라서는 감독으로 선임까지 할 겁니다."

"그 분은……."

"양홍철 쪽 사람이다, 그렇게 보시면 됩니다."

송용민도 양홍철이 선임한 건 마찬가지지만.

큰 효과를 거두지는 못했을지언정.

부조리한 개입과 트레이드에는 반발해 왔다.

차기 감독이 그조차 하지 않는다면.

"여러모로 적기인 동시에, 더 늦어지면 브레이브스 선수단에도 타격이 심대할 만한 상황입니다."

상황은 최악. 그 이하로 치달을 터.

"그런 걸⋯⋯. 원치는 않습니다."

"네, 충분히 이해하고 있습니다. 그러니 다음주부터 바로 작업을, 실례. 여론전을 시작할 겁니다. 뭘 하지 않아도 이미 상황은 심각하지만요. 예전에 악플 문제로 드렸던 말씀, 기억하시죠?"

"양홍철 측의 짓일 거다, 그렇게 말씀하셨죠."

"네. 그 정황을 흘릴 겁니다. 참 아마추어 같은 실책인데, 브레이브스 내부 직원이 사용하는 계정과 악플을 단 계정의 유사성이 발견됐어요. 딴에는 신경을 썼는지 완전히 일치하지는 않지만, 중요한 건 일단 상황을 수면 위로 끌어 올리는 거니까요."

"그 직원이라면?"

"양홍철 직속이죠. 지금 브레이브스 팬들은 송용민 감독과 안재석 단장을 비난하지, 양홍철 부단장에 대해서는 큰 관심이 없습니다. 내부 사정이 그만큼 바깥에 잘 알려지지 않았다는 증거라고 봐야겠죠."

"그 초점이 양홍철에게 옮겨지겠군요."

"네. 그 이후에 다시 구강혁 선수의 트레이드를 주도한 게 양홍철이라는 정보를 흘릴 겁니다. 이미 내부 협조자를 통해 자료는 챙겨 뒀습니다."

"⋯⋯김 대표님. 제 다음 등판은 아마 브레이브스전이 될 겁니다."

"네."

"제가 뭘 하면 될까요? 이를테면 인터뷰라든가."

김윤철이 어깨를 으쓱였다.

"하던 대로 하시면 됩니다."

"하던 대로요?"

"네. 양홍철이 트레이드로 보낸 구강혁이 시즌을 말아먹고 있는 브레이브스에 비수를 꽂는다? 정작 받아온 선수들의 활약은 미미한데? 이미 달아오른 팬들이 폭발하기에 차고도 넘치는 그림이죠."

"잘 던지면 된다는 말씀이시군요."

"어디까지나 그러면 더 좋다는 이야기죠. 필요 이상의 부담을 가지지는 마세요. 어쨌든 경기 후에는 미튜브를 통해 조영준 전 선수의 인터뷰를 공개할 겁니다."

"!"

"조영준 선수의 심정에 대해서는 물론 저보다 잘 아시겠지만, 본인이 상황을 바로잡고 싶다는 의사가 확고하더군요. 그쯤 되면 충분할 겁니다. 구단주와의 관계가 어떻든, 양홍철은 다시는 야구계에 발을 들이지 못할 겁니다."

"그 후로는요?"

"민형사적 처벌까지는……. 흐음. 24시즌의 재규어스 프런트, 감독 스캔들 이후로는 가장 큰 파장. 어쩌면 그보다도 심각한 파장이 있을 테니까요. 다음은 공권력의 몫입니다. 이후로 저희는 조영준 전 선수의 보호에 집중할 생각입니다."

"아. 정말 감사합니다. 부디 마지막까지 잘 부탁드립니다. 그리고 고생 많으셨습니다."

김윤철이 입꼬리를 올렸다.

"별 말씀을요. 제 선수를 지키면서……. 겸사겸사 바로잡아야 할 일도 바로잡는 거니까요. 그리고 말씀드렸잖습니까? 잘못 건드렸다. 그걸 똑똑히 알려 주겠다고."

* * *

울브스와의 홈 경기를 앞둔 화요일.

김재상이 선발진을 불러모았다.

구강혁도 달려가서 귀를 기울였다.

"당사자들은 이미 알겠지만, 영후가 오늘 선발이고. 도미닉, 로건이 순서대로다. 영준이, 강혁이는 브레이브스전 준비 착실히 하고. 공교롭게도 지난 홈 시리즈랑 선발 순서가 같네. 이번에는 좀 다른 모습 기대하마."

두 외인이 통역을 통해 말을 전해들었다.

'셋 다 썩 좋은 표정은 아니네. 지난 등판에서 워낙 탈탈 털렸으니. 특히 로건은 더 그럴 거야. 샤크스전에서의 첫 승을 제외하면 그간 좋은 결과를 내지 못했으니까.'

김재상이 다시 말했다.

"그런데 이번주에는 비 소식이 있다. 특히 내일 경기가 강수확률이 높은데, 우취 결정이 나면 목요일 선발은 도미닉과 로건, 둘의 컨디션을 보고 정하시겠다는 감독님 말씀이시다. 통역 분들, 이 부분 특히 잘 전달해 주시고."

"넵."

류영준이 한마디 거들었다.

"비가 지난주에 내렸어야 하는데 말입다."

"그러게. 그래도 선방했잖냐? 강혁이가 고생 많이 했고. 아무튼 다음은 브레이브스 원정이니 취소될 일은 거의 없을 거야. 영준이가 첫 경기고. 강혁이가 2경기를 던지는 게 원래 로테이션인데……. 하루를 더 쉬고 3경기에 나간다."

구강혁이 눈을 동그랗게 떴다.

"5, 6……. 7일이나 쉬는데요?"

"그래, 그만큼 배려해 주시는 거야. 그러니까 완봉 후유증이 어떻다느니, 혹사가 어떻다느니. 안 좋은 소리가 안 나올 정도로는 잘 던져야겠지?"

"앗, 네. 맞습니다."

"그래. 동엽이, 선민이도 컨디션 나쁘지 않고. 요즘은 의준이도 괜찮더라. 강혁이 너도……. 시즌은 장기전이다. 휴식이 길어지는 경우는 얼마든지 있을 거야. 그럴 때도 긴장감 놓지 않고 잘 준비하는 것도 선발의 미덕이고."

"알겠습니다."

"영준이가 조언 좀 많이 해 줘."

류영준이 흔쾌히 고개를 끄덕였다.

"예아."

그리고 경기시작 전.

네오 팔콘스 파크 내 카페테리아.

구강혁이 한유민의 맞은편에 앉았다.
"식사 맛있게 하십시오, 선배님."
"그래. 오리가 맛있네. 아주 안정적인 맛이야."
"저도 한 바가지 퍼왔습니다. 그나저나 경기 끝나고 감사하다는 말씀도 제대로 못 드렸네요."
"인터뷰에서 고맙다며?"
"보셨습니까?"
"그래. 그런 거 잘 안 보는데, 이번에는 좀 봤지."
"확실히 기가 막힌 수비였죠."
구강혁이 웃으면서 맞장구를 쳤다.
완봉의 마지막 아웃카운트를 잡아낸…….
한유민의 슬라이딩 캐치.
리그 주간 하이라이트에도 선정된 호수비였다.
구강혁에 대한 반응도 당연히 뜨거웠지만, 극적인 슬라이딩으로 자칫 길어질 뻔한 경기를 마무리지은 한유민에게도 수많은 박수갈채가 쏟아졌다.
"매드슨이 힘이 확실히 좋더라고요."
"그래. 수혁이가 커버는 잘 들어왔어도……. 빠졌으면 타점은 물론이고 최소 2루는 내주지 싶었는데 말이야. 못 잡고 1점 정도는 내줘도 너라면 막을 거 같더라. 그래서 그냥 시원하게 날았지."
"흐흐, 탁월한 선택이셨습니다."
구강혁도 그랬다.
'류영준 선배님도 그러셨지. 투수 기록은 수비들이 만

드는 거라고.'

한유민의 수비를 믿었기에.

우타자 바깥쪽 코스라는 박상구의 선택을 받아들였다.

"앞으로도 잘 부탁드립니다."

"어우, 부탁은. 오글거린다."

"에이, 왜요. 그나저나 울브스 전인데 어떠십니까?"

"어떻냐니?"

"친정팀 아닙니까."

구강혁과 한유민의 공통점.

트레이드로 팔콘스에 합류했으며……

친정팀은 죽을 쑤고 있다.

가디언스와 재규어스가 2강.

드래곤즈, 팔콘스, 스타즈, 파이터스, 샤크스가 5중.

울브스, 타이탄스, 브레이브스가 3약을 형성한 순위표.

"친정이면 어때, 경기가 그냥 경기지. 다음 시리즈는 또 브레이브스 원정이잖아. 너야말로 어떤데? 2경기 등판이냐?"

"3경기요. 저는 좀 복잡미묘하네요."

"으음. 하기야. 솔직히 나도 속이 시원하지는 않아. 그래도 프로인데 어쩌겠냐. 감정이 어떻든 평소대로 해야지. 엉? 프로답게 말이야."

"으음……."

말은 그렇게 했지만.

한유민은 이날 우익수로 선발 출장.

4타수 4안타로 울브스 마운드를 폭격했다.
5:10, 홈팀 팔콘스의 승리.
동시에 시즌 최다 4연승.
문영후는 5이닝 4실점의 피칭에도 불구.
타선의 화끈한 지원에 힘입어 시즌 3승째를 수확했다.
한편.
등판 3일차를 맞은 구강혁은 이날 네오 팔콘스 파크의 몬스터 월 뒤편 불펜에서 15구의 피칭을 실시.
"……으잉? 야 인마, 강혁아?"
김재상을 경악하게 만들었다.
"어, 코치님. 날이 좀 따뜻해졌죠?"
수요일, 시리즈 2경기.
예보대로 전국에 많은 비가 내렸다.
순연이었다.
그리고 비가 그친 금요일.
선발로 등판한 투수는 로건.
2회까지는 손쉽게 범타를 이끌어 내는 듯했으나…….
3회 선두타자에게 첫 볼넷을 내준 이후, 아웃카운트를 전혀 잡아내지 못하며 내리 4실점으로 강판.
'로건은 계속 잘 안 풀리네.'
이날도 5타수 3안타에 솔로 홈런과 2루타를 기록, 사이클에 3루타만을 뺀 한유민의 2타점 활약에도 불구.
'……한유민 선배는 감정 없으신 거 맞나?'
팔콘스는 4:2의 패배를 맞이했다.

비록 연승은 4에서 끊겼지만.
친정팀과의 2경기에서 9타수 7안타.
홈런 하나에 2루타 2개를 추가한…….
한유민의 타격감이 극한으로 올라온 상황.
팔콘스 선수단이 서울로 향했다.
구강혁의 룸메이트는 오늘도 원민준.
늦은 저녁을 먹고 방으로 돌아오자…….
옛 동료들이 오랜만에 메시지를 보냈다.
예의 단체 채팅방에.
[오현곤: 민준이 형]
[오현곤: 딱 대]
[함창현: ㄹㅇㅋㅋ]
"얼씨구."
구강혁이 피식 웃었다.
'가장 마지막 메시지가 1달도 더 전이네.'
어쩔 수 없는 일이었다.
원민준과 구강혁은 팀을 떠났으니까.
브레이브스에 남은 3루수 오현곤, 외야수 함창현.
대수비 요원에 가까웠던 함창현이 캠프 기간 내내 의외의 성장세를 보인 결과.
둘 모두 시즌 초반을 주전으로 뛰고 있다.
[구강혁: 니들이 딱 대ㅋㅋ]
[원민준 형: 이놈들이 팀 갈라졌다고 위아래도 없어]
[오현곤: 앗 죄송합니다 원민준 선배님]

[오현곤: 그래도 딱 대ㅋㅋ]

[함창현: ㄹㅇㅋㅋ]

[원민준 형: 아니 강혁이한테는 왜 말 안 해]

[오현곤: 우리 KOOOOO는 무서워잉]

[오현곤: 사람이 달라졌어 사람이]

[구강혁: ㅎㅎ]

[함창현: 에라 모르겠다 너도 딱 대ㅋㅋ]

[구강혁: ㅋㅋㅋㅋㅋㅋ]

한바탕 별 의미 없는 메시지가 오가고.

원민준이 착 가라앉은 목소리로 말했다.

"좀 이상하다, 강혁아. 너 전역하면 우리끼리 으쌰으쌰 또 고척에서 잘 지낼 줄 알았는데. 세상 일이라는 게 진짜 모르겠다. 브레이브스 상황은 계속 안 좋은 거 같고."

"……어쩌겠어. 프로답게 하자고, 프로답게."

이튿날.

로건이 1군 엔트리에서 말소되었다.

'로건이 선발로 나선 5경기에서 팔콘스의 성적은 4패. FA를 코앞에 둔 한유민 선배나 민준이 형까지 영입하면서 치르는 시즌임을 감안하면……. 이 시점의 말소가 성급한 선택이라고 볼 수도 없겠지.'

도미닉도 아주 좋은 상황은 아니었지만.

'그래도 도미닉은 잘해 주고 있어. 승수가 아쉬운 건 로건이나 도미닉이나 마찬가지지만, 어쨌든 도미닉은 경기 내용이 좋으니까.'

구관이 명관이라고 했던가.

경기 내용 측면에서는 훨씬 나았다.

'로건이 부상 탓에 내려간 건 아니니 대체선수 단기계약은 어렵고, 일단은 2군에서 조정을 거칠 테지. 본인에게도 그렇고, 팀에도 그렇고. 잘 좀 다듬어서 다시 올라오면 좋겠네.'

로건의 빈 자리를 채운 선수는 김지환.

문영후, 황선민과 함께.

'영후나 선민이는 경기 외적으로 딱히 나무랄 데가 없는 착한 애들이지. 반면 지환이는 데뷔 시즌부터 크고작은 사건사고를 일으키며 사고뭉치 이미지가 생겼고…….'

팔콘스의 미래로 꼽히던 투수다.

'제구 난조, 구속 하락이 겹쳐지면서 2군을 오갔고, 올해는 아예 2군에서 시작했지. 신인캠프에 참여한 것도 아니니 나는 마주칠 일이 없었네. 어쨌든 포텐셜 하나는 정말 어마무시한 녀석이야. 비공식이라지만 160까지 뿌렸으니까.'

선발을 목표로 하는 둘과는 달리, 데뷔 시즌부터 마무리로 던지고 싶다는 의사를 꾸준히 밝혀오기도 했고.

'구속은 꽤 회복했다고 들었는데. 사실 처음에 지환이가 던지는 걸 내 눈으로 봤을 때는……. 체인지업을 던지는데 내 포심보다 거의 10킬로가 빨라서 황당했지.'

인천 드래곤즈의 리빙 레전드, 김광열을 닮은 역동적인 투구폼으로 유명한 선수이기도 하지만.

팔과 각도만 따진다면, 우완에 로우 쓰리쿼터.
구강혁과도 비슷한 점이 있다.
'올라오는 이유가 있을 텐데. 기대가 되네.'

＊　＊　＊

2대 2 트레이드의 주인공.
브레이브스와 팔콘스의 맞대결.
수많은 기사가 쏟아졌다.
[브레이브스와 팔콘스, 시즌 첫 맞대결!]
[트레이드 승자 결정전? 김용문은 웃고 있다]
[팔콘스 구강혁, 브레이브스전 등판할까?]
[서울 브레이브스, 팔콘스전 앞두고 양태현 콜업]
→ 얘 구강혁 트레이드 상대였던 걔 맞지?
→→ 맞음 대주자 전문 올해 처음 올라옴
→→ 김대윤은 초반 반짝하다 부상에 양태현은 보여 주기 식으로 콜업? 이딴 게 트레이드냐 시발 돌재석아
→ 브) 왜 홈이 돔이냐 비 올 수도 있는데
→→ 진심으로 차라리 안 보고 싶다
→→ 살다 살다 팔꼴스가 무서운 날이 오네
→ 브) 강혁아 어떻게 안 되겠니
→→ 팔) ㅋㅋㅋㅋㅋㅋ뭔지 몰라도 되겠냐
한편으로는…….
커뮤니티에도 하나의 게시물이 올라왔고.

[브레이브스 프런트 악플 의혹.jpg]
제목은 이러했다.
내용이 그리 길지는 않았다.
사진 세 장이 다였으니까.
구강혁을 향한 패륜적인 악플.
브레이브스 프런트의 구조도.
마지막으로 브레이브스 직원의 명함 한 장.
명함의 이름은 모자이크로 가려져 있었으나.
소속팀과 메일 계정 일부는 공개된 채였다.
악플을 단 계정과…….
메일의 계정이 상당 부분 일치했으며.
소속부서인 홍보팀은 부단장 양홍철의 직속.
→ 프런트가 구강혁한테 악플 달았다고?
→ 어그로 좀 끌지 마라ㅋㅋㅋ
수많은 게시물이 올라오는 커뮤니티의 특성 상.
반응이 그리 크지 않았다.
→ 주작이지? 모자이크는 왜 함ㅋㅋ
→ 엥 저거 브레이브스 직원 명함 맞는데
→ 트레이드 때 악플 ㅈㄴ많긴 했어
→ ㅇㅇ패드립치고 깎아내리고 난리도 아니었지
→ 양홍철이 누구임?
→ 부단장이라잖아 ㅡㅡ
처음에는 그랬다.
어쨌든.

시리즈 1차전.
팔콘스의 선발은 류영준.
6일의 휴식을 취한 에이스다운, 7이닝 무실점의 호투를 선보였다.
이에 한유민이 투런포를 쏘아 올렸다.
2경기 연속 홈런의 뜨거운 타격감.
승리요건을 갖추고 류영준이 내려간 후.
원민준이 8회를 막아 내며 홀드를.
주민상이 세이브를 기록했다.
이상적인 승리였다.
[팔콘스, 브레이브스 2차전 선발 김의준 예고]
[류영준의 또다른 직속 후배 김의준, 첫 승 신고할까]
→ 팔) 강혁이 차례 아녀?
⟶ 완봉해서 휴식 길게 주는 듯
→ 팔) 아 좀 아쉽다 강혁이 보고 싶네
⟶ 내일은 나올 거 같은데?
뒤이은 경기, 팔콘스의 선발은 김의준.
시즌 첫 선발 등판이었다.
포심과 커브의 투 피치에 가까운 피칭.
최고 구속은 145km/h 수준이었으나.
빼어난 구위로 꽤 많은 삼진을 잡아냈다.
5이닝 7탈삼진 1실점.
대체선발치고는 탁월한 호투.
그러나 타선이 침묵했다.

한유민과 박상구, 두 타자가 각각 2번과 7번 타순에서 나란히 2안타씩을 쳐 냈음에도 단발성에 그치며……

0:1.

'의준이는 정말 컨디션이 좋네. 동엽이나 선민이를 제치고 당분간 로건의 자리를 차지할 수도 있겠어. 접전이어서 그런지 지환이는 아직 등판이 없고…….'

최악의 패배였다.

'문제는 유민 선배를 제외하면 주전 타선이 다시 침체기에 들어섰다는 거야. 그나마 전담 포수인 상구가 멀티 안타를 친 점이 위안이 되지만.'

마지막으로 3경기.

[고척에서 첫 구강혁 더비 열린다]

[완봉 후 7일 휴식 구강혁, 후유증 여부 관심]

[브레이브스, 내보낸 최고 선발 벽 넘을 수 있을까]

구강혁이 등판을 앞두고…….

박상구에게 다가갔다.

"하나 해 줘야겠다."

"으흐음."

"타순도 올랐잖아? 5번까지."

7번에서 5번으로 타순이 올라온 상황.

박상구가 고개를 절레절레 저었다.

"나는 말이다, 강혁아. 네가 무섭다."

"뭔 소리야?"

"아무리 날이 좀 풀렸어도 그렇지. 특히 요 며칠은 습

해서 다른 투수들은 짜증만 이빠인데. 너는 그 와중에 구속이 어디까지 오르는 거야?"

구강혁이 어깨를 으쓱였다.

"아직 비밀이야, 인마."

"으흐흐……. 밥값은 해 볼게."

"믿는다."

1회초.

브레이브스의 선발은 우완 오한결.

올 시즌을 앞두고 FA로 눌러앉은…….

현재까지 4경기에서 2승, 평균자책점 3점대를 유지하며 브레이브스의 연약한 선발진을 떠받치고 있는 투수.

[……팔콘스는 1회초 1사 후 한유민 선수가 볼넷으로 출루에 성공했습니다만, 페레즈와 노재완이 오한결 투수의 높은 패스트볼을 건드리며 나란히 뜬공을 쳐 내고 말았어요.]

[팔콘스 선발인 구강혁이 독특한 그립, 팜볼성 체인지업을 던진다면, 오한결은 대세인 서클체인지업을 굉장히 잘 던지는 선수거든요. 두 선수 모두 체인지업을 노리려다 꼼짝없이 당하고 말았습니다.]

[테이블세터인 황현민과 한유민 선수는 그래도 괜찮은 편이에요. 특히 한유민은 최근 타격감이 굉장히 좋습니다만, 이어지는 타선이 좋은 흐름을 이어 가지 못하는 것 같은데요. 어떻게 보십니까?]

[맞습니다. 클린업 트리오죠? 페레즈, 노재완, 안태홍

까지 모두 최근 성적이 좋지 않아요. 안태홍 선수는 오늘 선발 라인업에서 빠졌을 정도죠. 김용문 감독은 어제 2안타를 쳐 낸 박상구를 상위 타순에 배치하며 변화를 꾀하고 있습니다.]

팔콘스의 첫 공격은 무위로 돌아갔다.

그리고······.

"강혁아! 돌아와! 잘해 줄게!"

"어! 안 돼! 지랄 마!"

"뭐? 지랄! 방금 너 어디야!"

구강혁이 마운드에 올라왔다.

오늘도 원정 응원석에서 새어 나오는 등장곡.

또 팔콘스 팬들의 목소리.

이어진 연습투구.

슈욱!

퍼어엉!

[이야, 역시 궤적이 참 좋네요. 저 궤적에 투심까지 장착했다니······. 그런데 지금 속구를 던진 걸로 보이는데, 전광판에는 130대가 찍혔거든요. 물론 연습투구이기는 합니다만, 구강혁 투수. 휴식이 길었어도 완봉 여파가 있는 걸까요?]

[선발 경험이 적은 만큼 타격이 없지는 않겠죠. 오히려 긴 휴식이 독이 됐을 가능성도 있고요. 현재까지는 리그 최고 에이스의 면모를 보여 주는 구강혁이 얼마나 컨디션을 잘 회복했느냐가 오늘 경기의 승패를 가를 거라고

봅니다.]

[사실 굉장히 관심을 많이 받는 매치업입니다. 팔콘스 팬분들 입장에서야 구강혁 선수가 그야말로 복덩이겠지만, 브레이브스 팬들로서는 속이 쓰리실 테니까요.]

[하하, 그렇죠. 또 상대 선발인 오한결은 FA로 확실하게 잡아낸 집토끼라는 점에서도 그렇고요.]

[말씀드리는 순간, 함창현 타자가 타석에 들어섭니다. 현재까지 2할 8푼대의 타율.]

얄궂게도.

구강혁의 첫 상대는 함창현이었다.

'묘한 기분이다. 착잡하다고 할까.'

야수와 투수라는 포지션의 차이에도 불구.

오랫동안 가깝게 지내 온 팀 동료.

'동료, 아니지. 창현이나 현곤이, 민준이 형도 그렇고, 영준이 형까지. 우리끼리는 친구라는 말이 더 맞을 거야.'

그러나 지금은…….

'그래도 진짜 프로답게 가야겠지. 미안하다는 생각은 안 하마, 창현아. 전력으로 간다. 네가 딱 대라.'

잡아내야 할 상대 타자일 뿐.

구강혁이 초구를 뿌렸다.

슈욱!

진지하게 타석에 임했던 건 함창현도 마찬가지.

그러나…….

프로의 세계는 냉정한 법.

전력으로 뿌린 구강혁의 포심이.
퍼어어어엉!
그야말로 뱀 같은 궤적을 그려 내며.
존 한가운데를 시원하게 뚫었다.
우타자인 함창현은 움찔했을 뿐.
스윙조차 하지 못하고, 당황스러운 시선을 보내 왔다.
대체 이게 뭐냐는 듯이.
"캬, 지린다⋯⋯. 엥?"
"⋯⋯어?"
"헉?"
다음 순간.
관중들 사이에서 의문이 새어 나왔고⋯⋯.
"야, 야! 저거 뭐야!"
"구속! 구속 좀 봐!"
의문은 곧 탄식으로 이어졌다.
수많은 시선이 전광판으로 쏠렸다.
[151]
"미친, 150?"
"아니지! 151이잖아!"
"씨바, 왜 자꾸 구속이 오르는 건데! 제발 돌아와!"
완봉으로 뱀 문신의 성장을 이룬 구강혁이⋯⋯.
친정팀 서울 브레이브스를 상대로.
150km/h대의 강속구를 던지기 시작했다.

5장

리그 유일의 돔 구장, 브레이브스 파크.
우천취소나 순연은 극히 드물고…….
탁월한 환기시설 덕분에 미세먼지에는 물론.
기온의 영향도 상대적으로 덜 받는 구장이다.
대부분의 국제전 무대로 쓰이는 이유가 있다.
구단으로서도 이점은 적지 않다.
원정경기야 어쩔 수 없다지만.
어쨌든 시즌의 절반가량은 홈에서 치르기 마련.
취소되는 경기가 타팀에 비해 적고.
더블헤드나 월요일 경기 편성 또한 적다.
 덕분에 시즌 막판에는 휴식일이 많고, 에이스급 선발 위주의 로테이션 운용까지 가능해진다.
 여러모로 숨통이 트이는 것이다.

물론 이는 선발진이 구색을 갖췄을 때의 이야기.

빈약한 선발진 탓에 하루의 휴식도 절실한 올 시즌의 브레이브스에는 득보다는 실이 되고 있지만…….

어쨌든 팬들에게도 장점은 많다.

신축 구장답게 기본적인 환경이 좋고.

애써 방문했는데 경기가 취소되는 불상사?

거의 없는 것과 마찬가지다.

고질적인 접근성 문제가 있기는 해도, 중계를 통해 경기를 시청하는 팬들에게는 그마저도 무관한 일.

오늘도 그 장점은 드러났다.

수요일, 전국적으로 내렸던 비.

이 비가 목요일부터 잦아들었다가…….

일요일부터 다시 쏟아지기 시작했던 것.

[광주, 인천, 잠실 KBO 경기 순연 확정]

[사직 타이탄스-스타즈전, 2회 마치고 노 게임]

무려 3경기 순연에 1경기는 노 게임.

특히 2강인 가디언스와 재규어스의 시즌 첫 맞대결로 큰 관심을 모았던 광주 시리즈가 1승 1패의 동률로 마무리되며 양팀의 팬들이 아쉬움을 삼켰다.

그리고…….

어느 팀의 팬이든.

일요일 야구 중계를 즐기려다 맥이 빠진 팬들.

그 일부가 고척 시리즈로 시선을 돌렸다.

→ 재) 어 형 왔어

→ 가) ㅋㅋ니네 운 좋네

→ 재) 뭐래ㅋㅋㅂㅅ이 니가 운 좋지

본인의 팀에만 관심이 있는 팬도 아주 많지만.

오늘의 고척 경기는 특별했다.

선수와 팀의 서사를 갖추고 있다는 점에서.

→ 팔) 시작도 안 했는데 왜케 사람 많냐

→ 탄) 오늘 구강혁 더비라던데 맞나여

→ 팔) ㅇㅇ

→ 브) 하 시발

→ 스) 어 호구 왔네ㅋㅋ

→ 브) 반박할 말이 없다

→ 구강혁 트레이드로 보내고 오한결 FA로 잡기 VS 자폭하기 뭐가 더 낳냐

→ 브) 낳긴 뭘 낳아ㅅㅂ 진짜 열받게 할래?

26시즌 리그 첫 완봉까지 달성해 내며……

명실상부한 에이스급 선발로 발돋움한 구강혁.

그가 자신을 버리다시피 트레이드로 내보낸 브레이브스를 상대하는 날이었으니까.

팔콘스가 인기팀 축에 든다는 점을 감안해도, 평소보다 훨씬 많은 수의 시청자가 유입되기 시작했다.

그리고 1회말.

브레이브스의 공격.

구강혁의 초구가…….

[151]

150km/h를 넘었을 때.
[미친 님들 구강혁 151 던짐]
[속보) 구강혁 150 넘겨]
[구강혁 저거 진짜임???]
시청자는 또다시 폭발적으로 늘어났다.
그리고…….
서울 도산대로, YC코퍼레이션.
4개의 모니터 가운데 하나에 중계화면을 띄워 둔 김윤철.
그도 구강혁의 초구를 지켜본 건 마찬가지였다.
"허……."
눈을 크게 뜨고…….
함창현이 삼구삼진으로 물러나는 모습을 지켜보고서.
'시청자가 평소의 3배는 되겠군. 4배, 5배까지도 올라올 수 있어.'
시청자 추이까지 확인한 뒤.
김윤철이 자리에서 일어나 블라인드를 걷었다.
건물 9층에서 내려다본 신사역.
'오늘 경기를 지켜본 팬들의 관심은 브레이브스 내부 문제에 대한 관심으로 이어질 거다.'
빗속에도 수많은 사람이 움직이고 있었다.
'마치 하늘이 부추기는 것만 같군.'
실제로도 그랬다.
'양홍철의 파멸을.'

시리즈를 앞두고 익명 커뮤니티에 올라온 게시물.
[브레이브스 프런트 악플 의혹.jpg]
원본은 얼마 지나지 않아 삭제됐지만…….
수많은 카피가 퍼져 나가기 시작했다.
물론 첫발을 딛은 건 김윤철의 지시였으나.
여론에 더 이상 신경을 둘 필요가 없을 정도였다.
일은 잘 풀리고 있다.
그럼에도 김윤철은 감상에 빠지지만은 않았다.
"부르셨습니까, 대표님."
"인터뷰 건은?"
"잘 진행되고 있습니다. 조영준 씨가 영상에 OK 사인을 주셨습니다. 오히려 편집된 발언이 많아 아쉬울 정도라고 하시더군요."
"이해는 가지만, 당사자한테 부담이 가면 안 되지. 내가 따로 연락을 드리도록 하지."
"네. 자문변호사님께 확인도 받았습니다. 문제소지는 크지 않다고 말씀을 주셨지만, 일이 어떤 식으로 흘러가든 조영준 씨의 보호를 최우선순위로 두겠습니다."
"일의 순서에는 큰 문제가 없을 거다. 하지만 당초 예상보다 급물살을 탈 수 있어."
"인지하겠습니다."
"그리고……. 지금부터는 빅리그에서도 관심을 안 가질 수 없을 거야. 그 동네 구속을 생각하면 아직 모자라다고는 해도, 150은 그만큼 상징적인 숫자니까."

"다저스의 야마카와 요시노부, 컵스의 이마사키 쇼타. 둘 다 3년차임에도 들인 비용을 아득히 넘어서는 활약을 펼치고 있으니까요."

"후후, 그렇지."

"부디 구강혁 선수가 부상 없이 시즌을 완주하셔야 할 텐데요. 지금 시점에서는 대표팀 합류는 문제가 안 될 것 같고요."

"우리도 할 수 있는 일은 해야지. 올해를 마치고 직행할 수 있냐, 그 관건은……. WBC 우승 여부겠지. 일이 재밌게 됐어."

　　　　　　＊　＊　＊

첫 상대인 함창현을 상대로 삼구삼진.

3구 모두 포심 패스트볼이었다.

초구는 존의 한가운데.

2구는 몸쪽 낮은 공, 마지막은 바깥쪽을 뚫었다.

구강혁이 완전히 다른 선수가 되었다.

그 사실은 이미 모두가 알고 있었다.

팔콘스 선수들은 물론, 수많은 팬들도.

심지어 과거의 동료인 브레이브스 선수들도.

그렇기에 누구도…….

삼구삼진이라는 결과에는 놀라지 않았다.

하지만 구속에는 놀랄 수밖에 없었다.

[151]
[150]
[151]
전광판에 연이어 표기된 숫자.
"끄아아아아! 구강혁!"
"어깨는 쓸수록 강해진다 했제!"
"그건 아니야 인마!"
이전의 최고 구속인 148.
그 숫자를 2, 3이나 뛰어넘어.
150을 넘어선 최고 구속.

물론 평균 구속이 아니라는 점에서, 이 숫자만으로 구강혁을 파이어볼러라 칭할 수는 없을 터.

그러나 체감 구속에서 이득을 보는 익스텐션.

구속의 상승에도 불구하고 이전과 크게 다르지 않은 파괴적인 수평 무브먼트와, 그로 인한 생소함까지.

게다가 과거의 구강혁이 던지던 밋밋한 공을 떠올리지 않으려야 않을 수 없는 브레이브스 타자들 입장에서는.

리그의 내로라하는 파이어볼러들.

그보다 더 까다로운 선수가 오늘의 구강혁이었다.

[……4회초까지 오한결이 무실점 피칭을 이어가고 있습니다. 투수전 흐름으로 보이는데요.]

[네. 과거 동료였던 구강혁 투수가 오늘 정말 놀라운 모습. 특히 지난 경기 완봉을 달성했다는 점까지 감안하면 그야말로 만화 같은 활약을 보이고 있습니다만, 오늘

체인지업의 각이 굉장히 좋은 오한결이에요.]

 그나마 다행스러운 점이 있다면.

 선발 오한결의 무실점 행진이었다.

 한유민에게 풀카운트 승부 끝에 볼넷.

 박상구에게 좌전안타를 허용했으나…….

 4회까지 그 이상의 출루를 허용하지 않는 짠물 피칭.

 [다시 마운드에 구강혁이 올라옵니다. 오늘 3이닝을 던지며 6개의 삼진을 뽑아낸 압도적인 피칭. 특히 포심 비중이 굉장히 높은데요.]

 [올라온 구속을 아낌없이 쏟아붓고 있어요. 최고 구속이 151까지 나왔는데 지금까지 포심 평균이 148, 149는 되는 것 같거든요.]

 [네. 아, 바로 확인이 가능하답니다. 3회까지 포심 평균 구속 148.7.]

 [역시 그렇죠? 구강혁은 이미 선발 경험의 부족이 무색한 완급조절 능력을 보여 줬는데도 그래요. 계속해서 강속구를 때려 박는다는 건 완전히 상대 타선을 찍어누르겠다, 그런 의도로 볼 수밖에 없습니다.]

 [오늘 경기 투심 패스트볼은 단 1구도 던지지 않은 구강혁입니다만. 그렇다고 브레이브스 타자들이 지난 경기 완봉. 그 주무기나 다름없었던 투심 패스트볼을 완전히 무시할 수는 없지 않겠습니까?]

 [맞아요. 그게 문제입니다. 뭐야, 핵도 그렇잖습니까.]

 [핵무기 말씀이십니까, 위원님?]

[네. 핵무기가 워낙 위력이 강하기는 하지만, 실제로는 그, 뭐냐. 핵을 진짜 쏘지는 않아도, 보유하고 있는 것만으로도 국제적으로 어떤 파워가 생기잖아요.]

[억지력을 말씀하시는 거군요.]

[네. 구강혁의 투심도 브레이브스 타선에 그런 억제력? 억지력을 발휘하고 있다. 그렇게 보시면 되겠습니다.]

물론 구강혁은 그야말로 압도적이었다.

3회까지 6탈삼진 퍼펙트.

단 한 번의 출루도 허용하지 않았다.

[4회말, 브레이브스의 선두 타자는 함창현. 첫 타석에는 구강혁의 포심 3구에 꼼짝없이 삼구삼진, 심지어 제대로 스윙도 못 하고 루킹 삼진을 당했는데요.]

[그래도 타순이 돌았으니까요. 브레이브스 타선도 힘을 내야겠죠. 선두 타자의 역할이 무척 중요한 시점입니다.]

슈욱!

따아악!

[……3구째, 타격! 불규칙 바운드! 아, 노재완이 잡아냈습니다! 1루로 송구!]

[아, 송구 높은데요!]

[1루수 발이 떨어지면서 타자 주자 세이프! 함창현이 내야안타를 기록하며 구강혁의 퍼펙트를 깨뜨립니다! 아……. 죄송합니다. 정정하겠습니다. 3루수 송구 실책으로 기록이 됐습니다.]

[하하. 좀 애매했네요. 승부 타이밍이 나오기는 했을 거

같은데요. 다시 보죠. 불규칙 바운드를 잘 잡아냈는데…….
그 과정에서 자세가 무너졌어요. 한 발짝 더 밟고 던지기에
는 타자 주자가 너무 빨랐거든요.]

4회.

그 퍼펙트를 깬 건 함창현이었다.

3구째를 받아치며 실책으로 출루.

'운이 좋네, 창현이도. 내가 나쁜 건가?'

구강혁이 쓴웃음을 지었다.

그러고는 노재완을 바라보며 말했다.

"잘 잡았는데. 쟤 더럽게 빨라. 글러브 맞고 튀거나 했
으면 오히려 2루까지도 갔을 거야."

노재완이 몇 걸음 다가서며 대답했다.

"그래도 미안하다. 다음엔 확실히 잡을게."

다시 타석이 채워지고.

이어지는 피치컴의 사인.

'다음이라…….'

구강혁이 표정을 지우며 고개를 끄덕였다.

'이번에 잡는 게 더 낫지. 상구랑은 갈수록 더 생각이
맞아가는 느낌이네. 아주 좋아.'

발이 빠른 주자 함창현.

올 시즌 5번의 도루를 시도해 100%의 성공률.

대주자로 쓰이던 선수가 타격 재능을 개화하면 어떤 타
자가 되는가.

그 결과를 온몸으로 보여 주는 활약이었다.

'창현이도 나를 잘 알겠지만…….'
하지만.
'나도 창현이를 잘 알지.'
팔콘스의 배터리는…….
올 시즌 내내, 아니.
'초구에는 웬만하면 안 된다.'
비활동기간부터 합을 맞춘 구강혁과 박상구.
슈욱!
퍼어엉!
[초구, 낮은 볼! 타자 지켜봅니다. 1볼. 낮은 체인지업이었는데요, 오늘 구강혁의 초구가 볼이 되는 건 처음인 거 같습니다.]

[이야, 그렇네요. 128킬로의 느린 공이었죠? 독특한 그립 덕분에 오프스피드 피치보다는 브레이킹볼의 특성을 보이는 구강혁의 체인지업입니다. 함창현 주자는 지금 좀 아쉬울 거예요.]

[올 시즌 5번의 도루를 시도해 모두 성공해 낸 함창현입니다. 도루 타이밍이 아니었냐, 그런 말씀으로 들리는데요?]

[결과론이기는 하지만요. 지금 브레이브스 더그아웃에서 번트 사인을 내지 않았잖아요?]

[그렇습니다.]

[함창현 주자의 발을 믿어보겠다는 거예요. 신중한 것도 좋지만, 팔콘스 박상구 포수가 도루 저지 능력이 좋다

고 보기는 어렵거든요.]

[네. 구강혁 선수의 전담으로 활약하며 꾸준히 선발 기회를 얻고 있습니다만, 여전히 팔콘스의 주전 안방마님은 베테랑 최대훈 포수.]

[그러니까요. 그 약점을 주자가 모를 리는 없죠? 구강혁이 우투수치고는 워낙 견제가 좋고 따로 슬라이드 스텝을 이용하지 않을 정도로 키킹이 간결합니다만, 오늘 경기 양상을 감안하면 함창현이 한 건 해 주면 송용민 감독으로서는 더할 나위 없이 좋은 상황이 됩니다.]

초구는…….

도루를 유도하는 셋업 피칭.

'……긴장한 상황일수록, 우투수를 상대로는 2구째에 뛰는 경우가 많고.'

그리고.

슈욱!

[박상구 포수 바깥쪽으로 앉습니다. 2구, 주자 스타트 끊었고! 타자 스윙! 하지만 포수 이미 일어났어요!]

[아, 피치아웃이에요!]

퍼어엉!

피치아웃.

공을 받기도 전에 빠져 일어난 박상구의 어깨가.

2루로 공을 쏘아냈다.

[박상구의 송구!]

[이건 됐는데요!]

[정확하게 글러브로 빨려듭니다! 아웃됩니다! 거의 자연 태그, 즉시 아웃 판정! 고개를 떨구는 함창현, 팔콘스 배터리와의 수 싸움에서 완벽하게 패배하고 말았습니다! 함창현의 이번 시즌 첫 도루 실패!]

결과는 아웃.

배터리의 완벽한 승리였다.

함창현이 한숨을 내쉬며 더그아웃으로 돌아갔고…….

구강혁이 박상구에게 엄지를 치켜올렸다.

그리고 멀리 외야에서 그 모습을 바라보던 한유민.

그도 씨익 웃으며 중얼거렸다.

"저놈 봐 저거. 친정팀이 어쩌고, 기분이 어쩌고. 심란한 척은 다 하더만, 진짜 너무한 거 아냐?"

* * *

현재 순위, 타이탄스에 근소하게 앞선 9위.

팀 타율도 마찬가지로 9위인 브레이브스 타선.

그들이 상대하기에는…….

지금의 구강혁은 너무도 버거운 상대였다.

물론 팔콘스 타선도 최근의 흐름은 좋지 않았다.

드래곤즈에 이어 4위에 오른 순위.

그러나 팀 타율은 7위.

류영준과 구강혁을 중심으로 한 선발진의 힘이 아니었다면 지금의 상승세는 불가능했을 터.

경기 초반까지도 그 흐름은 마찬가지였다.
1회 한유민이 볼넷을 얻어 내고…….
2회 박상구가 단타를 쳐 냈을 뿐.
이를 제외하면 4회까지 출루가 없었으니까.
그러나 구강혁의 퍼펙트를 깬 함창현.
그를 배터리가 다시 저격해 낸 4회말이 지나고.
5회초.
[4구 타격, 내야를 빠져나갑니다! 정윤성의 오늘 경기 첫번째 안타! 1사 후 출루에 성공하는 대전 팔콘스!]
[체인지업이 몰렸어요. 하하, 정윤성 선수. 1루에 나갔는데도 인상을 팍 구기죠. 안타를 치기는 했는데 아쉬운 거예요. 체인지업 타이밍을 노리고 들어갔는데 타구 질이 본인의 생각보다 좋지 않았거든요.]
[이번 안타는 정윤성의 시리즈 첫 안타이기도 합니다. 그래도 혈을 뚫었다는 면에서는 타격감에 도움이 되지 않겠습니까, 위원님?]
[하하, 어쨌든 아웃보다는 낫겠죠. 그래도 좋은 노림수로 출루에 성공했잖습니까?]
1사 후 정윤성이 안타를 쳐 냈다.
비록 후속타 불발로 잔루로 남았지만…….
'득점으로 이어지지 않은 건 아쉽지만, 윤성이가 출루해 준 덕분에 6회는 다시 현민이부터 시작이다. 다른 타자들이 어떻든 한유민 선배는 타격감이 극상이고, 상구도 타순이 조정됐어. 좋은 기회다.'

이상적인 타순을 만들어 낸 출루였다.
뒤이은 5회말.
[……스윙! 이닝 끝! 구강혁의 체인지업이 또 한 번의 삼진으로 이어집니다. 오늘 경기 정말 좋은 삼진 페이스를 보이는 구강혁입니다.]
[5이닝에 9개의 삼진. 안 그래도 지난 경기까지 이닝당 1개를 넘는 삼진 페이스를 보이던 구강혁 투수인데, 구속까지 올라왔잖아요. 브레이브스 타자들이 영 힘을 못 쓰고 있어요.]
구강혁이 9개째의 삼진을 뽑아내며…….
또 한 번의 삼자범퇴 이닝을 만들어 냈다.
그리고 클리닝 타임.
구강혁이 박상구에게 다가갔다.
"빡. 아까 한 말 기억하지?"
"한 건 하라던 거? 함창현이 잡아 줬잖어."
"너 혼자 막았냐?"
"으흐음, 안타도 하나 쳤는디."
"타점을 올려야지, 타점을."
"그거야……. 컨디션이 나쁘지는 않은데."
구강혁이 어깨를 으쓱여보였다.
"타순도 좋잖아. 한결 선배……. 상대 투수도 살짝 흔들리고. 왠지 느낌이 좋아. 무조건 너까지 갈 거 같다."
가까이 있던 황현민이 끼어들었다.
"그럼 맞아서라도 나가겠습니다."

구강혁이 피식 웃었다.

"맞지는 말고. 너 부상 당하면 난리 난다. 고르든가, 때리든가. 둘 중에 하나로 해. 잘하잖아?"

"흐으, 알겠습니다."

6회초.

선두타자로 나선 황현민.

[……2볼의 좋은 카운트로 오한결과의 3번째 승부를 시작하는 황현민. 출루를 향한 의지가 느껴집니다. 위원님, 그래도 이 시점의 대전 팔콘스에는 한유민이라는 해결사가 있잖습니까?]

[그렇죠. 어떻게 보면 황현민의 이 타석이 오늘 경기의 승패를 가를 분수령이 될 수도 있겠습니다.]

그가 6구 승부 끝에 볼넷으로 출루.

[……당겨친 타구! 깨끗한 안타! 1루 주자 황현민은 2루 돌아 3루로……. 서서 들어갑니다! 한유민의 안타로 무사 주자 1, 3루. 팔콘스가 오늘 경기 최고의 기회를 잡습니다!]

2번 한유민이 안타를 때려 낸 후.

[……4구 타격! 2루수 잡아내고 곧바로 홈 승부, 아! 송구가 좋지 않아요! 황현민이 홈을 밟습니다!]

페레즈의 땅볼이 악송구로 이어지며…….

1:0으로 리드를 가져온 팔콘스.

동시에 무사 1, 2루의 연이은 찬스.

'과연.'

구강혁이 입꼬리를 올렸고…….

[4번 노재완 타자도 최근 타격감이 좋지 않습니다만, 언제든 한 방을 때려 낼 수 있는 선수거든요. 브레이브스 외야진은 모두 두어 걸음씩을 물러났습니다.]

김용문은 승부수를 걸었다.

[……아, 초구부터 번트! 노재완의 번트가 3루수와 투, 포수 사이로 완벽하게 굴러갑니다. 주자 모두 2, 3루로. 투수 잡고, 1루 선택! 아웃카운트가 올라갑니다.]

[이야, 노재완이 번트를 댔네요. 또 굉장히 잘 댔죠?]

[완벽한 번트였습니다. 물론 번트 연습은 만에 하나의 상황을 대비해 투수들도 이따금 한다고 알려져 있습니다만, 그래도 4번 타자치고는 무척 안정적인 번트였어요. 팔콘스 더그아웃의 동료들이 노재완을 반겨 줍니다.]

[하하, 머쓱한 표정이네요. 작전에 투입되는 경우가 많지는 않거든요. 본인의 선택이라기보다는 지시에 따른 것으로 보입니다. 김용문 감독의 작전이 들어맞은 거죠. 브레이브스 배터리도, 송용민 감독도 허를 찔렸습니다.]

노재완의 번트.

두 주자가 모두 진루에 성공했다.

[……박상구가 타석에 들어섭니다. 오늘 경기 5번으로 타순이 조정된 박상구. 2회 안타를 때려 낸 바 있습니다. 오늘 경기 2타수 1안타.]

[앞선 경기에도 2개의 안타를 기록했죠. 여기서 송용민 감독이 어떤 선택을 할까요. 물론 1루를 채운다는 선택지

도 있습니다만, 이름값을 따지면 6번 채연승도 만만찮은 선수거든요.]

 [오한결 타자의 체인지업이 5회부터 조금씩 맞아 나가고 있는데, 범타 유도에도 리스크가 있을 듯합니다.]

 1사 2, 3루 상황.

 '거를 만한 상황이지만, 그러지는 않을 거야. 채연승 선배님은 만루의 사나이니까. 통산 만루 상황에서 홈런만 9개를 치셨고…… 23시즌인가에는 올스타전에서 40년 만에 첫 그랜드슬램의 주인공이 되셨으니까.'

 브레이브스는 박상구와의 승부를 선택했다.

 [아, 박상구 선수와 그대로 승부하네요.]

 [만루 하면 채연승이거든요. 오한결 투수도 위기 상황에서 볼넷 허용률이 낮지는 않아요.]

 구강혁이 예상했듯…….

 박상구의 타점 기회가 온 것.

 그리고.

 [……1볼 2스트라이크, 투수의 카운트. 4구, 타격! 박상구의 안타! 주자 모두 스타트 끊었고, 타구 좌중간으로, 좌중간을, 완전히! 갈랐습니다!]

 [적시타예요!]

 [3루 주자 홈으로, 2루 주자 홈으로! 여유롭습니다! 타자 주자는 2루에 안착! 오늘 경기 멀티안타를 2타점 적시타로 장식하는 박상구!]

 [오한결 투수, 또 한 번 중요한 순간에 체인지업이 몰

렸어요. 힘에 부치는 듯한 모습입니다. 박상구 타자도 좋은 스윙을 보여 줬지만, 더그아웃에서도 대응이 필요한 상황이 아닌가 싶습니다.]

박상구는 기대에 응답했다.

"예이이이이이! 빡!"

구강혁이 신을 내며 소리쳤다.

3:0까지 벌어진 스코어.

브레이브스는 오한결을 한 번 더 믿었지만.

[……채연승의 안타! 팔콘스의 다이너마이트 타선이 연쇄적으로 폭발합니다! 2루 주자 3루 돌아 홈으로! 승부 불가능합니다! 박상구의 득점!]

6번 채연승에게도 안타를 허용하며…….

5와 1/3이닝 4실점으로 강판되었다.

구강혁도 만족스레 고개를 끄덕였다.

'오늘 득점 지원이 예사롭지 않은데?'

흐름은 거기서 끝나지 않았다.

1사 1루 상황.

7번 정윤성에 이어…….

8번, 김지환과 함께 콜업된 임해찬도 볼넷.

또 한 번의 만루 상황.

재차 투수 교체를 감행했음에도 불구하고.

브레이브스의 투수진의 난조는 끝을 몰랐다.

[……스트레이트 볼넷! 밀어내기 타점을 기록하는 장수혁. 경기가 급속도로 기우는 분위기입니다. 1순을 돌아

다시 황현민이 타석에 들어섭니다.]

 [……또 한 번의 볼넷! 황현민이 1루로 향합니다. 좋지 않습니다. 브레이브스가 4연속 볼넷을 허용하며 상황은 최악으로 치닫습니다.]

 이미 6:0으로 벌어진 스코어.

 그러나…….

 [……이번주 리그 최고의 타격감을 자랑하는 한유민. 강한 2번이라는 말도 4월의 한유민에게는 부족한 표현입니다. 이번 이닝에도 앞선 타석에서 안타를 기록했습니다.]

 [이대로는 안 됩니다. 차라리 맞는 한이 있어도 어떻게든 아웃카운트를 늘려야 해요. 벌써 자리를 떠나는 팬들이 많이 계시거든요.]

 [이번 이닝에만 10명째의 타자를 상대하는 브레이브스 투수진입니다. 1구, 아!]

 슈욱!

 따아아아악!

 [아…….]

 그조차도 끝이 아니었다.

 [초구부터 받아친 타구! 타구 멀리! 멀리! 담장, 담자아아앙! 넘어갑니다! 한유민의 그랜드슬램! 팔콘스의 시즌 1호 그랜드슬램의 주인공은 올 시즌 합류한 한유민!]

 [이렇게 맞는 건 또 다른 문제인데요…….]

 한유민이…….

만루홈런으로 쐐기를 박았다.
구강혁이 고개를 저으며 박수를 쳤다.
"브라보."
물론 속으로는 생각할 수밖에 없었지만.
'좀 나눠서 치지.'
무려 10점을 뽑아낸 빅이닝이 그렇게 끝나고.
6회말.
구강혁이 마운드에 올라오자……
브레이브스의 어느 팬이 외쳤다.
"강혁아, 시발, 행복해라!"

* * *

10:0의 스코어를 봐도.
경기 전반적인 흐름을 봐도.
선수단의 분위기를 봐도.
도저히 뒤집을 수 있는 경기가 아니었다.
구강혁은 6회 하나의 안타를 허용했지만…….
실점 없이 등판을 마무리.
7회에는 김지환이 시즌 1군 무대 첫 등판.
초구부터 156km/h의 강속구를 뿌렸다.
"우읍스."
"어우."
"눈치 챙겨라, 지환아."

하필 사구였지만.
다행히 선수단 사이의 문제는 벌어지지 않았다.
'구속은 한창 때에 가깝게 올라왔네.'
사구, 그 다음은 볼넷.
'여전히 제구가 문제지만.'
피안타 없이 무사 1, 2루의 위기를 자초했으나, 병살타로 2개의 아웃카운트를 확보.
폭투로 결국 1점을 내주기는 했어도……
1이닝을 무사히 마무리지었다.
남은 이닝은 이대한의 몫이었다.
2이닝 무실점 피칭.
팔콘스는 9회 1점을 추가했고.
11:1의 완승을 거두었다.
"야, 우리 3위다!"
"홀리!"
엄청난 대승이었으며…….
동시에 각별한 승리이기도 했다.
경기를 치르지 않은 드래곤즈를 0.5경기차로 따돌리고 3위에 올라섰으니까.
"한유민, 구강혁 선수. 방송사 수훈선수 인터뷰 준비 부탁드립니다."
경기의 수훈선수는 3안타 1홈런 4타점.
특히 그랜드슬램을 때려 낸 한유민.
그리고 6이닝 11탈삼진 무실점을 기록.

친정팀을 압도한 구강혁까지 둘이었다.
한유민의 인터뷰가 먼저 끝나고…….
구강혁이 다가가 헤드셋을 썼다.
'김윤철 대표님은 하던 대로 하면 된댔던가. 그럼……. 하고 싶은 말이라면 해도 되겠지.'
―구강혁 선수. 5승 축하드립니다.
"감사합니다. 다 팀원들 덕분입니다."
―하하. 오늘 구속 상승이 눈에 띄었습니다. 150킬로를 넘겼는데요. 그 때문인지 투심 비중이 지난 경기에 비해 무척 낮기도 했고요. 혹시 특별한 훈련 과정이 있었을까요?
"으음. 기온이 좀 올라오기도 했고……. 꾸준한 웨이트로 효과를 본 것 같습니다. 오늘 포심이 괜찮은 것 같아서 투심은 많이 안 던졌습니다."
―더 기대해 봐도 될까요?
"하하, 최선을 다해 보겠습니다."
―좋습니다. 완봉 후유증이 없는 것 같았는데요. 코치진에서 꽤 긴 휴식을 준 걸로 알고 있습니다만?
"네. 배려해 주신 만큼 잘 던지고 싶었는데, 결과가 좋게 나와서 만족하고 있습니다."
―좋습니다. 위원님?
―아, 네. 오늘 상대가 친정팀인 브레이브스였어요. 마음이 아주 편하지는 않았을 거 같은데, 또 아주……. 으음. 이런 표현이 어떨까 모르겠지만, 무자비한 피칭이었

거든요? 어땠나요?

"아예 의식하지 않을 수는 없었지만, 프로로서 어떤 팀을 상대하든 같은 각오로 임할 뿐입니다."

―그렇군요, 좋습니다. 그럼…….

"잠시만요. 그래도……."

구강혁이 캐스터의 말을 한번 끊었다.

―네, 네.

"고척에 온 김에 말씀드리자면, 트레이드되면서 브레이브스 팬 여러분께 제대로 인사도 못 드리고 떠난 게 마음에 걸렸습니다. 지금도 아쉽고 죄송스러운 심정이에요."

―아……. 그러셨군요. 한 말씀 하신다면?

"전역 후 제 성장세를 브레이브스 파크에서 보여 드리지 못한 점에도 아쉬움이 남았는데, 비록 상대로 만났지만 좋은 모습을 보여 드려 다행입니다."

―……어, 네. 그렇군요.

"팬 여러분께서 또 부족한 선수였던 제게도 아낌없는 응원을 보내 주신 덕분에 계속 던질 수 있었던 것 같습니다. 감사한 마음을 잊지 않겠습니다."

―좋습니다. 어, 또 하실 말씀이 있다면요?

"……그리고. 이 브레이브스에서 만난 한 선배가 제게 많은 도움을 줬습니다. 지금은 그라운드를 떠났지만, 다시 다른 그라운드로 다가가서 활약하고 있는 조영준 전 선수입니다."

―조영준 선수라면…….

―포수였죠?

―아, 기억이 납니다. 이른 시기에 은퇴를 했죠.

"맞습니다. 제가 애매한 타이밍에 전역해서……. 오갈 곳이 마땅치 않았는데, 선배가 흔쾌히 도움의 손길을 내민 덕분에 체계적이면서도 편안한 훈련이 가능했습니다. 그 시간이 없었다면 지금의 저도 없었으리라고 생각합니다."

―애매한 타이밍이요? 구단에 합류했으면 되는……. 으음. 아무튼, 조영준 선수.

―위원님, 저…….

―잠시만요. 제 기억이 맞다면 입스 증상이 있었던 선수 같은데요. 은퇴의 직접적인 원인이었나요?

구강혁이 무겁게 고개를 끄덕였다.

"……네, 맞습니다."

* * *

오늘도 단장 안재석이 없는…….

브레이브스 파크 내부의 단장실.

상석을 차지하고 앉은 건 양홍철이었다.

"저, 저! 송 감독은 왜 내 말을 안 듣는 거야? 양태현이를 넣어야 될 거 아냐, 양태현이를! 게임이야 좀 져도, 양태현이가 안타 하나만 딱 치면 그림은 나오잖아? 평생 야구만 했다는 양반들이 그것도 모르나?"

스크린에 경기 영상이 송출되는 가운데…….

'이 인간아. 그게 되겠냐? 작년까지도 대주자 요원이었던 선수가, 2군에서도 죽 쑤다 뜬금없이 올라와서 구강혁이 공을 치겠어? 송용민 감독이 배려한 거잖아. 트레이드 상대인데 괜히 나갔다가 삼진 먹고 멘탈 흔들리지 말라고.'

옆에는 운영팀장 대행 김준호가 앉았고.

양홍철이 버럭 소리를 질렀다.

"김 대행! 내가 틀린 말 했어요?"

"아, 아닙니다."

"대체 어디까지 신경을 써줘야 돼, 엉? 트레이드로 좋은 선수들 데려왔더만! 김대윤이는 부상에, 양태현이는 제대로 써먹을 줄도 모르고! 김 대행, 내 말을 전하기는 한 거지? 양태현이 좀 쓰라고 한 거 맞지!"

김준호가 눈을 질끈 감았다.

"네, 부단장님. 전달은 했는데 별 수가 없습니다. 이미 송용민 감독님이 사퇴 의사를 밝힌 이상 컨트롤할 여지가……."

거짓말이었다.

송용민 감독이 자진사퇴 의사를 밝힌 후, 김준호는 단 한 번도 양홍철의 메시지를 전하지 않았으니까.

"그러게 내가 진작에 짜르자고 했지!"

"죄송합니다. 하지만 부단장님, 아시다시피 감독을 교체한다는 게 그렇게 쉬운 일이 아닙니다. 여론도 감안해야 하고, 어쨌든 타이밍 문제란 게……."

"타이밍은 무슨! 안 되겠어. 그 타이밍 따지다가 팀 다 말아먹겠다고요. 감독이고 단장이고 다 쳐내고, 우리 브레이브스도 새로운 물결을 받아들여야 한다고. 김영태 2군 감독이랑은 일정 조율하고 있습니까?"

"네, 네. 언질은 드렸습니다."

양태현의 콜업도…….

송용민은 더그아웃에서 자리만 지키고.

수석코치인 염태형이 선수단을 이끄는 지금.

'그렇다고 지금 2군 성적이 좋은 것도 아닌데. 상무도 없는 북부에서 5팀 가운데 4위잖아? 그렇다고 기깔나게 선수를 키워서 올려보냈냐, 그것도 아니고. 양태현 콜업 건도 이 인간이 시킨 거겠지.'

2군 감독인 김영태가 어필한 결과였다.

"일을 빠릿하게 좀 합시다, 예? 다음 시리즈 전까지 경질이든, 자진사퇴든. 김 대행이 책임지고 처리하세요. 이보다 미뤄지면 나 가만 안 있어. 알았어?"

"……"

"알았냐고!"

"예……."

"하, 젠장. 팀을 운영할 맛이 안 나요, 맛이. 이렇게 일머리 좋은 인간이 없나? 아무튼 나는 중요한 미팅이 있어서 일찍 나가니까, 내일. 아니지, 인심 썼다. 모레까지 차기 감독 선임 일정이랑 관련 보도자료 원안 만들어서 가져와요."

"부단장님, 보도자료는 홍보팀에서……."

"그건 자네가 알아서 하고!"

"아, 알겠습니다."

양홍철이 단장실을 빠져나간 후.

김준호가 깊은 한숨을 내쉬었다.

"……후우, 운영팀장 대행이 감독도 자르고, 단장도 자르고? 절차는 어쩌라는 거여, 시발놈이."

작게 혼잣말을 내뱉고.

서대만 홍보팀장에게 상황을 전달하고서.

답장을 기다리며 한참 지켜본 경기는…….

역시나 브레이브스의 대패로 끝이 났다.

'이길 거 같지는 않았지만, 참담하네.'

선수단의 표정이 하나같이 안쓰러웠다.

김준호도 온몸에 힘이 쭉 빠졌다.

'이러려고 브레이브스에 들어온 게 아닌데.'

어쩔 수 없다며 양홍철의 지시를 따라온 시간들.

그 시간들이 후회스러웠다.

'그래도 할일은 해야 하는데…….'

당장 일어설 여력도 없었고.

그러던 사이.

수훈선수 인터뷰가 시작됐다.

한유민을 지나…….

구강혁의 차례.

'구강혁 선수. 저 친구도 참 대단해. 내가 보기에는 프로들이 다 대단하기는 하지만……. 부상에, 재활에, 군대까지 다녀와서 저렇게 말도 안 되는 활약을 하고 있으니. 트레이드 여파가 없지도 않았을 텐데.'

김준호가 고개를 푹 숙였다.

'나도 차라리 저 친구처럼 처음부터 들이받았더라면 여기까지 올 일도 없었을 텐데. 어차피 지금 브레이브스는 망가질 대로 망가졌어. 감독 교체, 단장 경질. 한두 차례 나쁜 여론을 틀어막을 카드는 있겠지만…….'

가족들의 얼굴도 떠올랐다.

예쁜 아내와 귀여운 딸.

위계를 통한 강압.

그것은 지킬 것이 있는 이에게…….

더 큰 위력을 발휘하기 마련.

'처음부터 잘못 선택했어. 하, 젠장. 양홍철의 브레이브스는 오래 갈 수가 없어. 곧 무너질 모래성이나 다름없다고!'

그러던 사이.

구강혁의 인터뷰가…….

김준호의 귀에 꽂히기 시작했다.

[……잠시만요. 제 기억이 맞다면 입스 증상이 있었던 선수 같은데요. 은퇴의 직접적인 원인이었나요?]

[……네, 맞습니다. 조영준 선배는 입스로 은퇴를 선택해야 했습니다. 저는 심리학적인 소양은 없습니다만…….

선수로서는 충격을 받을 수밖에 없는 그런 상황이 있었습니다.]

[아니, 그게 무슨?]

[위원님, 이 문제는 다른 채널을 통해서······.]

[아, 죄송합니다. 제가 감정이 좀 올라왔던 것 같습니다. 아무튼 오늘의 제 승리가 조영준 선배······. 영준이 형에게도 마음의 상처를 씻어 낼 위로가 되면 좋겠습니다.]

[네, 네! 좋습니다. 인터뷰는 여기까지 하죠.]

[감사합니다.]

"······응?"

김준호가 눈을 끔벅였다.

'······좆된 거 아니야?'

그리고 다급하게 단장실을 빠져나왔다.

일요일임에도 늦게까지 남은 직원이 셋.

모두가 하나같이 아연한 얼굴이었다.

"방금 다들 봤어요? 대체······."

"네, 저, 부팀장님. 이것부터 보셔야겠는데요."

김준호가 직원의 자리로 향했다.

한 미튜브 영상이 일시정지되어 있었다.

[돌아온 은새치 EP6! 브레이브스 포수에서 조영준베이스볼아카데미 원장으로. '조영준']

"잠깐만, 조영준······. 아니. 잠깐, 잠깐. 이게 무슨? KL스포츠? 여기가 유명한 채널은 아니잖아요? 구독자도 5만 명이 채 안 되네. 이 정도면······."

"조회 수가 높은 영상은 꽤 있습니다."

"이 타이밍에 어떻게 조영준 선수를……. 은새치, 은새치가 뭔데요. 생선 이름이야? 청새치 같은 거?"

"그, '은퇴 후 새롭게, 치열하게'를 줄인 말이랍니다."

"……네?"

"……제가 줄인 건 아닙니다, 부팀장님. 아무튼 특히 젊은 나이에 은퇴한 선수들을 조명하는 기획이래요."

"들어본 거 같기도 하고."

"반응이 영 신통치 않았는지 이 포맷으로는 마지막 영상 업로드가 1년도 더 넘었는데, 오늘 갑자기 이 영상이 올라왔습니다. 1시간가량 됐습니다."

"그래, 알겠는데. 그걸 왜 저한테……."

"일단 보시죠."

김준호가 당황하면서도 영상을 재생했다.

[……이야, 수강생이 굉장히 많은데요?]

[최근까지도 사실 그렇게 잘 되는 편은 아니었는데, 후배 덕을 좀 봤습니다. 지난 비시즌에, 당연히 줘야 할 도움, 에이. 도움까지도 아니에요. 그냥 선배로서 며칠 먹여주고 재워 줬을 뿐인데. 어떻게 소문이 나서 많이 찾아주시네요.]

[와아, 그 선수가 팔콘스 구강혁 선수라는 건 비밀이죠?]

[흐흐, 네. 비밀입니다.]

[좋습니다. 일정표도 보면……. 와, 진짜 빼곡히 들어

찾어요. 이럼 개인적으로 뭘 할 시간도 없겠는데요? 눈 코뜰 새도 없겠어요, 원장님.]

[하하. 물 들어올 때 노 저어야죠. 물론 아카데미 오픈 전에 공부도 정말 많이 했고, 늘 열정을 다하고 있습니다만. 그래도 강…… 후배님 덕을 정말 크게 봤어요. 고맙다!]

[이야, 레슨생 분들도 엄지를 올려 주시네요!]

[구강혁이! 따봉이다, 마! 또 와래이!]

[마! 빨래했드마 사인 다 지워져뿌따!]

영상은 가벼운 분위기로 시작되었다.

'아직 크게 문제될 건 없는데?'

김준호가 방향키를 두들겼다.

[……그럼 인터뷰로 들어가 보죠.]

영상의 중간쯤에 이르러…….

인터뷰가 시작되었다.

[어떻게 아카데미를 운영하게 되셨는지…….]

[……였던 거죠. 또 제가 포수로서 투수들을 케어하면서 뿌듯함을 많이 느꼈는데, 그 기질을 좀 살려 볼 방법이 뭐가 있을까. 그런 고민 끝에 아카데미를 운영하게 됐어요.]

[……네.. 하. 참. 도전이었죠. 겁이 없었어요. 실제로 오픈 초기에는 수익이 많이 나오지도 않았고요. 또 강혁이, 아니지. 후배님 덕 이야기를 안 할 수가 없겠네요.]

[……조금 어려운 이야기가 될 수도 있겠습니다만. 어

떻게 은퇴를 하게 되셨는지. 입스가 원인이었다는 건 좀 알려져 있지만, 자세한 상황이 어땠는지는 팬들께서도 모르시거든요.]

김준호가 영상을 멈추었다.

"……아니, 이거. 그래도. 아직 조회 수가, 보자. 2만도 안 되잖아요? 이슈가 많이 되지만 않는다면 큰 문제는 없을 거야. 안 그래요?"

"그, 죄송합니다만, 부팀장님. 저희가 발견하자마자 틀어 둔 영상인데, 새로고침을 한번 눌러 보시면, 아, 아니지. 제가 해 드리겠습니다."

직원이 다가와 F5키를 눌렀다.

[조회 수: 98,712]

조회 수가 10만에 다다르기 직전이었다.

"허."

이번에는 옆자리의 다른 직원이 말했다.

"그, 부팀장님. 이것도 보셔야겠는데요."

"뭐, 뭔데요?"

이번에는 한 게시물이었다.

김준호가 열심히 마우스 휠을 굴렸다.

"명함? 우리 프런트 명함이잖아? 이게 무슨 글이야. 이 화면에 있는 댓글을 브레이브스 직원이 썼다는 거야? 양홍철 부단장 직속 직원이?"

"정확한 상황 파악은 안 됩니다만, 게시물 원본은 이미 삭제됐다고 합니다. 발견이 좀 늦었어요. 삭제요청은 여기저기에 이미 넣고 있는데 처리되는 속도보다 퍼지는 속보다 빨라서……."

"명함, 명함. 누구 명함이에요. 왜 모자이크가 돼 있어? 아이디, 아이디는 나와 있네. 보면 알잖아."

"그게, 부단장님이 데려온 애들 있잖습니까."

"홍보팀 계약직 직원 둘 말이에요?"

"네. 둘 가운데 하나 명함 같습니다."

"이 친구들 출근했죠?"

직원이 고개를 저었다.

"어제부터 안 나오고 있습니다. 연락도 안 되고요."

"허……."

"부팀장님, 일단 부단장님께."

"그, 그래요."

김준호가 양홍철에게 전화를 걸었지만…….

신호가 계속될 뿐이었다.

"하, 안 받으시는데. 일단 영상부터 마저 봅시다."

"새로고침만 해 뒀습니다."

[조회 수: 122,785]

"……더 올랐네요?"

"아무래도 방금 구강혁 선수의 수훈선수 인터뷰가 영향이 있었던 게 아닐까……. 싶습니다만."

[……심리적인 문제가 다 그렇다고 하더라고요. 원인은 복합적이었을 거예요. 제가 당시 제 선수로서의 능력에 만족하고 있던 것도 아니고요.]

[……하지만 술에 취한 운영팀장이 폭언을 퍼붓던 그날. 그날만큼은 아직도 잊히지가 않아요. 차라리 뒷일 같은 건 생각하지 않고 들이받았더라면. 요즘도 그런 생각에 잠을 못 이루고는 합니다.]

[……당시에는 팀을 위한 선택이라고 생각했지만, 결과는 그렇지도 않았습니다. 지금의 브레이브스는……. 하, 너무 후회스럽습니다. 이 인터뷰 영상이 앞으로 어떤 일로 이어질까, 그건 모르겠습니다.]

[음, 필요하시면 편집을…….]

[아닙니다. 늦더라도. 이렇게 제게 있었던 일을 사실대로 말씀드리는 게 팀을, 브레이브스를 위해서도 옳은 선택이라고 생각했습니다. 더는 후회하고 싶지 않습니다…….]

김준호가 자신도 모르게 말했다.

"진짜 좆됐네……."

지켜보던 직원들이 하나둘 말을 쏟아냈다.

"반응도, 그. 엄청납니다. 트레이드 얼마 안 됐을 때도 프런트에서 독단적으로 진행했다고 말 많았잖아, 그거 찌라시 아니었냐, 묻히기는 했는데 구라핑 찍는 언론사는 아님……."

"방금 시점에 조영준 전 선수, 풀밭위키 실시간 검색어에도 올라갔습니다. 10위입니다, 아! 방금 9위……."

"한강일보 윤 기자가 부단장님 인터뷰 요청을……."

김준호가 한손을 들어 제지했다.

"잠시, 잠시만요. 여러분. 일단 다시 부단장님께 연락을 드리겠습니다. 제 선에서 해결을 할 상황을 이미 넘어선 거 같아요."

그리고 다시 전화를 걸었다.

―뭐야!

다행히 이번에는 연결이 됐고…….

"아, 부단장님. 김준호입니다……."

―야, 이 새끼야! 내가 니 친구야! 이 금붕어 같은 새끼, 미팅 있다고 했잖아! 이 새끼가, 너 또라이야? 전화를 안 받으면 안 받는 이유가 있겠거니, 해야 될 거 아냐! 이 새끼를 진짜! 끊어!

"네? 아니……."

불행히도 순식간에 끊어졌다.

"……."

스피커폰이 아니었음에도…….

모두가 들을 수 있을 정도의 볼륨 높은 폭언.

"부, 부팀장님."

"괜찮으십니까……."

김준호가 양손으로 얼굴을 감싸쥐었다.

"……정말 미안합니다. 담배 하나만 피우고 오겠습니다."

"부팀장님 올해부터 담배 끊으셨……."

"김 대리님!"

"아, 죄송해요. 다녀오십시오!"

"정말 미안합니다."

팀장석 서랍 제일 아랫칸, 깊숙한 곳에서.

떨리는 손으로 담뱃갑과 라이터를 집어 들고…….

다시 떨리는 다리로 일어선 순간.

김준호의 스마트폰이 울렸다.

지이이잉!

'야, 양홍철인가? 그래. 아무리 그래도 상황 파악을 했겠지! 이만큼 일이 퍼지고 있으면 다른 사람들도 연락을 했을 테니까!'

[010-XXXX-XXXX]

원망스러워도 양홍철이기를 기대했지만.

애석하게도 아니었다.

등록해 두지 않은 번호였다.

"하……."

보나마나 기자일 터.

김준호가 고개를 젓고는…….

'그래, 끝났다. 끝났어.'

직원용 흡연부스로 향했다.

'……거, 울기 딱 좋은 하루네. 갈 땐 가더라도 담배 한 개비 정도는 괜찮잖아?'

새 담뱃갑을 뜯으려는 찰나.

스마트폰이 다시 울렸다.

지잉!

이번에는 메시지였다.

[010-XXXX-XXXX: YC코퍼레이션 김윤철입니다.

브레이브스 운영팀 김준호 부팀장님 되시죠? 더 늦기 전에 연락 주십시오.]

김준호가 눈을 동그랗게 떴다.

"……김윤철?"

YC코퍼레이션은 류영준의 에이전시.

김윤철의 이름도 모르지는 않았다.

'구강혁도 YC에 들어갔었던가.'

홀린 듯이 통화 버튼을 눌렀다.

―김 부팀장님?

"여, 여보세요?"

―아, 네. 김윤철입니다. 연락을 주셔서 다행입니다. 이쯤 되면 상황 파악은 되셨을 거 같고.

"상황……. 아."

김준호의 머리가 빠르게 굴렀다.

'이 사람이 한 일이구나.'

팔콘스를 상대로 한 패배.

조영준의 영상.

구강혁의 수훈선수 인터뷰.

모든 상황이 맞아떨어진다.

브레이브스에, 아니.

'그래, 우연일 리는 없었어.'

브레이브스 프런트에 최악의 방향으로.

"네……. 처음 인사드립니다. 브레이브스 운영팀장 대행 김준호입니다. 여쭙습니다. 김 대표님께서 이 상황을 만드신 겁니까? 구강혁 선수, 조영준 전 선수…….”
―지금 그게 중요한 건 아니죠. 어쨌든 제가 파악한 바로는 프런트 직원 대부분도 양홍철의 강압적인 지시에 시달린 피해자입니다. 어떻습니까?

김준호가 아랫입술을 세게 깨물었다.

"……네. 대표님께서 일에 어디까지 관여하셨는지는 모르겠지만, 저를 뺀 운영팀 직원들은 다 양홍철의 피해자입니다. 만약 해야 할 일을 하지 않고, 하지 않아야 할 일을 했다면 모두 양홍철과 제가 지시한 겁니다. 그러니…….”

―하하.

스마트폰 너머로 김윤철이 웃었다.

"……대표님. 부탁드리겠습니다. 일을 터뜨린다면 우리 직원들에게 최대한 피해가 가지 않는 방향으로 부탁드립니다. 양홍철의 아랫사람이 져야 할 책임이 있다면 모두…….”

―잠시만요. 부팀장님.

"네, 네.”

―좀 착각하시는 거 같은데……. 그래도 책임을 지려는 사람, 아랫사람을 감싸려는 사람……. 싫어하지 않습니다. 세상 사람들이 다들 그런 것처럼요.

"그게 무슨…….”

―물론 부팀장님께서 굳은일을 많이 하기야 하셨겠죠. 저는 그렇기 때문에 드리고 싶은 제안이 있는 겁니다.

김준호가 눈을 끔벅였다.

"제안이요?"

* * *

　개막 시리즈 이후 첫 주말 서울 원정.
　가디언스에 무력하게 2승을 헌납한 당시와 달리, 이번 시리즈에는 브레이브스를 상대로 위닝시리즈를 달성.
　반 경기 차로 3위에 오른 대전 팔콘스.
　선수단 버스에는 빈자리가 적잖았다.
　그만큼 많은 선수가 서울에 남았기 때문.
　구강혁도 마찬가지였다.
　원민준과 함께 전 동료들과 시간을 보내기로 했던 것.
　일요일 경기 후, 늦은 밤, 개봉동.
　구강혁처럼 올해 초에 얻은 함창현의 집.
　이곳에 4명의 멤버가 모였다.
　유부남인 오현곤도 오늘은 빠지지 않았고.
　승패는 갈렸을지언정…….
　인연까지 갈릴 이유는 없다.
　"구강혁이, 너는 내 집에서 나가, 쾌씸해!"
　"어우씨, 왜? 집들이 선물도 줬잖아."
　"미친놈아. 30개들이 휴지를 20개나 주면 어떡하냐?"
　함창현과 구강혁의 만담에 원민준이 끼어들었다.
　"나도 똑같이 보냈는데? 모바일 교환권."
　"……그건 못 봤네. 팔콘스 인성 문제 있어. 확실해."

구강혁이 말했다.
"어허, 집주인 양반. 이러지 맙시다."
"쓰바……. 내가 박상구한테 잡힐 줄이야!"
"우리 상구가 뭐가 어때서?"
"피치아웃만 아니었으면 3루까지 갔지!"
"그래그래. 역시 창현이야. 창현이 말은 다 맞아."
"……"
경기 이야기를 안 할 수는 없었지만.
구강혁은 원체 술을 마시지 않고…….
함창현도 크게 다르지 않은 수준.
온갖 음식이 차례로 배달되는 가운데.
원민준과 오현곤만 맥주를 마시기 시작했다.
'어째 짝이 있는 양반들만 술을 먹는구만.'
곧 아무래도 좋을 이야기들이 오갔다.
그렇게 오가던 이야기도 결국…….
"……이 새끼, 진짜 미친놈이야."
구강혁의 활약으로 초점이 맞춰졌지만.
맥주를 3캔이나 들이킨 오현곤의 말이었다.
"너 얼굴이 벌겋다? 칭찬 맞지?"
"고럼! 칭찬이지. 봐라, 벌써 5승? 5승에……. 30이닝 넘게 무실점이라니까? 이게 말이 돼? 그거야? 우리 강혁이가 달라졌어요야?"
"무자책이야 류영준 선배도 계시고, 또."
"야이씨, 류영준 선배님은……. 차원이 다른 존재시지.

또 누구, 가디언스 윤대준? 그놈도 한 2년, 아니지. 3년 전부터 차원이 달랐어. 작년 한국시리즈에만 2승을 했는데."

"그래, 잘 던지기는 하더라. 우리도 개막 시리즈에서 탈탈 털렸잖아. 괜히 한국시리즈 우승팀이 아니야. 걔 내려가고 나서도 타선이 거의 손을 못 쓰더라고."

가만히 듣던 함창현이 말했다.

"쿠, 윤대준이랑 동창 아냐?"

구강혁이 고개를 끄덕였다.

"맞아. 청진고등학교 동창."

원민준이 눈을 동그랗게 떴다.

"나는 처음 듣네?"

"말 안 했나? 아무튼 맞아, 동창. 나는 몰라도 대준이는 아마추어 때도 유명했는데. 형은 그래도 1년 선배라 잘 모를 수는 있겠다. 실력이나 유명세나 3학년 때 확 올라왔으니까."

"신기하네. 지금 리그 최고 선발 둘이 동창이었다니. 청진고가 딱히 강팀도 아닌데 말이야. 무실점도 무실점인데, 윤대준이도 지금 4승인가 그렇지? 연락도 하고 그래?"

"아니. 나는 3학년 때는 특히……. 야구를 더 하게 될 줄은 몰랐거든. 드래프트 현장에도 당연히 못 갔고. 그때는 지금보다도 성격이 영 싹싹하지 못 했어."

오현곤이 한마디 거들었다.

"선을 그었다?"

"그러려고 한 건 아닌데, 결과가 그랬지. 사이가 나쁘거나 한 건 아니었어. 지명 받고 1년? 그 정도는 메시지도 좀 주고받고 했는데. 나도 나지만 대준이는 팀이 가디언스잖아. 피차 살아남기도 바쁜 와중에 한번 연락 끊기고는, 뭐."

함창현이 고개를 끄덕이며 말했다.

"나도 자주 연락하는 애들은 거의 없어. 기껏해야 누가 결혼한다, 하면 우르르 모이는 정도지. 아, 현곤이 결혼식 때도 동창들 꽤 오지 않았나? 네가 우리 중에 제일 명문 출신이잖아."

"우리도 경조사나 있어야 겨우 얼굴 보는 정도야. 아무튼, 그 아웃싸이더 출신에, 지명 초대도 못 받으신 우리 구강혁 투수께서. 자책점이야, 씨바, 말할 것도 없는데. 세부 스탯도 말이 안 돼요."

구강혁이 멋쩍은 듯 말했다.

"우리끼리 뭘 또······."

"이씨, 봐! 내가 다 봤어. 9이닝당 볼넷이 1개 미만. 역대 시즌을 다 따져도 23시즌 박해준, 이 양반 말고는 기록한 적이 없는 스탯인데, 그것보다도 훨씬 낮다고."

"뭐, 그거야 시즌 아직 초반이잖아. 결국 그런 숫자들은 올라갈 거야. 자책점이든 볼넷 비율이든."

"나 참. 삼진, 으. 삼진율은 또 어떻고. 역대 시즌 최고 페이스를 아슬아슬하게 쫓고 있다더만."

원민준이 물었다.
"시즌 최고? 누군데. 선두열 감독님?"
구강혁이 얼른 대답했다.
"구태성 선배님이시지."
"삼진 기록은 다 선 감독님이 세우신 줄 알았네."
"으흐흐. 괜히 우리 선배님이 불패의 상징이셨겠냐. 뭐, 그래도 선배님께서는 선발보다는 계투로 많이 뛰셨지. 선발로 거의 비슷한 기록을 세운 선 감독님이 그래서 대단하신 거기도 하고."
"너희 아버지가 좋아하시는 이유가 있네."
"아들보다 더 좋아하셔서 문제지만."
오현곤이 손을 내저으며 말했다.
"내 얘기 아직 안 끝났어! 볼삼비는 아예 만화 수준이더만, 내가 봤는데!"
"아니, 됐고. 현곤이 너는 자꾸 뭐를 어디서 봤다는 거야. 스탯 사이트? 스탯토스인가 거기?"
"풀밭위키에 다 정리돼서 올라오지."
"풀밭? 그게 뭐야."
"에이씨, 야 인마. 너는 풀밭위키도 몰라? 요즘 실시간 검색어는 풀밭위키에서 보는 건데!"
구강혁이 다른 둘을 쳐다봤다.
"나만 몰라?"
원민준이 대답했다.
"들어는 봤는데."

함창현이 한숨을 내쉬었다.

"후우, 나도 잘 몰랐는데 이 자식이 하도 떠들어대서 이제 모를 수가 없네. 이 자식 이거, 결혼하고 부쩍 스마트폰 쓰는 시간이 늘더라고. 아주 중독자가 따로 없어."

"예전에도 게임한다고 붙들고 있었잖아?"

"이제 게임에 쓸 돈이 없다나……."

오현곤이 성질을 부렸다.

"이 인간들아, 왜 사람을 중독자 취급이야! 그리고 나 행복해! 엄청 행복하다고! 에이씨, 아무튼 봐. 지금 보여줄게. 구강혁 현재까지 달성 가능한 기록……."

그러고는 스마트폰을 집어 들었다.

구강혁이 말했다.

"어이고, 아까는 스마트폰 보지 말자며? 감동적인 해후를 즐기고 싶은 거 아니었어? 그냥 노가리나 까자."

"아까는 아까고! 이야, 지금도 봐!"

세 사람의 시선이 오현곤의 스마트폰에 쏠렸다.

[실시간 검색어: 1위 …… 구강혁]

"와, 강혁이가 1등이야?"

"신기하네."

[2위 …… 서울 브레이브스]

구강혁이 눈을 가늘게 뜨며 말했다.

"잠깐만. 브레이브스가 2위……."

그리고.

[4위 …… 조영준]

"……4위는 영준이 형이네."

4위에 랭크된 조영준의 이름을 본 순간.

'영상이 오늘자로 올라간다는 건 이미 들어서 알고 있었는데, 경기 끝나고 확인했을 때는 그리 반응이 크지도 않았고……. 실시간 검색어에 올라왔을 정도면 이 몇 시간 사이에 이슈가 됐다는 거겠지.'

구강혁이 대강의 상황을 파악해 냈다.

오현곤이 눈썹을 찌푸렸다.

"어우, 뭐야. 강혁이 인터뷰 때문인가?"

함창현이 고개를 갸웃거렸다.

"그거 챙겨보는 사람 얼마나 된다고……."

"야, 야. 봐! 9위 양홍철! 와! 이제 8위다!"

"캬, 이 새끼. 드디어 나락 가는 건가? 눌러봐!"

"아직 문서도 없네. 그냥 이름만 올라온 듯."

"인터뷰에서 양홍철 이름을 말한 것도 아닌데……."

씁쓸하게 둘의 대화를 듣던 구강혁이…….

'대강이라도 이야기를 해 줄까? 괜히 일이 안 좋게 풀려서 두 사람까지 직접적으로 휘말리는 상황은 피하고 싶은데.'

고민하던 순간.

지이이잉!

지이이잉!

오현곤과 함창현의 스마트폰이 동시에 진동했다.

"뭐지?"

"너도?"

"보자……. 어, 염 코치님인데."

브레이브스의 수석코치인 염태형.

그가 두 사람을 호출했다.

"……아예 새로 단체 채팅방을 만드셨네. 애들은 없고, 코치님들 다 계시고……. 아, 좀 연차 된 선수들만 있는데? 현곤이랑 내가 거의 막내야. 혹시 실시간 검색어 때문에 이러시는 건가."

"일단 메시지……. 아, 보내셨다."

구강혁이 물었다.

"뭐라셔?"

이번에는 함창현이 스마트폰을 내밀었다.

[염태형 수석코치님: 다들 쉬는 중에 미안하다. 급한 일이다. 다들 어느 정도 상황은 파악됐을 텐데, 자세한 건 만나서 이야기하자. 지금 서울에 있는 사람은 모여줘라. 우리끼리 할 수 있는 일이 있을 것 같다.]

[오한결 선배님: 바로 가겠습니다 구장으로 모입니까?]

[염태형 수석코치님: 아니 따로 주소 보내 주마]

실시간으로 메시지가 올라왔다.

'……코치님들도 움직이기 시작했다.'

오현곤이 말했다.

"야, 이거……."

구강혁이 얼른 대답했다.

"바로 가. 일단 나가서 생각해."

원민준도 심각한 얼굴로 말했다.

"야, 그래. 이러고 있을 때가 아니네. 현곤이 너 술 마신 건 괜찮아? 가다가 토하는 거 아냐?"

"어, 맥주만 마셨잖어."

"그거 4캔째인데?"

"시발, 몰라. 안 갈 수도 없잖아."

함창현이 먼저 일어나며 말했다.

"그래, 가야겠다. 대충 분위기 보니까 금방 끝날 일 같지는 않은데, 편하게들 있어. 미안하지만 알아서들 가고, 자려면 자고……. 우리가 먼저 가야겠다. 술 안 마시기를 잘했네."

구강혁이 바삐 움직이는 둘에게 말했다.

"운전 조심하고. 잘 될 거야. 너무 걱정들 하지 마."

"그래. 또 보자. 민준이 형도! 아직 뭐가 뭔지도 잘 모르겠지만, 어떻게 되기야 하겠지."

표정은 좋지 않았지만…….

어쨌든 두 사람이 급하게 집을 빠져나가고.

팔콘스의 두 선수만이 남았다.

"나는 늦게라도 집 갈 생각이기는 했는데. 형은?"

"어, 모르겠네. 괜히 나까지 정신이 없다."

"창현이 말대로 여기서 자도 되고……. 우리 집에 가도 되고. 아니지? 그럴 필요가 없네. 형수님 서울에 계시잖아?"

원민준이 난처한 듯 뒷머리를 긁적였다.

"그게, 싸웠거든."
"뭐? 왜."
"서울 원정인 거 다 아는데 안 오냐고……."
"아. 지금 가면 되잖아? 오히려 잘 됐네."
"어, 그런가?"
"하여간. 형은 정신 차려야지. 결혼 안 할 거야?"
"하기는 해야지……."
"그 뭐야, 아부지가 그러시더라. 싸웠을 때는 꽃 한 다발이면 만사가 다 해결된다고."
"꽃? 오오, 꽃!"
원민준이 연신 고개를 끄덕였다.

* * *

월요일 정오를 지나…….
구강혁이 대전에 복귀했다.
집보다 네오 팔콘스 파크에 먼저 들렀다.
등판 이틀차의 루틴을 위해서였다.
출근한 선수들이 적은 휴식일.
평화로운 트레이닝 파트에서의 마사지.
그러나.
'만 하루도 채 안 지났는데 사태가 걷잡을 수 없이 커졌어. 영준이 형 영상은 조회 수가 80만까지 찍히면서 실시간 급상승 동영상에도 올랐고……. 기사도 잔뜩 나왔지.'

리그 전반적인 분위기는 결코 평화롭지 않았다.

'선수협이 선제적으로 상황을 주시하고 선수들에 대한 지원을 아끼지 않겠다고 발표했다. 코치진은 이미 양홍철을 규탄하는 성명서를 냈고, 곧 선수단의 성명서도 나오겠지.'

하필이면 또 야구가 없는 휴식일.

수많은 야구팬은 물론.

야구에 크게 관심이 없는 사람들의 시선도…….

브레이브스로.

아니, 양홍철에게로 쏠렸다.

[브레이브스 A 부단장, 갑질 논란 점화]

[브레이브스 코치진, 부단장 규탄 성명 발표]

[서울 브레이브스, 이번에는 내부 악재 터졌다]

['실세' 양홍철은 누구인가…… 운영팀장에서 부단장까지]

[선수 커리어 망치고, 이제 팀까지?]

[안재석은 바지단장이었다…… 구단주 책임론 대두]

구강혁이 확인한 기사만 해도 그런 식이었다.

'양홍철을 쳐내는 데까지는 문제가 없을 거다.'

이런저런 생각을 하던 사이.

박은후 1군 트레이닝 코치가 말했다.

1군 코치 가운데 가장 젊은 사람이었다.

"끝. 온열찜질은 알아서. 알지?"

"네. 늘 감사합니다, 코치님."

엎드려 있던 구강혁이 몸을 일으켰다.
박은후가 말했다.
"브레이브스는 더 난리가 났더라."
"더요?"
"강경대응을 한댄다, 양홍철이. 오히려 자기도 피해자라는데? 어떤 선수가 자기한테 찾아와서 뭐 욕을 했다느니……. 최소한의 예의범절도 없다나."
"으음."
구강혁이 침음했다.
"반응도 보셨어요?"
"대충만. 이런 댓글이 있더라. 요즘 잘못한 놈들은 사과할 생각은 않고 다 자폭 버튼부터 누른다고."
"하하……."
"내가 보기에는 그냥 머리 박고 사과하고 물러나는 게 최선책인데. 최소한의 조언을 해 줄 사람도 없는 모양이야."
"하하, 그런 것 같네요."
구강혁이 옷을 다 챙겨입었다.
"그럼 가 보겠습니다."
대전으로 내려오기 전.
'……사람이 없다기보다는, 그 김준호 대행이 조언을 해 준 거겠지. 강경대응이라는 자폭 버튼을 누르라고. 김윤철 대표의 의도대로.'
다시 수원에서 김윤철을 만났다.

그는 말했다.

"김준호 씨도 포섭했습니다."

"아. 운영팀장이었나요?"

"대행이죠. 상황이 급물살을 탄 덕분에 어디에 붙는 게 옳은지 잴 여지도 없었을 겁니다. 지금까지 양홍철의 수족처럼 일한 양반이니, 절체절명의 순간에 최악의 수를 유도하는 데 도움을 줄 겁니다."

상황은 끝난 거나 마찬가지라고.

"카운터는 준비해 뒀어요. 남은 건 저쪽이 어떻게 잽을 뻗을지를 유도하는 것뿐인데, 그 방법까지 확보한 셈이죠."

"대단하시네요."

"양 부단장이 저지른 일이 워낙 많아서죠. 그런데 표정이 좋지는 않으시네요. 개운한 표정까지 기대하지는 않았지만, 상황이 마음에 걸리십니까?"

"……음, 간밤에 그런 생각이 들었어요. 브레이브스 시절 동료들이랑 같이 있었거든요. 다급하게 코치님들의 소집을 듣고 나가더라고요."

"브레이브스 코치들의 반응은 기민한 편이라고 봅니다. 더 이상 강압에 견딜 필요가 없다는 점을 깨달았겠죠."

"네. 그렇게 정신없이 동료들을 보내고, 집에 와서 생각을 좀 해 보니, 결국 뭐가 그렇게 달라질까. 그런 결론에 닿게 되더라고요."

김윤철이 한숨을 내쉬었다.

"후우……."
처음 보는 모습이었다.
"……맞습니다. 아주 크게 달라지지는 않을 겁니다. 양홍철은 여기서 끝장이 나더라도 구단주에게까지 그 여파가 닿지는 않을 테니까요. 닿는다고 그게 의미가 있을지도 모르겠고요. 결국 꼬리 자르기가 되겠죠."
"……."
그리고.
"저로서는 이게 최선이었다는 점은 알아 주시면 좋겠습니다. 구단주 레벨로 올라가면……. 그건 일종의 카르텔이나 마찬가지입니다. 기업과의 싸움이 됩니다. 이런 말씀을 드릴 수밖에 없어 죄송하지만, 그쯤 되면 제 능력 밖의 일입니다."
김윤철은 선을 그었다.
'……그래, 그렇겠지. 당연한 거야. 오히려 김윤철 대표님께는 감사해야지. 대표님이 아니었다면 일이 이만큼 잘 풀렸으리라는 보장이 없어.'
구강혁도 수긍했고.
어쩔 수 없다.
브레이브스의 구단주.
그가 양홍철의 든든한 빽이었을지라도…….
그간의 모든 일은 양홍철이 저지른 것.
사건이 얼마나 더 큰 이슈가 되든.
구단주에게 책임을 지우기란 불가능에 가깝다.

'……그래도 당분간은 여론을 의식할 테고, 그런 상황에서 브레이브스 프런트가 정상화되기를 기대한다. 그것 말고는 할 수 있는 게 없는 건가.'

훌륭한 마사지를 받았지만.

개운하기는커녕 답답한 기분.

그렇게 팔콘스 파크 내부를 걷던 중.

김재상 투수코치가 다가왔다.

"강혁이!"

"아, 코치님. 오늘도 나오셨습니까?"

"어. 동엽이, 선민이. 얘들은 오늘도 어김없이 나왔다."

"아까 보니까 지환이도 있더라고요. 코치님 계신 줄 알았으면 인사부터 드리는 건데."

"됐다. 지환이는, 그래. 자기도 답답한 거지……. 아무튼 잘 됐다. 딱 마주친 김에 할 말이 있어."

"무슨 일 있으십니까?"

"어. 그, 다음 등판일 있지?"

"네. 토요일에 나가는 걸로 알고 있습니다."

"맞아. 음, 이런 거 원래 아예 말을 안 하기도 하는데. 강혁이 너는 원체 대범한 면이 있으니까."

"네?"

"그날……."

"그날요?"

"회장님이 오실 거야. 올 시즌에는 처음이야. 네 경기를 특히 보고 싶다고 하셨단다. 경기 전후로 잠깐 뵐 수도 있어. 그냥 던지던 대로 잘! 응? 잘! 자아알! 던지면 되겠지만, 일단 알아는 두라고."

* * *

대전 팔콘스와 창원 샤크스가······.
시즌 2번째 시리즈를 앞둔 화요일.
지난 시리즈와 달리 이번 무대는 팔콘스 파크.
한 주 내내 홈 시리즈가 기다리고 있다.
오전에 출근해 러닝과 스트레칭을 마친 후.
구강혁이 구장 내 카페테리아로 향했다.
마침 투수조 선배들이 식사를 하고 있었다.
비시즌 미니캠프 멤버들이었다.
"맛있게 드십시오, 선배님들."
구강혁이 다가가며 말했다.
이대한이 의자까지 빼며 반겨주었다.
"오우, 강혁이. 여기 앉어."
"아, 감사합니다."
"뭘. 회장님 오시는 날 던진다며?"
"네. 토요일에요."
장재승이 우물거리며 말했다.
"우움, 긴장이, 움. 좀 되겠구만."
"살짝요. 구단주님은 어떤 분이세요? 김우현 회장님."
이대한이 입꼬리를 올렸다.

"보문산 불빠따 아시니겠냐."
장재승이 이번에는 격하게 고개를 끄덕였다.
"아직도 내, 우움. 엉덩이에, 쩝. 흉터가······."
가만히 듣던 류영준이 말했다.
"철 좀 들어라, 이 자식들아. 애 놀랜다."
"으ㅎㅎ."
"으ㅎㅎㅎ."
구강혁이 쓴웃음을 지었다.
"그러니까요. 살 떨립니다, 선배님들."
"회장님 그런 분 아니시다. 빠따는 무슨?"
"오오."
"연장보다 주먹으로 승부하는 분이신데."
류영준의 목소리가 진지했다.
"······"
구강혁이 얌전히 밥을 먹기 시작했다.
다음으로는 라커룸.
후배 투수들 몇이 모여 있었다.
다가가서 비슷하게 물었다.
김의준이 말했다.
"제가 한 번 선발로 나간 적 있어요."
"구단주님 오셨을 때?"
"오, 어땠는데? 이겼어?"
"네. 5이닝 1실점이었나?"
"잘 던졌네. 긴장은 안 됐어?"

"조금요. 처음 마운드 올라갈 땐 좀 긴장됐는데, 막상 던지다 보니까 생각도 안 나더라고요."

구강혁이 수긍했다.

"하긴."

경기 외적인 상황에 신경을 두기에는…….

타자와의 승부가 그리 만만치 않다.

"혹시 경기 전후로 뵙고 그랬어?"

"저 때는 끝나고만요. 애초에 회장님께서 경기 시작하고 좀 있다가 도착하셨나? 그랬거든요. 끝나고는 선수단 다 모여서 잠깐 뵙고, 저는 악수도 하고, 계속 잘하라고 말씀해 주시고……. 그랬죠."

문영후가 끼어들었다.

"일찍 오시면 뵙기도 하는데, 선배님은 그날 선발이시니까 빠지실 걸요? 류영준 선배님 복귀전, 그니까 24시즌 홈 개막전에서요. 누굴 찾으시면 영준 선배님을 찾으실 줄 알았는데, 경기 전에는 아예 안 부르시더라고요."

"선발투수라서?"

"네."

"유명한 야구광다우시네."

"그렇죠! 아무튼 그래서 저랑, 그때도 연승 선배님이 주장이셨어서. 둘이서 뵈러 갔었어요. 저는 23시즌에 신인상 받았다고 부르셨던 거 같고요."

"오호, 그리고?"

"어른들도 엄청 많으시고, 정신도 없었어서 잘 기억은

안 나는데……. 무거운 분위기는 아니었어요. 팀 분위기가 워낙 좋기도 했고요. 작년에 고생 많았다, 기대가 크다. 그런 식으로 격려해 주셨던 거 같아요."

"그렇구만."

류영준의 팔콘스 복귀전.

6이닝 호투에도 선발승에는 실패했지만.

9회말 임지찬이 끝내기 적시타를 쳐냈다.

'어쨌든 경기 전에 뵐 일은 없겠네.'

구강혁이 찬찬히 고개를 끄덕였다.

곧 시리즈 1차전이 시작되었다.

팔콘스의 선발은 도미닉.

이전 등판일 경기가 우천으로 취소된 후…….

로테이션을 스킵하며 긴 휴식을 취한 뒤의 등판.

거기에 브레이브스와의 마지막 경기.

한유민의 그랜드슬램을 비롯, 뜨겁게 불타올랐던 타선.

연승에 대한 기대가 컸다.

한쪽은 그 기대에 부응했다.

도미닉이 7과 2/3이닝 2실점으로 호투한 것.

그러나 다른 한쪽.

타선은 뜨거웠던 기세가 무색하게도…….

도합 3안타의 빈공에 그쳤다.

2점 차의 허무한 패배.

4위였던 드래곤즈에 3위 자리를 내주고 말았다.

'……어, 괜찮겠지?'

뒤이은 2경기.

로테이션 상으로는 2군에 간 로건의 차례.

황선민이 시즌 첫 선발 등판을 맞았고, 5이닝 무실점의 훌륭한 피칭을 선보였다.

뒤이은 투수로는 장재승이 2이닝 1실점.

원민준이 1이닝 무실점을 기록했다.

8회 노재완이 역전 투런포를 가동하고…….

9회를 주민상이 막아 내며, 1:2의 진땀승.

시리즈의 균형이 맞춰진 상황.

3경기 팔콘스의 선발은 에이스 류영준.

'컨디션이 좀 안 좋다고 하셨는데.'

컨디션 난조로 평소보다 낮은 구속에도 불구.

3회까지를 무실점으로 막아 냈으나…….

4회, 2사 후 내야안타와 볼넷을 연이어 허용.

담장을 맞는 적시타를 허용하고 말았다.

시즌 첫 자책점.

2:0으로 뒤쳐지는 상황.

절묘한 슬로우 커브로 추가 실점은 없었지만.

5회부터는 이대한이 등판했다.

"괜찮으십니까, 선배님?"

"살짝 담 증세가 있었는데. 예전처럼 회복이 안 되네."

"에이, 아닙니다. 상대가 잘 쳤는데요."

"어이구, 위로는? 괜찮아. 이런 날도 있는 거지."

"맞습니다."

경기는 타선이 또다시 침묵하며 영봉패.
원정에서 스윕해 냈던 샤크스를 상대로 루징시리즈.
아쉬운 결과였다.
'타선이 또 걱정이네.'
그러던 사이.
브레이브스는 재규어스에 위닝시리즈를 기록했다.
선두권의 강팀을 상대로 뜻밖의 좋은 승부를 펼쳤던 것.
코치진에 이어 부단장 퇴진 요구 성명서를 낸 선수단.
그들이 똘똘 뭉쳐 만들어 낸 결과였다.
조영준의 영상은 200만 조회 수를 코앞에 두었고…….
사태에 대한 기사는 하루가 멀다 하고 쏟아졌다.
가십거리를 주로 다루는 미튜버들은 물론, 잔뼈가 굵고 구독자도 많은 기자 출신 미튜버들도 관심에 불을 지폈다.
'……사필귀정이랬나. 이렇게까지 프런트 인사에 여론이 나빠진 건 처음 보네. 첫 대응이 워낙 안 좋았어. 김윤철 대표의 수가 제대로 먹힌 거지.'
강경하게 대응하겠다던 첫 수가 최악이었다.
김준호를 포섭한 김윤철의 수가 좋았고.
'그리고 김윤철 대표님의 말대로라면 곧 브레이브스 구단주도 엄중히 사태를 조사하겠다는 발표를 할 거야. 양홍철이 끝장이 나는 건 기정사실이지. 하지만 그걸로 본질적인 문제가 해결된다고는 볼 수 없다.'
상황은 순조롭지만…….
개운치 못한 기분은 여전했다.

"구강혁 선수?"
한희주가 말했다.
"아, 죄송해요. 가야죠."
시리즈가 끝난 밤.
홍보팀과 영상을 하나 찍기로 했다.
트레이드로 합류한 원민준, 구강혁, 한유민에…….
고졸신인인 임현섭까지.
팔콘스 신입들의 근황을 알리는 영상이었다.
저녁을 먹으면서 인터뷰를 하는 기획.
한유민과 원민준의 영상은 이미 공개됐다.
반응도 나쁘지 않았고.
오늘이 구강혁의 차례였다.
"……그럼 여기까지 하겠습니다. 고생하셨어요!"
이번에도 한희주가 인터뷰를 진행했다.
촬영에 긴 시간이 필요하지는 않았다.
곤란한 질문이 있었던 것도 아니고.
촬영을 보조하던 홍보팀 인원들이 철수하고…….
구강혁이 한희주에게 말했다.
"부팀장님도 고생하셨어요. 이런 촬영도 꽤 재미있네요. 민준이 형만큼 유쾌한 영상이 나올 수는 없겠지만요."
"아, 워낙 말씀을 재미있게 하셨죠! 그래도 구강혁 선수는 인기가 많으니까 무조건 반응이 좋을 거예요. 팬들께서도 의외로 많이 좋아해 주세요. 조회 수도 꽤 잘 나오고요!"

"구독자도 꽤 늘었던데요. 곧 50만이죠?"
"맞아요! 다 보고 계셨네요!"
"그럼요. 축하드려요."
한희주가 즐거운 듯 고개를 끄덕였다.
"구강혁 선수 덕분이에요."
"제가 뭘……."
"아무튼요. 그런데……."
"네?"
"혹시 무슨 일 있으세요?"
"어, 네?"
"그냥요. 촬영 전에는 잘 몰랐는데, 표정이 평소보다 좀 안 좋으신 것 같아서요. 좀 미룰 걸 그랬나. 아, 아무 일 아니라면 다행이지만요. 혹시 브레이브스 문제 때문이시면, 영상 공개는 좀 미뤄도 괜찮아요."

구강혁이 눈을 끔벅였다.

"아니에요. 제가 뭘 잘못한 것도 아닌데요. 부팀장님이 뭘 잘못하신 것도 아니고요."

"으음……."

그러고는 말을 슬쩍 돌렸다.

"그리고 그것도 그렇지만, 뭐야. 딱히 무슨 일이 있는 건 아니고요. 다음 선발 때 구단주님께서 방문하신다고 해서요. 좀 긴장이 되네요, 하하."

"아! 토요일이죠?"

"맞아요. 신경이 아예 안 쓰이지는 않네요. 티켓 비용을 백억 단위로 내고 오는 VVIP시잖아요."
"아, 아! 네. 마, 맞죠. 그렇죠."
"구단주님 오실 때는 영상을 찍고 그러지는 않아요?"
"아, 아무래도 좀 그렇죠······."
팔콘스티비에 김우현 회장이 출연한 적은 없다.
'하긴, 조율할 게 많겠지.'
구강혁이 다시 물었다.
"기왕 말이 나온 김에. 부팀장님이 보시기에 구단주님······. 김 회장님은 어떤 분 같아요? 선수들도 잘 모르는 거 같더라고요. 부팀장님이랑은, 음. 한 가족이잖아요?"
한희주가 눈을 동그랗게 떴다.
"하, 하하하한 가족이요? 어, 어떻게? 무슨?"
"아니, 네?"
말까지 더듬기 시작했고.
'단어 선택이 좀 잘못됐나?'
구강혁이 말을 이었다.
"아니, 그러니까요. 넓게 보면 다 회장님 밑에 있는 직원 아니에요? 팔콘스도 한일그룹 소속이니까······."
"아!"
"아니면 죄송해요. 제가 회사 일은 잘 몰라서."
"아니에요! 맞아요! 한 가족! 맞죠!"
한희주가 생각에 잠겼다.
"······음, 저도 회장님이랑 일을 같이 한다거나 해 본 건 아니지만, 그래도요. 으음. 무섭다는 사람들도 많고,

진짜로 마냥 착한 일만 하는 분도 아니시지만……. 나쁜 분은 아니라고 생각해요. 아랫사람들 말도 최대한 들어 주려고 하시고…….”

"그렇군요."

"네. 승리요정이시기도 하고요!"

"아, 그랬죠. 그, 저번에요. 부팀장님 외삼촌 분도 승리요정이라고 하지 않으셨어요?"

"아? 아! 아하하하! 네!"

"두 분 다 오시면 이기는 거 아닌가? 저야 선발로 나가는데 승리요정이 두 분이나 계시면 너무 좋을 거 같은데."

"어, 그건, 엄청……. 어려울 거 같은데요."

"아, 그래요?"

"네…….”

"아쉽네요."

"그러니까요…….”

* * *

연이은 팔콘스의 홈 시리즈.

이번 상대는 부산 타이탄스.

→ 탄) 꼴칠라시코 드가자!

⇾ 팔) ㅋㅋ양심 없냐? 팔꼴라시코지

⇾ 팔) ㄹㅇㅋㅋ몇 번을 말해 줘야 하냐

⇾ 탄) 아니 너네가 저번 시즌에 꼴등했잖아

→ 팔) 어제 말고 오늘을 사세요ㅋㅋ

→ 팔) 4위 VS 10위 딱 봐도 스윕 각이여ㅋㅋ

→ 탄) 어 니들 타선 똥망ㅋㅋ

→ 팔) __

팔콘스가 위닝시리즈를 거둔 사직 원정.

그 이후로 3주가 지난 후의 재회.

양팀의 상황이 좋지는 않았다.

절찬리에 꼴찌 경쟁 중인 타이탄스에 비하면······.

4위인 팔콘스가 훨씬 낫기는 했지만.

10위팀이 신인 지명에서 이득을 본다지만, 시즌 초반부터 이런 상황을 반길 팬은 없다.

"마! 2승 못 하면 죽는기라!"

"지면 내려오지 마래이!"

"위닝으로 갚아줘뿌라, 위닝으로!"

타이탄스 원정 팬들의 목소리가 만만찮은 대전.

팔콘스의 첫 경기 선발은 김의준.

6이닝 3실점으로 퀄리티스타트를 달성했지만······.

"노재완! 한유민! 페레즈! 니들 어떻게 된 건데!"

"슬램야구 찍냐? 니들이 북산이야!"

"어떻게 한 경기 잘 치고 바로 죽냐!"

타선이 4안타로 무득점에 그치며.

시리즈는 패배로 시작되었다.

'1점은······. 내주겠지?'

이튿날.

이날 구강혁의 등판은…….

시즌 2번째 홈 선발 등판이기도 했다.

'4월에는 다 원정에서만 던졌으니까. 완봉도 홈에서 달성했으면 더 좋았을 텐데 말이야. 그때만큼 불펜 상황이 안 좋은 건 아니니, 김용문 감독님도 7이닝쯤으로 끊어 가실 테지.'

때마침 야구를 보기에 가장 좋은 토요일.

게다가 구단주 방문이라는 이벤트까지.

일찌감치 입장권은 매진되었다.

홈 팀과 원정 팀의 그라운드 훈련을 지나.

관중석이 가득 채워지기 시작하고…….

[대전 팔콘스와 부산 타이탄스의 경기. 여기는 네오 팔콘스 파크입니다. 안녕하십니까.]

[안녕하십니까.]

[어제 김의준 선수가 나쁘지 않은 피칭을 선보였음에도, 팔콘스 타선의 빈공으로 타이탄스가 어렵잖은 승리를 거두었거든요. 오늘 경기는 어떻게 보십니까?]

[음, 양팀 타선이 모두 아주 좋은 상황은 아니죠. 반면 양팀 선발은 또 지금까지 성적이 대단하단 말이에요. 굳이 최근 성적을 비교한다면 타선은 그나마 타이탄스가, 선발에서는 팔콘스가 근소하게 앞서지 않나 싶습니다.]

[경기의 향방을 알기 어렵다는 말씀이시군요. 이날 대전에 한일그룹 김우현 회장이 방문했습니다. 올 시즌 첫 구단주 방문이에요.]

[이런 날은 또 이겨야 하는데요. 김우현 회장, 승리요정으로 아주 유명하시죠.]
구강혁이 마운드로 향했다.
둥! 둥! 둥! 둥!
Snake From the Hell.
Unleashed on This Field…….
'역시 홈이 좋네.'
원정에서와는 차원이 다른 팬들의 목소리.
그리고 스크린의 화려한 영상에 씨익 웃으면서.
'내가 처음 밟는 깔끔한 마운드도 마음에 들고.'
깨끗한 마운드를 밟았다.
'아, 지금 오신 건가.'
그리고 그 순간.
VIP석에 해당하는 스카이석이 떠들썩했다.
멀찍이서도 양복을 입은 남자들이 눈에 띄었고.
'오늘은 유니폼까지 입으셨네.'
곧 스크린 화면이 김우현 회장에게 넘어갔다.
"와아아아아!"
"보문산 불빠따아아아아!"
"회장님! 싸랑합니다!"
"강혁이도 8년 계약해 주셔유!"
팬들의 반응도 뜨거웠다.
긴 암흑기에도 불구하고 지원을 아끼지 않은…….
팔콘스의 지분을 본인의 이름으로 소유하기까지 한.

이런저런 논란은 있을지언정.

 리그에서 가장 열정적인 구단주라는 점.

 그 점에만큼은 쉽게 이견을 제기할 수 없는 남자.

 그게 김우현 회장이니까.

 '뵐 기회가 있다면 뵙고도 싶다. 아직 뭘 어떻게 해야 할지, 뭘 하는 게 옳은지도 잘 모르겠지만. 나는 물론, 그 김윤철 대표도 할 수 없는 일. 그런 걸 할 수 있는 사람은, 내가 만날 수 있는 사람 중에는……. 김우현 회장님뿐일 테니까.'

 구강혁의 연습투구가 끝나고.

 '……당연히 그럴 생각이기는 했지만, 기왕이면 더 잘 던져야겠군.'

 타이탄스의 황기준이 타석에 들어섰다.

 '황기준, 김동한의 테이블세터는 지난 경기와 다르지 않아. 둘 다 나쁜 선수라고는 생각하지 않지만…….'

 슈욱!

 퍼어어엉!

 "스트라이크, 배터 아우우웃!"

 [루, 루킹 스트라이크! 삼구삼진! 구강혁이 까다로운 타자 황기준을 순식간에 잡아냈습니다!]

 이를 갈았을 황기준이 삼진으로 허무하게 물러나고.

 슈욱!

 퍼어어엉!

 "스윙! 배터 아우우웃!"

2번 김동한도 삼진으로 잡아냈다.
 '어려운 상대도 아니지.'
 [스윙 삼진! 또 한 번의 삼진! 그리고 2연속 삼구삼진! 구강혁의 오늘 1회가 심상치 않습니다!]
 [이야, 역시 대단합니다. 두 타자를 상대로 연이어 초구 변화구로 카운트를 잡고, 1회부터 본인의 가장 빠른 공이죠? 151킬로의 뱀직구로 삼진을 뽑아냈어요. 두 타자 모두 전혀 타이밍을 맞추지 못했어요.]
 [구강혁 선수는 지난 사직 원정에서도 등판한 바 있습니다만. 구속이 그때보다 올랐거든요. 그 차이가 영향이 있을까요, 위원님?]
 [없지는 않겠지만요. 오늘은 1회부터 배합 자체가 굉장히, 뭐랄까. 폭력적입니다. 원래 삼진을 노리면 보더라인, 스트라이크존 가장자리로 제구하려다 볼넷이 나오기가 쉽거든요.]
 [오히려 변화구, 속구 구분 없이. 6구 모두 플레이트 가운데. 존 가운데에서 위아래로만 로케이션을 주고 있는 것으로 보이는데요.]
 [맞습니다. 원체 구강혁과 박상구 배터리가 공격적인 배합을 즐기기는 합니다만, 오늘은 그 정도가 더 심해요. 이건 공격적인 걸 넘어서 폭력적인 겁니다.]
 2타자 연속 삼구삼진.
 [……아, 화면이 박세훈 투수를 잡아 주고 있네요?]
 [웃는데요? 팀이 2연속 삼진을 당했는데 웃고 있어요.]

[아, 아닙니다. 위원님, 그게 아니고. 지금 확인했는데, 24시즌에 박세훈 선수가 마지막으로 성공한 기록이 있습니다. 그 점을 상기시키려고 잡아 준 것 같네요.]

[아! 그거군요!]

[네. 3연속 삼구삼진! 소위 무결점 이닝을 KBO에서 마지막으로 달성한 선수가 바로 오늘 타이탄스의 선발로 등판할 박세훈입니다.]

[그렇네요. 구강혁도 기회를 잡았어요. 아, 지금 표정을 보면 알 수 있네요. 구강혁 투수 본인은 그런 기회가 왔다는 걸 모르는 것 같습니다.]

[하하. 아……. 1회에 무결점 이닝을 달성한 투수는 KBO의 역사에 단 한 명도 없었다고 합니다. 오늘 경기, 구단주와 만원 관중이 들어찬 네오 팔콘스 파크에서 구강혁이 그 기록을 달성할 수 있을까요?]

(역대급 뱀직구로 슈퍼에이스! 3권에서 계속)